Chiens perdus sans collier

GILBERT CESBRON

Gilbert Cesbron

Chiens perdus sans collier

Éditions J'ai lu

*AU PÈRE DE DOMINIQUE,
je dédie cette histoire
trop grise ou trop rose, peut-être.
Mais ces teintes impures,
c'est le sang des enfants
et le blanc de l'hiver
et le noir de la ville
qui, en se mêlant, les lui donnent.*

Et, tout d'un coup, Alain Robert aperçut un château fort, le premier de sa vie... Oui, sur l'autre rive, et dans cette poussière de soleil qui rendait tout lointain, hautain et théâtral : un donjon, des créneaux, des tourelles, peut-être même des « mâchicoulis » (si seulement il avait su ce que c'était)... Quels Chevaliers et quels chevaux logeaient ainsi en plein Paris?

— Dépêchons-nous, Alain Robert! fit le *convoyeur* d'un ton las.

Depuis ce matin, quatre heures : depuis la sonnerie du réveil, la rue déserte, la gare et le compartiment à la mauvaise haleine, il ne savait que répéter cela : « Dépêchons-nous, Alain Robert! »

— Allons bon! reprit le convoyeur, qu'y a-t-il encore?

Il se retourna et vit l'enfant immobile : les sourcils froncés qui se rejoignaient, deux vagues de proue; les yeux noirs et tout neufs; les lèvres entrouvertes comme s'il allait parler — non! comme s'il venait de pleurer. Ce petit garçon de onze ans qui ne cillait jamais, qui, dans le train, mains dans les poches, col

5

relevé, n'avait pas dormi un instant, pas posé une question, ce petit étranger l'intimidait.

— Là! questionna Alain Robert, de sa voix rouillée du matin, et il leva le bras. (Deux doigts seulement dépassaient de la manche trop longue.) Qu'est-ce que c'est?

— Le Palais de Justice. Viens!

— Qu'est-ce qu'il y a dedans?

— Des voleurs, des assassins... des juges. Allons dépêchons-nous!

Alain Robert imagina aussitôt des souterrains de torture, des gibets à chaque étage, des bourreaux en cagoule rouge et dont les mains... Le cri d'un remorqueur trancha le tout. Le garçon courut jusqu'au milieu du pont afin de surplomber le remorqueur au moment où celui-ci s'engouffrerait sous l'arche. Il vit un autre enfant, de son âge, allongé à l'arrière d'une péniche entre des pots de fleurs et une cage à lapins. Leurs regards se croisèrent sans amitié. « Et si je filais, moi aussi? », pensa Alain Robert en serrant les poings dans ses manches démesurées.

— Regarde! dit le convoyeur qui l'avait rejoint, voici un panorama célèbre : ici, le Palais de Justice... A gauche, le Tribunal de Commerce et la Préfecture de Police... Et là, derrière l'Hôtel-Dieu, un très vieil hôpital.

Tribunal, Police, Hôpital : en trois mots de grande personne, il avait bâti un monde de pierre où le petit respirait mal et se sentait le ventre vide. « Oh! le bateau, l'enfant couché, si loin déjà... »

Alain Robert releva sa tête bouclée et fixa ce type qui parlait avec un bon sourire : chapeau, lunettes, imperméable — tout d'une pièce... Un monument parmi les autres! Comment avait-il encore la main chaude?

— Et le Marché aux Fleurs, assez pittoresque également, conclut l'homme.

Mais déjà le garçon ne l'écoutait plus. Du fond du Marché aux Fleurs, un chien accourait vers eux. Alain Robert sentit son cœur battre avant de comprendre pourquoi. La tête et le cou tendus, le regard fixe, ce chien trottait d'une allure souple. Il allait droit devant lui avec l'obstination aveugle d'un navire. Pourtant, au cœur de ce carrefour si flâneur, si bruyant, le passage insolite de cette bête seule, silencieuse, pressée, semblait n'étonner que Alain Robert. L'animal le frôla sans ralentir. Son monde se réduisait à un fil d'odeur qui le fuyait... Il prit le galop, gueule ouverte, langue pendante. Puis il hésita un instant, mais sans s'arrêter, comme un voilier vire de bord. Puis il traversa la rue, de biais sans se soucier des voitures; et l'un des agents qui gardent l'entrée du Palais de Justice commença à l'observer. Alain Robert s'en aperçut, fronça les sourcils et serra les lèvres; en ce moment tenez! il entendait très distinctement son cœur battre : comment le type à l'imperméable ne l'entendait-il pas?

Le chien continuait sa route droite sur l'autre trottoir avec une fausse allégresse, comme s'il reconnaissait son chemin. Il fit ainsi le tour de la place et se retrouva au même endroit. Alors, il s'arrêta, haletant, et tourna la tête d'un côté puis de l'autre, du geste même des mourants. Et Alain Robert, qui ne l'avait pas quitté des yeux, s'aperçut qu'il ne portait pas de collier.

Depuis tout à l'heure, le petit garçon avait oublié de respirer; il prit une grande inspiration rauque qui le fit frissonner tout entier.

— Qu'y a-t-il? demanda le convoyeur qui racontait, dans le désert, la fondation de l'Hôtel-Dieu.

— Rien, répondit l'enfant d'une voix sourde. Et alors, après Saint Louis?...

Il voulait la paix; et la paix des enfants, c'est lorsque les grandes personnes parlent. Il venait de comprendre que ce chien était perdu et que le chien, lui aussi, venait seulement de s'en apercevoir; alors, il voulait la paix.

— Eh bien, après Saint Louis...

La bête était repartie en sens inverse. Un grand chien roux tacheté de blanc, très maigre : sa toison flottait autour de son corps, vêtement somptueux d'un vieux roi condamné. Une belle machine à courir! « Allons, espéra le garçon, il saura trotter le temps qu'il faudra! » — Mais non, le chien venait de s'arrêter encore, et Alain Robert le vit distinctement trembler sur ses pattes puis s'affaisser un peu. Frissonna-t-il? Ou le vent courut-il dans son pelage? Il repartit aussi soudainement, traversa la même rue presque au même endroit. Cette fois, une voiture manqua l'écraser; Alain Robert leva le bras comme pour empêcher, de loin... Le chien reflua, le dos creusé, avec un mouvement de vague, en montrant un regard humble et craintif. L'agent le désigna du doigt et fit signe à ses deux collègues.

— Dites, demanda brusquement Alain Robert, les chiens perdus, qu'est-ce qui leur arrive?

— Mais... ça n'a aucun rapport! répondit l'autre en ajustant ses lunettes. (Il parlait de la Sainte-Chapelle.)

— Qu'est-ce qui leur arrive?

— La police capture les chiens errants pour les conduire à la fourrière.

— Et là, on les... recueille? (Sa voix tremblait d'espoir.)

— On les sacrifie.

— Ah! bon... — Mais... à qui? reprit-il après un instant.

— Comment ça?

— On les sacrifie à qui?

Il s'était laissé prendre, un moment, au piège des grands mots.

— Sacrifier veut dire tuer, dit l'homme.

Et il paraissait heureux de faire partie des gens qui disent « sacrifier » au lieu de « tuer ».

— On les tue! cria presque Alain Robert, mais qu'est-ce qu'ils ont fait?

— C'est pour l'ordre, répondit l'homme : des chiens perdus, c'est dangereux pour l'ordre.

Ce devait être aussi l'avis des agents. Alain Robert les vit se grouper et déployer leur pèlerine, oiseaux de nuit. Avec une bonhomie terrible, ils se dirigèrent vers le chien qui, les flancs frémissants, s'était arrêté non loin d'eux. Il regardait s'approcher les hommes en bleu, les humait, tendait imperceptiblement le cou vers eux. Sa queue battit même; Alain Robert se sentit submergé par la honte.

Ce qui suit prit moins de temps à s'accomplir qu'il n'en faut pour le lire. L'homme à l'imperméable vit le garçon s'élancer et demeura interdit, ses lèvres entrouvertes sur les mots « dentelle de pierre »; s'élancer et traverser la rue à l'aveugle, de biais, comme l'autre. Tout en courant, le gosse fouillait dans sa poche gauche — le petit flacon de parfum... des *rustines*... un marron, ce n'est pas ça! — puis, dans la droite. Il y trouva une longue ficelle qu'il dénoua. Les agents avaient achevé leur manœuvre et cerné la bête; Alain Robert pénétra dans le cercle et (« Tant pis s'il me mord! ») tendit sa main vers la bête.

— Eh bien, eh bien, qu'est-ce que tu fais là? demanda-t-il d'un ton jovial en essayant de nouer la corde autour du cou si maigre, mais ses mains tremblaient trop. Il... il s'est échappé, expliqua-t-il.

— Ah oui?

C'était un bel assaut d'hypocrisie. Les agents feignaient de croire que le chien appartenait vraiment à ce gosse aux souliers trop lourds, aux cheveux et aux vêtements trop longs : un gosse de fourrière, lui aussi! L'homme à l'imperméable survint, pour tout gâter, juste avec les mêmes paroles :

— Eh bien, eh bien, qu'est-ce que tu fais là?

Le chien comprit plus vite que les autres : du même mouvement que tout à l'heure devant la voiture, il reflua loin des hommes bleus. De deux proies, ceux-ci choisirent la moins protégée : délaissant Alain Robert, ils coururent après le chien, cape en main, matadors de plomb.

— Non! non! cria Robert en enfonçant ses griffes dans la manche de gabardine, ils vont le prendre! Il faut... je ne sais pas! Il faut que... Oh! regardez!

Au moment où les agents allaient l'atteindre — et déjà la bête immobile, les oreilles couchées, la queue basse, tremblait sur place — un autre chien la rejoignit. Il venait du quai de l'Horloge; un chien-loup sans collier, mais perdu depuis peu : avec un jour ou deux d'errance en moins dans les pattes. Il montra les dents sans même grogner, sans ralentir son trot; les hommes s'écartèrent et les deux bêtes repartirent ensemble, à la même allure, vers les quais. « Ils sont sauvés, pensa Alain Robert. Sauvés, j'en suis sûr... Parce que l'autre est arrivé... parce qu'ils sont deux... »

Sauvés parce qu'ils sont deux... Mais le secret des chiens perdus n'est-il pas aussi celui des enfants abandonnés? Alain Robert ne sait pas qu'en ce moment même, de l'autre côté de cette ville inconnue, Marc s'apprête à le rejoindre. Marc... — mais patience! Le Destin qui conduit l'un vers l'autre les enfants perdus, le Destin souriant a deux mains : sa droite, la plus habile, s'appelle le Médecin; sa gauche, celle du cœur, le Juge des enfants. « Sauvés parce qu'ils sont deux... »

Le convoyeur entraîna Alain Robert par le bras :

— Allons, dépêchons-nous à présent : on nous attend à Denfert... Qu'est-ce qui t'a pris avec ce chien?

ajouta-t-il presque timidement, assuré d'avance de n'obtenir aucune réponse.

— Je voulais le prendre : le sauver, quoi! fit amèrement Alain Robert en fronçant les sourcils. Mais vous avez vu? Il me craignait autant que ceux qui cherchaient à l'attraper! C'est trop injuste...

— Oui, trop injuste! répéta l'homme avec une drôle de voix, et il lâcha soudain la main du gosse. On se dévoue, on veut les sauver, on perd sa vie pour eux et ils vous craignent, ils se moquent de vous. Oui, c'est injuste!

Il avait parlé avec une telle chaleur que le garçon interdit le dévisagea : il le vit très rouge, respirant trop fort, et les yeux brillants — de vrais yeux derrière ses lunettes. Il ne comprit pas du tout pourquoi il reprenait lui-même la main de ce type et pourquoi, désignant d'une manche aveugle une masse de pierres (qui était Notre-Dame de Paris), il demandait d'une voix docile et tremblant un peu :

— Et cette église-là, monsieur, qu'est-ce que c'est?

I

MAMAN PAPIER

« Je vais t'envoyer à Denfert », avait dit le Directeur départemental; et le convoyeur, à l'instant : « Vite! On nous attend à Denfert... » Alain Robert, chaque fois, comprenait l'*Enfer*. Il pénétra donc dans l'hôpital-hospice de l'avenue Denfert-Rochereau, les poings serrés au fond des poches, prêt à détaler au semblant d'une menace. Mais le premier des hommes en blanc lui adressa un clin d'œil, fit virer de bord sa cigarette et lui dit : « Bonjour vieux! » Le gosse n'ignorait pas que la bonhomie est le piège préféré des grandes personnes et il ne lui rendit qu'un regard froid.

— Vous avez les papelards? demanda l'homme dont la cigarette, tel le canon d'une tour assiégée, volait d'un bord à l'autre.

Le type à l'imperméable en sortit une liasse que l'employé reconnut et classa prestement en éventail dans une seule main, à la manière d'un joueur de cartes : « Bien... oui... bon... » Il n'en redemanda pas : son jeu lui suffisait.

C'était donc cela, ce fameux *Dossier*, loin duquel Alain Robert n'avait plus droit à la « vie administrative »... Ce dossier, compagnon inséparable et plus précieux que lui-même (car l'un des deux pouvait vivre sans l'autre, mais ce n'était pas le garçon), Alain Robert allait le suivre, d'un regard anxieux, de main en main. Les infirmières, qui convoieraient le petit de service en service, le protégeraient d'une aile bleue : leur main gauche posée sur son épaule, mais l'autre main tiendrait justement le *Dossier*. Et lorsqu'elle le serrerait trop fort, ou le plierait, ou le tordrait, c'est le garçon qui souffrirait.

Pour l'instant, le voici dans la première cour, au carrefour d'une vingtaine d'enseignes émaillées : CONSULTATION... CHIRURGIE... PAVILLON PASTEUR... NEZ-GORGE-OREILLES... Il n'a pas envie de rire, Alain Robert! Mais il pense que ce serait drôle si le *nez*, la *gorge*, les *oreilles* des bonshommes filaient à gauche, suivant la flèche! et leurs *yeux* vers la droite! les *nerfs* au fond, et les *os* sous la voûte!... PAVILLON DES DOUTEUX lit-on sur une porte. « Des Douteux? Si on m'y conduit, je me barre! » — Mais non, on passe devant, le Dossier à la main. On ne cesse de croiser des femmes qui portent, avec une gaucherie appliquée, un paquet dans leurs bras : un bébé; mais Alain Robert ne s'en apercevra que lorsqu'un des paquets criera. Avec des plaisanteries de conscrits, des hommes en blanc entassent des ballots de linge dans une voiture à cheval. Tout paraît blanc; mais une caisse de biberons passant sur une brouette suffit à tout rendre gris, rugueux, bourru. Alain Robert s'arrête devant le cheval, qui souffle deux jets de fumée dans l'air froid. C'est la première rencontre, depuis ce matin, qui lui fait plaisir. Il caresse rudement les naseaux tièdes et doux, si doux...

— Grrr Laboureur, lui murmure-t-il. (C'était le nom du cheval à la ferme Deroux.)

— Qu'est-ce que tu attends? demande l'infirmière, et elle agite le Dossier comme un appât.

Alain Robert rejoint en courant son frère de papier : le cheval détourne sa tête avec lenteur pour suivre du regard cet enfant dont la main savait lui parler.

On passe encore devant une cuisine d'ogre, aux marmites immenses, puis à travers deux cours de récréation. Les garçons s'y poursuivent en criant; les filles s'y promènent par deux; tous portent des tabliers à petits carreaux bleus et rouges. Et les fenêtres aussi : des rideaux à petits carreaux bleus ou rouges, derrière lesquels se bousculent des visages trop sérieux ou trop rieurs. Alain Robert fronce les sourcils : il se voit espionné de partout. « Je les emmerde, se répète-t-il, le regard noir. Je m'en fous, puisque je les emmerde! » — et ce raisonnement lui paraît décisif.

Le Dossier et le garçon, l'un suivant l'autre, passeront de blouse blanche en blouse blanche. On le toise, le pèse, l'ausculte, le fait tousser et répéter 33, montrer sa gorge et dire « Aaaah! »... On lui tape sur les chevilles, les rotules, les poignets avec un petit marteau. — Bon. On lui palpe les reins, le ventre plus bas... Aïe! — Et là, ça te fait mal?... On lui gratte le bras avec une plume d'écolier; on le lui pique avec une longue aiguille — Ne bouge pas, c'est fini!... On lui injecte du liquide et on lui pompe du sang. On le fait pisser dans un grand verre — ça vient? — Non, bien sûr! Et puis, tout d'un coup, oui, « ça vient ». Et va donc t'arrêter avant que le verre déborde!

Cela dura une journée entière et, dans chaque service, il y avait des petits gars en cape, aux cheveux bien ras, assis sur des chaises blanches (et parfois leurs godillots ne touchaient même pas terre!) et qui, tous ensemble, tournaient vers vous des yeux tristes et résignés, comme les bêtes d'une étable. Ceux qui attendaient depuis trop longtemps, on les reconnaissait à leur dandinement d'ours prisonnier. Au service dentaire, on pouvait voir une belle rangée de joues, dont une seule était rouge, comme certaines pommes.

Une journée entière! et le gosse en sortit, mieux examiné, soigné, suivi, qu'aucun fils de milliardaire. Le Dossier s'était gonflé de certificats nouveaux, et le Carnet de Santé couvert de toutes sortes d'écritures et de tampons dont l'encre violette traversait son papier couleur ciel de neige.

A la division des Garçons (section des Moyens), les copains se jetèrent sur Alain Robert comme des poissons sur un caillou qu'ils prennent pour une mie de pain, et se dispersèrent aussi vite car il ne leur répondit rien. « D'où viens-tu?... Pourquoi qu'on t'a envoyé ici?... C'est-y des vaches, là-bas? T'as pas connu Marcel, un roux?... — Rien! Pas un mot. Dur, froid, aveugle et sourd comme une pierre, il avait décidé de se laisser couler au fond de l'eau.

— Il est muet, dit un des gars.

— Penses-tu! C'est un Italien...

— Merde! fit-il seulement, en réponse aux deux hypothèses.

— C'est un con, en tout cas! conclut un troisième gars qui cherchait la bagarre.

Mais, sans même se hâter, Alain Robert s'était glissé dans son lit et tourné de l'autre côté, vers un dormeur.

— Tu parles d'une boîte, fit le faux endormi d'une voix enrouée, sans même ouvrir les yeux. Mais moi je m'en fous, je resterai pas : je suis « temporaire »...

Pour seule réplique, Alain Robert ferma la dernière porte entre lui et tous ces visages plats : il baissa ses paupières. « Temporaire, pensait-il, quel pauvre type : *il n'a même pas de dossier!* »

Pendant la classe du matin, l'instituteur reçoit une fiche : « On demande Alain Robert chez le Docteur

Clérant, au service médico-psycho-pédagogique... » Les gars se poussent du coude en ricanant. Un grand se contorsionne jusqu'à ce qu'il attire l'attention d'Alain Robert, puis, les yeux dans les yeux, se frappe deux fois la tempe de l'index replié. Pas de chance! C'est lui, justement, que l'instituteur désigne pour accompagner son camarade chez le Docteur Clérant. « Oh! pourquoi moi, m'sieur?... »

— Qu'est-ce que c'est le service médico je ne sais plus quoi? lui demande tout de même Alain Robert en dégringolant l'escalier, cape au vent.

— *Le médecin des fous!*

Par fierté, le gosse n'en demande pas plus; mais il doit s'agripper à la rampe parce qu'il ne sent plus ses jambes. Oh! comme il voudrait être le copain, le concierge, cet infirmier qui passe, un crayon sur l'oreille, n'importe qui, mais pas Alain Robert!

— C'est là, dit le gars, d'assez loin.

Un petit pavillon rose parmi les bâtisses grises : un enfant perdu dans une foule...

— Tu m'accompagnes, dis?

Ils entrent. Ça ne sent ni l'éther, ni le citron, ni l'eau de javel, mais seulement la peinture. Une blouse blanche — une de plus! — s'avance vers les garçons :

— C'est lui, Alain Robert, dit très vite le grand.

— Et toi? demanda Mlle Alice, l'assistante du Docteur Clérant.

— Dites, j'suis pas convoqué, moi!

— Tu peux tout de même me dire ton nom!

— *Oua ouon oué oua* (Avon Edouard), bredouille l'autre avec terreur.

Il s'enfuit, claquant la porte derrière lui. Mlle Alice hausse les épaules et se tourne vers le gosse.

— Ecoute... Mais pourquoi me regardes-tu comme ça, Alain Robert? Je ne vais pas te faire de piqûres! Attends-moi ici tranquillement.

Elle rentre dans son bureau aux portes vitrées, où,

depuis un quart d'heure déjà, elle tente de libérer le secret du petit Albert, sept ans, dont six passés dans un sanatorium au bord de la mer.

— Qu'est-ce qu'on disait, Albert?... Ah oui! raconte-moi : il y avait sûrement là-bas une infirmière que tu aimais bien?

— ...

— Comment était-elle? Est-ce que tu la revois quand tu fermes les yeux?

— ...

— Et ici, comment s'appelle ta Cheftaine?

— Cheftaine Rousseau.

— Tu crois qu'elle t'aime bien, Cheftaine Rousseau?

— ...

— Tu voudrais qu'elle t'aime bien?... (Toujours la tête basse, le même petit sourire.) Moi, je suis sûre qu'elle t'aime bien!... Ecoute, tu sais ce que c'est qu'une famille?... Mais si : un papa et une maman avec qui on habite, qui vous donnent à manger, qui vous embrassent le soir... Tu serais content d'aller dans une famille?

— Non.

— Où voudrais-tu aller?

— Ici.

— Rester ici? Pourtant, écoute bien, Albert : ça ne te plairait pas d'avoir une dame rien que pour toi?... Elle dirait « Voilà mon petit garçon Albert... » (Non.) Et puis tu aurais des jouets à toi tout seul... (Non.)

Mlle Alice le regarde un long moment. Albert sourit toujours, les yeux vides. Il sursaute parce qu'on vient de frapper à la porte. C'est une infirmière :

— Le Docteur Clérant n'est pas là?

— Non, commission pédagogique au ministère. C'était pour quoi?

— Clébert Eugène. Nous sommes bien ennuyées.

— Le petit qui a hurlé hier toute la journée?

— Oui. L'interne croit qu'il a...

18

— Une otite? C'est bien ce que craignait le Docteur Clérant.

— Il n'y a pourtant aucune raison!

— Bien sûr! aucune raison qu'un gosse de dix-huit mois, qu'on sépare de sa nourrice avec les meilleures intentions du monde, attrape une otite. C'est pourtant ainsi. Et, dès demain, diarrhée opiniâtre : il se videra et vous n'y pourrez rien. Et, dans les deux mois qui viennent, il attrapera rougeole, coqueluche et varicelle, sans aucune raison! Tout cela porte un nom : *réaction de désarroi*, mais les médecins ont mis longtemps à le croire... Tant pis pour tous les Clébert Eugène!

— Et celui-ci, demande l'infirmière en désignant le petit Albert, vous ne nierez pas qu'il ait été admirablement soigné! Six ans de sana héliomarin : il boite, mais du moins il ne sera pas infirme.

— Il existe d'autres infirmités, peut-être plus graves. Moi, je crois qu'il vaudrait mieux qu'il boite un peu plus et qu'il sache ce que c'est qu'une mère.

— Mais puisque la sienne l'a abandonné!

— On ne peut pas s'en passer. Et notre seule raison d'être est de leur en donner une... Tu reviendras me voir, Albert?

Elle croit percevoir une lueur dans ce regard sans profondeur, elle espère presque.

— Non, dit Albert et il part en boitillant sous l'aile sombre de l'infirmière.

Mlle Alice le suit du regard en plissant les yeux, soupire, puis fait entrer le garçon aux boucles noires qui, depuis tout à l'heure, n'a pas bougé un seul doigt, n'a presque pas cillé. A quoi pensait-il? — A rien : il attendait. Comme mille autres enfants ici, il attendait.

— Assieds-toi là. J'ai besoin de lire ton dossier; alors, pendant ce temps, tu vas dessiner.

— Dessiner?

— Oui, voici des feuilles blanches et des crayons de couleur.

— Dessiner quoi?

— Une maison, par exemple.

Alain Robert pense aux malheureux copains qui travaillent en classe tandis que lui... Dix, douze, quatorze crayons de couleurs différentes! « Médecins de fous » ou pas, ça ne commence pas si mal... Une maison? Voyons un peu!

Il hésite, bouscule tous les crayons, en saisit un vert, du geste impérieux et précis du dentiste qui choisit, parmi tous ses instruments, celui qui... — non! ce bleu-là, d'abord!

Mlle Alice, qui le suivait d'un œil, ouvre le dossier, commence sa lecture.

148-2425-75   L 140 *bis*

RÉPUBLIQUE FRANÇAISE
Liberté — Egalité — Fraternité

ADMINISTRATION GÉNÉRALE
DE L'ASSISTANCE PUBLIQUE A PARIS

Sous-direction de
L'ASSISTANCE A L'ENFANCE
de la Seine

—	Le Directeur
Service de l'Assistance	de l'Agence de M...
à l'Enfance	à M. Directeur
AGENCE DE M...	de l'Hôpital-Hospice
	St-Vincent-de-Paul

« J'ai l'honneur de vous demander la réintégration
« du pupille Alain Robert dont vous trouverez ci-
« joint le *curriculum vitæ*. L'enfant Alain Robert était
« placé depuis l'âge de deux ans chez les conjoints
« Deroux qui exploitent une ferme importante à Ros-

« signeux (Canton d'Ouderne). Les Deroux ont perdu
« leurs fils unique lors des combats de la Libération.
« C'est à la suite de ce deuil qu'ils avaient décidé de
« prendre un pupille. Ils sont respectivement âgés de
« cinquante-quatre et cinquante et un ans. Honnêtes,
« travailleurs, économes, estimés dans toute la région,
« les Deroux ont toujours traité Alain Robert avec
« compréhension et justice. Ils ne m'ont jamais mani-
« festé leur intention de l'adopter ultérieurement;
« mais le placement aurait sans doute évolué dans ce
« sens, si ce pupille n'avait pas brusquement modifié
« son comportement à l'égard des parents nourri-
« ciers. Alain Robert est d'un naturel passionné mais
« secret; il sourit rarement, ne se livre jamais, et il
« m'a été impossible de l'interroger utilement. Nous
« devons donc nous en tenir aux déclarations de
« M. et Mme Deroux, à celles de M. Marie, l'Institu-
« teur ainsi qu'aux certificats du Docteur Leduc (tou-
« tes pièces annexées à la présente demande). Il sem-
« ble en résulter qu'à partir d'avril dernier, le pupille
« Alain Robert change soudain d'attitude envers ses
« parents nourriciers. Il refuse de les appeler *papa* et
« *maman* comme auparavant et ne leur adresse pres-
« que plus la parole. « On dirait qu'il nous juge »,
« note M. Deroux. « ... Et qu'il nous en veut », ajoute
« sa femme. Il ne se lave plus. Sa fréquentation sco-
« laire se fait irrégulière. Quand il va en classe, il ne
« s'intéresse à rien, cherche la bagarre et paraît ac-
« cepter les punitions sans déplaisir (remarque de
« M. Marie). Même son de cloche à la ferme où il né-
« glige le jardin, bâcle les commissions dont on le
« charge, semble perdre la notion du temps, multiplie
« les mensonges. Là encore, les sanctions dont M. De-
« roux le menace restent sans effet; il semble même
« les rechercher. Il va jusqu'à rayer la carrosserie
« d'une voiture appartenant à ses parents nourriciers
« et briser volontairement des souvenirs de famille.

« Le 27 août, à la suite d'une scène assez violente,
« M. et Mme Deroux me rendent Alain Robert. On
« trouvera en annexe la série de placements que j'ai
« tenté de réaliser pour ce pupille dont la personna-
« lité est à la fois attachante et irritante. Ce furent
« autant d'échecs. Chez les Laffineur, il lâche toutes
« les bêtes; chez les Lamproye, il disparaît trois jours
« sans explications; chez les Arbelin, il cueille exprès
« toutes les pommes encore vertes; chez les Deraisle,
« il commence la grève de la faim.

« Je tente, fin septembre, un dernier placement
« dans la commune d'Almeville. Il s'enfuit le lende-
« main même, se poste au bord de la route et fait de
« l'auto-stop. Malheureusement pour lui, le premier
« automobiliste qui s'arrête n'est autre que... moi-
« même, en tournée d'inspection.

« Cette attitude, ces incartades sont d'autant plus
« graves qu'elles paraissent inexplicables. Elles ont
« valu au pupille une réputation détestable dans la
« région où plus aucun parent nourricier n'accepte-
« rait de se charger d'Alain Robert. M. et Mme De-
« roux, interrogés de nouveau, ont toutefois déclaré
« consentir à le reprendre sous certaines garanties;
« mais c'est le pupille qui refuse violemment cette
« perspective. Dans ces conditions...

— Voilà ma maison! dit Alain Robert en posant les
crayons de couleur.

— Je n'ai pas fini de lire ton dossier...

Le garçon lui jette un œil noir :

— Ils peuvent bien dire ce qu'ils veulent, murmure-t-il, moi je sais!

— Bien sûr, fait doucement Mlle Alice. Mais il faut
tout de même que je lise ce qu'*ils* disent, tu comprends? Alors prends une autre feuille et dessine-
moi...

— Quoi?

— Une famille.

— Une famille?

Il fronce les sourcils, retrousse la manche trop longue qui recouvrait sa bonne main, tire la langue et... « Une famille! une famille! Tu te rends compte? »

« ... Dans ces conditions, repart Mlle Alice, il ne me « restait pas d'autre solution que de vous demander « la réintégration d'urgence du pupille Alain Robert.

« *Le directeur de l'Agence de M...* »

Trois tampons (un rond, un carré, et un ovale) oblitèrent une signature que Mlle Alice connaît bien. Le Directeur de l'Agence de M..., avec sa Citroën et une machine à écrire datant toutes deux des années 30, assume un demi-millier d'enfants (dont sept à lui). Ses dimanches et ses vacances... — Quels dimanches? Quelles vacances? Ses semaines ne comptent que des lundis, ses années que des octobres. Et on peut lui téléphoner au bureau chaque soir, jusqu'à neuf heures... « Vous travaillez trop! lui disent l'obèse crémier, le boucher millionnaire et l'ignoble bistrot, surtout pour une administration qui ne vous en aura aucune reconnaissance et pour des enfants ingrats... »

L'enfant le plus ingrat, les sourcils noirs, les lèvres entrouvertes, s'acharne à dessiner sans joie une famille. Mlle Alice entame la lecture des documents annexes : *curriculum vitæ* d'Alain Robert, déclarations (à l'encre violette) des parents nourriciers, rapport (sur copie d'écolier) de M. l'instituteur, certificats du médecin, enquête de l'assistance sociale, renseignements complémentaires reçus par téléphone, Carnet de Santé, premier Bulletin de Comportement en Division, ouf... A travers ces feuillets de tous formats et de toutes couleurs, une dizaine de grandes personnes tournent autour du pupille Alain Robert; mais le secret de l'enfant Alain Robert leur demeure clos.

— Tu as fini la famille? Alors, fais-moi un bonhomme : oui, quelqu'un que tu aimes ou n'aimes pas, que tu connais ou ne connais pas, comme tu voudras!

Alain Robert, si décidé d'avance à répondre non, à tout refuser, reprend les crayons avec plaisir : dessiner, comme courir ou s'endormir, l'allège, le détend, le délivre. Un bonhomme?

— Voilà!... Mais l'autre n'a pas encore terminé sa lecture. Le gosse l'observe froidement : ces lèvres qui balbutient sans paroles, ces yeux qui courent à la ligne... « Elle doit être un peu sonnée, le grand me l'avait bien dit! »

En effet, voici qu'à présent, le dossier refermé, les dessins soigneusement rangés, Mlle Alice lui fait aligner des poids par ordre décroissant, rendre la monnaie, énumérer les mois (Merde! entre octobre et décembre, il y en avait pourtant un), définir une table, une auto (Elle me prend pour un crétin), la patrie (Euh...). Autre chose à présent! Elle lui raconte une histoire absurde : « Un enfant rentre de l'école et sa maman lui dit : « Ne commence pas tout de suite tes leçons, j'ai une nouvelle à t'annoncer. » Qu'est-ce que sa maman va lui dire? »

— A ton idée...

— Que... que son fils est mort.

— Bien. (Pourquoi « Bien »?) Ecoute-moi maintenant : je vais te dire des phrases dans lesquelles il y a des bêtises et tu me diras lesquelles. Si je dis : « J'ai trois frères : Louis, Roger et moi », qu'est-ce qu'il y a de bête là-dedans?

— C'est vous, répond le gosse, et il pense : « Elle est complètement cinglée, le grand avait raison! »

— Ecoute encore : « Je viens de voir entrer chez mon voisin un médecin, un notaire et un prêtre. Que se passe-t-il chez mon voisin?

— Ils vont faire une belote, suggère Alain Robert.

Mlle Alice rit beaucoup, on se demande pourquoi; puis elle lui présente un labyrinthe dessiné dont il doit chercher à sortir. Mais, c'est d'ici surtout qu'il aimerait sortir, Alain Robert! Cette grande personne, qui joue avec lui depuis un quart d'heure, ouvre une boîte de cubes, feuillette des dessins où il manque le nez au milieu du visage, « Très bien! », lui montre des images inexplicables (jeune femme qui pleure au pied d'un escalier, vieillard tirant une voiture à bras) et lui en demande l'explication, tout cela n'est pas normal! Et le pire est qu'elle note toutes les bêtises qu'il répond et les glisse dans le *Dossier*. Elle est en train de foutre son Dossier en l'air, oui! Alors là, ça ne va plus!

— Voilà... maintenant, retourne en Division, mais tu reviendras demain voir le Docteur.

« Pauvre Docteur, pense Alain Robert, qu'est-ce qu'il dira quand il s'apercevra que son infirmière est devenue dingue? A moins que lui-même... »

La Commission siégeait déjà depuis une heure et demie, et le Docteur Clérant n'avait pas encore prononcé une parole. C'est qu'il s'agissait là d'un jeu particulier où ne gagnent que ceux qui, comme au *bridge*, savent attendre plusieurs tours avant de se déclarer. Plus on a d'atouts en main, et plus longtemps il faut « passer » : c'est pourquoi les Commissions ne commencent guère que deux heures après leur ouverture. Une partie qui, ce matin, se jouait à vingt-cinq, dont certains ne connaissaient pas l'enjeu et dont la plupart — Dieu merci! —ignoraient les règles. Autour de cette île de drap vert se trouvaient assis des représentants de quatre ministères. De plusieurs préfectures et d'une demi-douzaine d'œuvres. Le terme d' « enfants » revenait dans bien des phrases et dans toutes les bouches, mais il ne s'agissait presque jamais des mêmes. Pour les uns c'étaient des délinquants; pour d'autres, des arriérés scolaires; pour certains, des débiles et des malades; pour les derniers, des apprentis virtuels. Ainsi, les ministères de la Justice, de la Santé publique, de l'Education nationale et du Travail revendiquaient-ils de bonne foi d'assumer la direction de ces enfants, sinon leur prise en charge, faute de *crédits*... Encore un mot qui revenait à tout moment! Et, chaque fois, les contrôleurs des dépenses engagées et les représentants du ministère des Finances dressaient l'oreille. Pour l'instant, et depuis bientôt deux heures, on revoyait le procès-verbal de la dernière réunion. Pareille à ces feuilletons dont le résumé est presque aussi long que le nouvel épisode, la Commission donnait à ses gens une dernière chance de s'intéresser à ce qu'ils n'avaient pas du tout suivi la semaine précédente. Ainsi font les mauvais élèves, toujours en retard d'une leçon. Chaque fois, les *gagnants* de la dernière séance tremblaient qu'une révision n'éclairât les perdants sur la règle du jeu. Mais non! l'illusionniste ne fait qu'embrouiller davantage les spectateurs en recommençant ses tours... Par paradoxe, les seuls, autour de cette pelouse ovale, qui se passionnaient vraiment pour l'Enfance, se reconnaissaient à ceci qu'ils se taisaient, tenaient les yeux baissés et paraissaient dormir. D'instinct, ils s'étaient échelonnés, afin de ne pas paraître former un clan mais de pouvoir progresser en cordée et, tout à l'heure, concentrer leurs tirs.

M. Lamy, le Juge des Enfants, regarda furtivement sa montre. « Lui aussi attend *midi* », pensa le Docteur. La grande confusion de midi : quand personne ne comprend plus rien à la discussion et ne cherche plus qu'à contrarier le voisin sans se contredire trop ouvertement; quand l'humeur tient lieu de raison, et la véhémence de bonne foi... L'heure où n'importe qui, proposant n'importe quoi, peut l'emporter, à la condition qu'il se soit tu jusqu'alors, qu'il s'exprime clairement et surtout qu'il tienne un papier à la main. A midi, quand leur ventre commence à parler, ce n'est pas un homme intelligent ou sincère qu'ils réclament mais seulement un homme *nouveau*. Et c'est la même chose assurément, en Conseil des ministres, aux conférences internationales, partout où se joue le destin du monde.

Impassible, le Docteur Clérant attendait midi et regardait le juge Lamy l'attendre, impassible. Il observait avec amitié ce visage, dont la bouche souriait sans cesse et si rarement le regard; cet œil droit plus fermé que l'autre; cette tête inclinée sur l'épaule et qui présentait deux profils dissemblables : un de seigneur et un de paysan; cette chevelure noire où serpentait une seule mèche blanche. Etait-ce le visage marqué de rides d'un homme jeune? Ou celui, singulièrement juvénile, d'un vieil homme? Une fois de plus, le Docteur Clérant se posait cette question, lorsque l'un des bavards d'avant midi, à bout d'arguments ou cherchant comment nuire, prit à partie l'Assistance Publique, contesta le dévouement de son personnel, la qualité des soins donnés aux enfants...

— Je me permettrai, dit froidement le Docteur (qui sortait d'un si long silence qu'il dut s'éclaircir la voix), je me permettrai de donner quelques précisions sur ce point.

L'autre se tut, croyant qu'on allait apporter de l'eau à son moulin mais la calme rivière du Docteur charriait des glaçons.

— Les services de l'Assistance Publique qui nous intéressent — et qu'on ferait mieux d'appeler Assistance à l'Enfance — ont en charge 28 000 enfants. Beaucoup leur sont remis dans des conditions physiques déplorables. Or, leur état sanitaire est meilleur que celui de la population enfantine normale et la mortalité y est moins élevée. Le personnel n'est évidemment pas étranger à ce résultat, quoique les usagers aient tendance à exiger de lui une abnégation qu'eux-mêmes n'apportent certainement pas dans un travail généralement moins pénible et mieux payé...

« Pourquoi a-t-il parlé si tôt? se demande le juge Lamy. Il fallait laisser l'autre poursuivre son faux avantage et aller jusqu'au bout du ridicule. Alors, d'un seul mot, on se débarrassait de lui tout à fait; tandis qu'il n'est que blessé... Il l'a *ferré* trop tôt! » Ces pensées se pressaient derrière un sourire in- changé. Le Docteur Clérant avait pareillement repris son impassibilité : plus haut et plus large qu'aucun des autres assistants; le visage rond, le nez rond, les yeux ronds, les mains jointes, les oreilles un peu naï- ves, l'air faussement humble d'un empereur romain converti. Mais, en ce moment même, ce géant si bon écolier calculait froidement combien de *voix* son in- tervention lui concilierait tout à l'heure : « Dix-sept... non! dix-huit avec la sienne, car il me sait gré de ne pas l'avoir accablé... Plus la double satisfaction d'avoir fait taire un imbécile très décoré, en procla- mant la vérité. Opération largement payante! Il suffit maintenant de parler le dernier... »

L'heure s'avançant, la faim, la hargne et la confu- sion croissaient. Lorsque celle-ci atteignit le point cri- tique, l'un des *sages* se leva, parla presque à voix basse, un papier à la main et fit adopter ses vues.

— Quels crédits ce projet entraîne-t-il? demanda seulement l'un des directeurs des Finances.

— Trente millions environ, répondit l'autre bien trop vite.

L'homme aux chiffres acquiesça aussitôt. Cela signi- fiait que l'on aurait pu demander le double. « Le naïf! », pensa Clérant, navré. Lui-même se leva peu après. Il avait fabriqué une histoire fausse à l'aide de plusieurs faits vrais qu'il situait ensemble et récem- ment : « Il y a deux... non, trois jours, je vis entrer dans mon « *cabinet*... » Mot magique! Pour ces gens de bureau, le « cabinet » marquait la différence entre leur simple métier et la vocation de l'autre. Le Doc- teur l'emporta sans peine sur un sujet pour lequel il accumulait en vain les rapports depuis des mois. Il avait prévu juste : l'imbécile vota bruyamment pour lui... S'ensuivit une discussion entre gens des Finances pour savoir à quel chapitre du budget on imputerait la dépense. A les entendre, il semblait que, dans un cas, elle coûtât la moitié, et dans l'autre le double... Par une habileté que la plupart prirent pour de la courtoisie, le juge Lamy parla le dernier, tandis que les montres avaient déjà rejoint leur gousset, qu'on posait les mains à plat sur la table et que le président amorçait son regard circulaire :

— Personne n'a plus d'obser... Monsieur Lamy?

M. Lamy feignit de lire sur un papier des chiffres qu'il connaissait par cœur : 230 millions d'enfants sous-alimentés dans le monde, 13 millions d'abandonnés à travers l'Europe et, pour la seule France, 2 millions d'enfants ayant subi les atteintes de la guerre...

Encore une recette infaillible : remonter à la source, puis descendre le cours du sujet avec la clarté et l'impétuosité du torrent, et déboucher enfin d'abrupt sur le problème du jour. (C'était ce matin, la création d'un centre d'Observation.) On accorda le principe, mais en échelonnant sa réalisation, car les décisions précédentes avaient déjà dévoré les crédits. M. Lamy comprit alors pourquoi le Docteur n'avait pas parlé tout à fait le dernier... « J'ai encore à apprendre sur la tactique en Commission! », songea-t-il sans se départir de son sourire. On se serrait les mains interminablement, on s'entraidait — « Je vous en prie! Pardon! Merci! » — à enfiler son pardessus. Le Docteur prit congé du Juge avec un soupir et une envolée de sourcils.

— Mais non, mais non, lui murmura M. Lamy, ce n'est pas du temps perdu! Cette séance nous dispense d'aller tirer quinze sonnettes.

— Il est vrai qu'on y a adopté définitivement...

— Définitivement? Ne croyez pas cela non plus!

Pour obtenir que les gosses ne nous soient plus ame-
nés menottes aux mains, il a fallu, malgré l'unanimité
de la Commission, des années de patience, et des signatures, des signatures... Même la Défense nationale
s'en est mêlée!

— Ah! S'il n'y avait qu'un seul ministère de l'Enfance...

— C'est beaucoup moins essentiel qu'un ministère
des P. et T., pensez donc!

— Pourtant cela viendra, monsieur le Juge. Mais ce
n'est pas tous les soirs, le soir de la Nuit du 4 août!
Et, pour que chaque ministère renonce à ses privilè-
ges... Il est vrai que vous avez une arme secrète,
ajouta Clérant : le sourire.

— Le sourire... le sourire est la fleur de l'obstination! Mais votre arme à vous, c'est la froideur.

— Professionnellement.

Ils descendaient l'escalier sonore. M. Lamy s'arrêta
sur une marche :

— Il y a longtemps que je souhaitais vous en parler, docteur, que je souhaitais comprendre : comment
pouvez-vous mettre vos malades en confiance avec
cette froideur?

— Pas froideur : objectivité. Une femme arrive à
ma consultation, le regard étroit, le visage dévoré de
tics : harcelé par un insecte invisible. Ce n'est pas
pour qu'il lui prenne la main ou lui donne des petites
pilules, qu'elle vient voir un psychiatre! Au bout de
dix minutes, elle m'avoue qu'elle a envie de tuer son
mari. Bon. Si je lui parle en confesseur : « C'est mal,
très mal », moi qui n'ai pas pouvoir de l'absoudre,
quel bien est-ce que je lui fais? Et si je lui parle paternellement, comme...

— Comme un juge d'enfants? suggéra M. Lamy en
riant.

— Si vous voulez. « Bah! ce n'est pas si terrible
que ça », moi qui n'ai pas, comme vous, pouvoir de

l'innocenter, quel bien est-ce que je lui fais?... Non, la seule attitude possible est celle que vous appelez froideur : « Ah? Et depuis combien de temps avez-vous envie de le tuer? » Comme s'il s'agissait d'une constipation rebelle...

— J'aurais cru, du moins, qu'avec les enfants...

— Oui, c'est une grande tentation que celle de tapoter les joues : de se faire aimer du pauvre gosse que ses parents aiment si mal. Mais à quoi cela sert-il d'avoir pitié, d'attendrir et de s'attendrir puisqu'il faut adapter les enfants aux parents qu'ils ont, même détestables?... Alors, un ton uniforme, ne jamais juger, les mettre face à face avec eux-mêmes : n'être qu'un miroir. A ce moment, leur angoisse s'effondre et l'on peut commencer à parler...

C'est le lendemain matin que le Docteur Clérant « commence à causer » avec Alain Robert.

— Alors, mon vieux, qu'est-ce qui ne va pas?... Voyons un peu ton dossier. (Il le connaît très bien.) C'est toi qui as dessiné ça?

— Oui.

— Explique-moi un peu : ta maison, là, au milieu d'un immense champ, elle est tout entourée de barrières, pourquoi?

— Parce que c'est comme ça!

— Comme ça que tu la vois? Bon. (Silence.) Dismoi, M. et Mme Deroux étaient tatillons, maniaques?

— Oh oui!

— Ou plutôt ils le sont devenus tout d'un coup, hein? Enfin, tu as cru que c'était tout d'un coup.

— C'était tout d'un coup, affirme Alain Robert.

— Qu'est-ce que tu veux, ils vieillissaient... Et alors, ils t'empêchaient de faire ce que tu voulais?

— Tout.

— Pas de te laver, tout de même! ni d'aller à

l'école!... Bon... Dis-moi, ce sont des arbres, à gauche, là?

— Ça se voit!

— Ça se voit. Et... lequel des deux es-tu?

Un doigt gris pointe hors de la manche bourrue et va désigner l'un des arbres, mais s'arrête net et rentre dans sa coquille.

— Je ne suis pas un arbre!

— Je le sais. Mais si tu en étais un, lequel des deux?... Celui-ci, n'est-ce pas?

Alain Robert regrette aussitôt d'avoir acquiescé. Oui, de ces deux arbres, l'un majestueux, l'autre écrasé, rabougri, il *est* celui-ci.

— Bien. Voyons l'autre dessin... C'est une famille, non? Dis-moi donc : voilà le père et la mère qui sont en train de manger; mais il n'y a personne d'autre?

— Faut croire.

— Ce cadre, sur le mur, entre eux deux qui est-ce?

— Un cadre.

— Je le vois bien, poursuit le Docteur, toujours aussi débonnaire, mais... (Il regarde la feuille par transparence.) Tu as remis du crayon blanc pour effacer...

— Il n'y a pas de gomme, ici!

— Pour effacer quoi? Qu'y avait-il dans le cadre?

— Personne, fait le gosse en serrant les poings. (Les gros yeux ronds l'ont vu.)

— Bon. Mais toi, tu n'es pas là?

— Non, puisque je suis ici!

— C'est vrai, dit bonnement le Docteur; puis, penchant soudain son torse d'athlète vers la tête bouclée, et affrontant ce regard noir : comment s'appelait donc le garçon que les Deroux ont perdu à la guerre?

— And... — Comment voulez-vous que je le sache?

— Puisque tu le sais, pourquoi ne me le dis-tu pas?

— André, fait Alain Robert après un instant.

Et, brusquement, sa main vive vole hors de la manche bleue, saisit le troisième dessin (un bonhomme), le froisse et le jette par terre.

Toujours aussi lent, le Docteur se penche, ramasse le chiffon de papier, le déplie et le considère.

— Voici donc le portrait d'André, murmure-t-il. Et le cadre était dans ta chambre? Oui?... Et puis on ne te parlait que de lui, hein?... « Ce n'est pas André qui aurait fait ça!... Ah! si André était encore là!... »

Alain Robert est devenu tout rouge; il feint de se passionner pour le crochet du vasistas, pour les tuyaux du chauffage central, pour...

— André, André, c'est très joli, poursuit innocemment le Docteur, mais enfin il n'était plus là, André! Tandis que toi, tu étais le fils de la maison!

Ah! malheureux, quelle parole!... Le gosse se dresse, sourcils ombrageux, bouche entrouverte, menton tremblant. Clérant, qui s'y attendait, ne bronche pas.

— Hein? demande-t-il, tu n'étais pas le fils de la maison?... (Silence.) Ils t'ont dit que tu n'étais pas leur véritable enfant? poursuit-il lentement. Et quand ça?... Essaie de te le rappeler... Après une scène?... C'est elle qui s'était mise en colère?

— Non, lui.

— Et quand tu as appris qu'ils n'étaient pas ton vrai père ni ta vraie mère, qu'est-ce que ça t'a fait?

— J'ai ressenti comme un grand vide, dit Alain Robert d'une voix sourde. Je suis parti vomir dans l'étable. J'avais froid. J'aurais voulu être mort.

— Comme André?

— Il a de la chance, André!

— Tu trouves? Moi, je crois qu'il aimerait être à ta place.

— Bien sûr : il aurait un père et une mère, lui!

— Mais tu en as aussi.

— Ah oui!. Et ils sont bien chouettes!

— Qu'est-ce que tu en sais? On en reparlera... Tu vois, reprend le Docteur avec une moue, je trouve votre histoire un peu bête. Les Deroux sont tristes de ne pas avoir d'enfant, et toi de ne pas avoir de parents. Il y avait peut-être une manière plus intelligente d'arranger les choses que de te menacer de te rendre à l'Assistance...

— Tout le temps, ils me le répétaient!

— ... ou de « casser des souvenirs de famille »! C'étaient des portraits d'André, hein?

— Ils en avaient mis partout!

— Et cette histoire de « voiture rayée »?

— Dites, une vieille auto sans moteur et sans freins, garée sous la grange. Des poules logeaient dedans...

— Et qu'est-ce que tu as fait?

— Ecrit mon nom, dit Alain Robert durement : sur le tableau de bord et les quatre portières. Mon nom, quoi! J'en ai un comme tout le monde!

— Comme tout le monde.

— Tout était à eux : qu'est-ce que ça pouvait leur faire, cette vieille bagnole?

— Bien sûr, mais tu sais, quand on est vieux... (Il achève par un geste.) Dis-moi, ça marche bien en Division?

— Comme ça...

— Est-ce que tu rêves, la nuit? Cette nuit, par exemple, est-ce que tu as rêvé?

— Oui, murmure Alain Robert.

Son visage change d'un seul coup, ciel dont le soleil se retire, et ses yeux paraissent briller davantage : ceux d'une bête malade, qui implore encore du secours mais n'en espère plus.

— *Je rêvais que j'étais en pleine chance*, dit-il d'une voix enrouée.

Vendredi matin, séance de « synthèse » : le Docteur Clérant et son monde, avec les assistantes sociales de Denfert, le Surveillant de la Division des garçons et la Surveillante de celle des filles décident l'orientation des pupilles examinés cette semaine. Faut-il les diriger vers un placement familial ou un emploi salarié? Vers un internat de rééducation? Un centre d'apprentissage? Un asile, en désespoir de cause? Ou bien les conserver en cure ou en observation? Chacun apporte ses dossiers et, comme tous les vendredis, Clérant se lamente :

— Il faudrait vraiment...

— La photo de l'enfant dans chaque dossier, eh oui! Mais avec quels crédits? Quels crédits? Quels crédits?

— Mounier Roberte : la fille qui a tenté trois fois de se suicider...

— Oh! à doses très prudentes! Quel est son niveau mental?

— Normal au *Binet Simon*; inférieur au *Kohs* et au *Portheus*. (Ce sont des procédés de tests.)

— Elle est un peu nonchalante, un peu vaniteuse; elle tricote vingt mailles et se met à rêvasser; elle lit Saint-Exupéry et se croit supérieure.

— En somme, ce serait une charmante « jeune fille de famille », dit Clérant. Seulement voilà, elle n'a pas de famille; alors, c'est une épave. Qu'est-ce qu'elle veut faire?

— Quand je lui ai demandé, elle m'a répondu : « On m'a fait passer dix fois l'orientation professionnelle et on n'a pas trouvé. Alors, comment voulez-vous que je sache, moi? »

On cherche, on propose, on objecte; on tourne en rond pour Mounier Roberte.

— Repassez-la en synthèse la semaine prochaine, tranche le Docteur. D'ici là, voyez donc auprès de l'Agence de Paris. Demoiselle de compagnie d'une vieille dame un peu fantasque, voilà ce qui lui conviendrait. Malheureusement...

— Mourselin Adrienne s'est évadée hier d'Avignon.

— C'est le plus grand service qu'elle pouvait leur rendre!

— Oui, mais dans deux jours on nous la ramène, à nous! soupire l'assistante sociale, et elle est enceinte, dans les deux mois, si on ne la protège pas.

— Je ne veux plus de Bolet Francine ni d'Alma Colette, dit la Surveillante des filles : encore vingt-quatre heures et elles fichent la Division en l'air!

— Elles partent mardi : l'une chez les Sœurs d'Argenteuil, l'autre au Foyer de Verville.

— Bon, mais qu'on le leur annonce séparément, sinon elles s'évaderont ensemble, d'ici là!

— Stirlène Marie. Vous savez, la grande blonde qui...

— Je sais. Au point où elle en est, on ne peut plus qu'en faire « un asile », c'est navrant. La seule chance de cette gosse serait de voler à un étalage! Le tribunal pour enfants est mieux outillé que nous...

— Robin Ernest, quatorze ans, vingt-deux fugues, vol de bicyclette...

— Mais non, mais non! Toutes ces fugues avaient le même but : rejoindre sa marraine. Il est monté de Marseille à Paris en quatre jours (sur le vélo en question) parce qu'il n'avait plus de nouvelles d'elle : on les interceptait; alors il devenait fou... On l'accuse d'instabilité, mais c'est juste le contraire!

— Qu'est-ce qu'on va faire de lui?

— J'ai écrit à cette marraine pour savoir si elle veut bien le prendre; j'attends la réponse.

— Marcel Jean. Un petit débilard. Adoption ratée.

— Evidemment! C'est un gosse auquel on n'a pas cessé de mentir... Un de plus! On leur ment à propos du Père Noël, de la naissance des enfants, des règles des petites filles, de leur propre filiation... On les détraque, « par délicatesse », et ensuite on nous les apporte... J'ai vu les parents adoptifs de Marcel Jean, la semaine dernière : si je les avais connus à temps, je me serais opposé à l'adoption. C'était pour eux-mêmes qu'ils le prenaient, pas du tout pour lui!

— Alors?

— Alors, essayons un placement familial. Je vais écrire moi-même au Directeur d'Agence.

— Et pour Alain Robert, est-ce qu'on essaie un nouveau placement?

— Non, il ne s'en tirera pas : il est brûlé dans toute la région et il a pris de mauvaises habitudes. Il est devenu un passant. Non, je veux le placer à Terneray : là, il aura sa chance.

— C'est un centre où le juge Lamy envoie beaucoup de gosses...

— Et il va souvent les y voir. Je lui téléphonerai ce soir pour lui parler d'Alain Robert.

L'après-midi était déjà entamé, quand le Docteur sortit de son royaume blanc. En traversant l'hôpital-hospice, il ne croisait que des gens ayant déjà déjeuné — homme ou bête, cela se devine au regard, à l'allure — et il avait un peu l'impression de se promener à l'étranger.

Il s'arrêta dans la grande cour des garçons. Ses « dossiers » du matin, il les voyait courir, les entendait crier. Le soleil d'arrière-saison éclairait un automne fastueux et résigné. Semblable à une reine qui se serait entièrement parée pour attendre la mort en silence, la nature somptueuse pressentait tristement l'hiver. Le vent menait encore son monde à grandes guides; bientôt, il tirerait sur les rênes et l'hiver montrerait les dents.

Entre les deux grands bâtiments, GARÇONS et FILLES, au milieu de la cour de récréation, un Officiel pompeux et un architecte ivre de symétrie avaient édifié le Monument aux Pupilles Morts pour la France. Mais, pour l'instant, il servait surtout de cachette et de tourne-autour, comme les cimetières tiennent lieu de promenades publiques, dans les villes déshéritées. Au dos de ce monument, de vaines inscriptions prétendaient rappeler quels ministres, quels préfets (morts depuis, eux aussi) l'avaient inauguré. Mais la craie et le charbon enfantins y affirmaient bien plus lisiblement que « Justin était un con » ou que « Marcelle aimait Albert ». Et ces mêmes cailloux, blancs et noirs, enrobés de messages sur papier quadrillé, on les lançait, les soirs d'été, par les fenêtres ouvertes des dortoirs de filles. C'étaient donc la Vie, malgré les murs gris, les tabliers à carreaux, les escaliers aux marches usées! La Vie, malgré les Dossiers et les Monuments aux Morts, malgré la solitude et l'abandon, c'était la Vie qui triomphait!

Et ce monument intempestif était seulement là pour rappeler qu'avant de mourir pour la France, les enfants abandonnés voulaient vivre, vivre pour quelqu'un.

II

PAPA BISTROT

— Entendu : quand je passerai à Terneray, je verrai votre Alain Robert... Bonsoir, docteur.

M. Lamy raccrocha le téléphone et ce geste découvrit son bracelet-montre : huit heures... « Déjà! Gérard devra m'attendre, ce soir encore... » A mi-voix il répéta le prénom de son fils, secoua la tête et ferma les yeux. Sur ce visage, figé par la fatigue, une ombre parut s'étendre; il semblait vieillir d'instant en instant. Du célèbre sourire, il ne restait plus que les rides profondes.

— Gérard, répéta-t-il. Le petit Gérard...

Le pas d'un garde s'éloigna interminablement, résonnant d'antichambre vide en antichambre vide. On n'entendait plus qu'une machine à écrire inlassable, quelques pièces plus loin, avec son *ding* et son retour brutal à la fin de chaque ligne.

Quelqu'un frappa à la porte, mais si timidement que le Juge crut que c'était d'une main d'enfant. « D'enfant, à cette heure-ci?... »

— Entrez!... Ah! C'est vous, Maître?

— Si vous m'appelez « Maître », je vous appellerai « monsieur le Président »! fit le nouveau venu en pénétrant dans la lumière.

Jeune, un peu voûté, des cheveux sauvages, des lunettes de fer sur un nez en foc de navire, un sourire voltairien entre des rides profondes : entre deux parenthèses.

— Qu'est-ce qui ne va pas, Darrier? demanda brusquement M. Lamy en tournant vers lui son profil droit : son profil de paysan.

— Mais... comment savez-vous que?...

— Votre façon de frapper à ma porte... Et cessez de sourire, mon petit : vous n'en avez aucune envie!

— C'est vrai.

Ils se regardèrent en silence, un long moment. Chacun d'eux portait sa journée sur son visage, comme un masque. L'avocat retira lentement ses lunettes, passa sur ses yeux sa maigre main sans alliance. Là-bas, la machine à écrire poursuivait sa tâche, aussi obstinée qu'une fourmi, aussi bruyante qu'une cigale.

Et soudain, Darrier ébroua ses cheveux fous, retrouva un sourire d'enfant :

— Je suis idiot, voilà tout! Je m'attaque toujours à des tâches au-dessus de mes moyens... Non, rectifiat-il, au-dessus de mes forces, simplement... Alors je viens chercher ici un peu d'assurance, un peu de certitude.

— Ce n'est guère l'heure, dit M. Lamy d'une voix sourde, mais le sourire avait déjà repris sa place. Comment va... (Il hésita une seconde : chercha dans sa galerie de visages enfantins.) Comment va Marc?

— Bien! bien maintenant! — mais les débuts!... Ah! poursuivit le jeune homme en riant, les juges devraient bien faire eux-mêmes ce métier de délégué à la Liberté Surveillée, avant d'envoyer de pauvres types bénévoles jouer les parrains et surtout les pions dans les familles de jeunes délinquants!

— Les juges devraient... — je vais plus loin que vous! — les juges devraient aussi faire de la prison, au moins une fois.

M. Lamy passa son index sur la mèche blanche qui divisait, fleuve bizarre, sa chevelure noire. Il en suivait, du doigt, le cours sinueux sans jamais se tromper : il « remontait aux sources ». C'était un tic que tout le Palais connaissait bien.

— Pourtant, continua-t-il, les parents qui se méfient du délégué à la Liberté Surveillée oublient qu'il y a seulement cinq ans, on leur aurait retiré leur gosse!

— Oh! la famille, elle, comprend assez vite ou fait semblant. Mais le gosse lui-même vous prend pour un mouchard et...

— Marc a été dur?

— Bien sûr, fit l'autre avec une sorte de fierté. Il a un tel sens de l'honneur et de la liberté! Et la haine du flic, depuis qu'il a passé une nuit au poste et plusieurs journées au Palais de Justice parce qu'il traînait dans la rue à quatre heures du matin. Mais quand on a un père qui se saoule et une mère qui fait le trottoir...

— Et l'un à cause de l'autre, mais qui a commencé? Et, l'un comme l'autre, parce qu'on vit à cinq dans une pièce.

— A quatre, à présent! la fille est en sana.

— C'est un réel progrès, fit le juge amèrement. Ah! Darrier, Darrier, à qui la faute?

Il s'était levé et marchait presque pesamment, sa tête inclinée sur l'épaule droite, comme toujours. « Il vieillit, pensa l'avocat. C'est injuste : *il vieillit pour les autres...* » Mais M. Lamy planta dans le sien son regard aigu :

— Quand j'interroge un gosse, je ne cesse, en moi-même, d'accuser ses parents; mais, quand je les interroge à leur tour... ah! je nous trouve tous coupables... Parlez-moi de Marc, reprit-il après un instant. Vous l'avez apprivoisé?

— Du jour même où, avec votre accord, je lui ai

fait lire et contresigner mon rapport trimestriel sur
sa conduite. Je vous apporte le dernier : il l'a corrigé
lui-même.

— Corrigé lui-même!... Donnez!... *Conduite*... Oui...
bon... *Etudes*... pas fameux, hein?

— Ecoutez : une fois je l'ai trouvé écrivant à genoux par terre, le cahier et l'encrier posés sur une
chaise, le seul meuble disponible!

— Quoi?

M. Lamy venait de sursauter en tournant la page;
on y lisait en marge d'une écriture d'écolier : « J'ai
fait le con à la papeterie : j'ai piqué des cahiers —
Forgeot Marc. »

— Il adore les cahiers neufs, expliqua l'avocat très
vite. Alors, évidemment...

— Evidemment!...*Relations*...

— C'est pour cela que je passais vous voir : ce
soir, j'ai une réunion de la Bande, aux Carrières. Je
crois que je n'en sortirai jamais!

— Cela fait douze ans que je me dis la même
chose, Darrier!

— Vous avez fait la soudure, vous, monsieur le
Juge : tous les gosses que vous avez sauvés sont deve-
nus des hommes; vous pouvez les suivre dans la vie.
Tandis que moi...

— Vous? (M. Lamy posa sur son épaule une main
très lourde et qui pourtant parut au jeune homme lui
rendre sa force.) Vous et vos amis avez trouvé l'Idée
du Siècle, fit-il en souriant. Il suffisait d'ouvrir les
yeux, comme toujours! mais des yeux neufs. Chassés
de chez eux par la misère, les gosses vivent en bande,
dans la rue, avec leur chef, leur code... Trente mille
gosses dont le « milieu éducatif » est la rue... Le commissaire Prioulet m'assure qu'ils se réunissent pour
voler. Non! une fois réunis, ils volent : c'est tout
différent! Mais, dans la bande, même lorsqu'elle fait
le mal, je vois, moi, tous les germes du bien : solida-

rité, justice, fidélité, et le sens de l'honneur, de la parole donnée... Pénétrer dans la bande, voilà la grande idée! Devenir leur copain, transformer leurs loisirs, en faire une équipe d'amis...

— Oui, mais le mal aussi est en germe dans le bien.

— Comme toujours!

— Mes gosses sombrent dans la mystique du chef. Aux Carrières, le *Caïd* a une emprise telle qu'il m'empêche...

— Le Caïd?

— Merlerin Pierre.

— Attendez... C'est un de mes clients, celui-là! fit le juge en allongeant la main vers un classeur.

— Ne cherchez pas! Coups et blessures, il y a dix-huit mois. Pour l'impressionner, vous l'avez fait passer en audience du tribunal : c'est cela, malheureusement, qui l'a confirmé aux yeux des autres! (M. Lamy eut un geste d'impuissance.) Si je pouvais éloigner le Caïd, Marc serait sauvé, acheva l'avocat sourdement.

— Non, Darrier!

Le juge avait parlé si fermement que l'autre le dévisagea : trois rides verticales creusaient le front, et l'œil droit à demi fermé lançait sa flèche. « Comment peut-il paraître si dur, lui qui toujours... »

— Non, deux fois non! Il faut, aux Carrières, garder à la bande le chef qu'elle s'est choisi, et agir avec lui. Et il ne faut pas que Marc se détache de la communauté pour s'attacher à vous : vous en feriez un déclassé. Ce serait un double échec, prenez garde!

— Et si je ne parviens pas à avoir le contact, fit le jeune homme en se levant (il criait presque), quel échec plus grave!... Et comment aurions-nous un contact fraternel avec eux, poursuivit-il, nous, logés, nourris, aimés dès l'enfance, nous qui n'avons pas souffert?

M. Lamy l'arrêta d'un geste de la main :

— Il n'y a pas que cette souffrance-là, dit-il d'une voix très basse.

Sur cette main blanche, Darrier vit les deux alliances : celle du juge et celle de sa femme, morte deux ans plus tôt. « Pas que cette souffrance-là... » Il allait s'excuser. L'autre dut le pressentir car il enchaîna très vite :

— C'est parce que vous doutez de vous, parce que vous êtes passé me voir, parce que votre sourire tremble, en ce moment même, que vous réussirez, j'en suis sûr, quelles que soient les apparences! Il n'y a que cela qui compte : l'amour, le partage, la mauvaise conscience...

— C'est... le chrétien qui en est sûr, ou le juge des enfants?

— L'un a dévoré l'autre, Darrier.

Il avait placé sa main devant son regard et, privé de sa flamme, le visage si las semblait presque celui d'un vieillard. « Les yeux aussi ont dévoré le reste », pensa Darrier. La machine à écrire s'était enfin tue. Une cloche grave sonna un coup dans le désert des bâtiments. L'avocat se leva.

— En même temps que vous, reprit M. Lamy sans bouger, les cars de la Police Judiciaire prennent le départ. Ils rafleront sans doute les gosses qui traînent, leur feront passer le reste de la nuit au poste, vérifieront leur identité, les renverront chez eux... Quelle action éducative, n'est-ce pas? Vous allez faire du meilleur travail, vous... Bon courage!

Cette main qui couvrait ses yeux, il la lui tendit brusquement, tandis qu'un sourire et un regard rendaient une étrange jeunesse à son visage.

Darrier sortit, traversa les corridors d'attente aux froides veilleuses, aux murs pollués par tant de mains moites d'anxiété; il dépassa les portes redoutables : *Cabinet de M. le Juge d'Instruction... Deuxième Chambre Correctionnelle*... Il y avait trop peu de temps qu'il était avocat : il restait encore du côté de l'inculpé, côté ventre serré, pas côté robe! Pour lui, les autres étaient des hommes prisonniers, anxieux, pas des *clients*. « C'est pour cela que je réussirai, dirait M. Lamy... »

La flèche de la Sainte-Chapelle était déjà illuminée : hors de ces bâtiments noirs dont les caves ne contenaient plus, à cette heure, que quelques prisonniers; dont tous les meubles sombres débordaient de papiers; dont les salles aux fenêtres closes avaient, ce jour encore, entendu tant de mensonges et de menaces, caché tant de haine et de peur, la flèche s'élançait, éclatante, comme le cri de douleur d'un malade immobile. Darrier pressa le pas : la hâte de sortir, de respirer un air libre...

En franchissant la grille, il croisa Gérard, le fils de M. Lamy, qui le salua.

— Vous venez chercher votre père? Il est tard, en effet...

— Non, dit Gérard en rougissant, je me promenais. Je sais que pap... mon père est pris très tard. (Darrier observa que son œil droit, lui aussi le tenait à demi fermé, et qu'il portait la tête inclinée sur l'épaule.) Comment va Marc? demanda soudain le garçon.

— Bien! Mais... vous le connaissez?

— Mon père me parle d'eux tous... J'ai beaucoup de frères, ajouta-t-il sur un ton si bizarre que l'avocat ne sut quoi répondre. (L'ombre d'une branche endormie, que taquinait le vent, dansait à leurs pieds.) Bonsoir, Maître.

L'autobus déposa Darrier aux confins de Paris : à la limite des enseignes lumineuses, des cafés débordant sur les trottoirs, des hautes maisons de pierre. Il pénétra à pied dans la zone obscure, celle qui figure en noir sur les cartes de l'Habitat et de la Santé publique : au royaume du taudis, de la tuberculose, de la délinquance. Ce chemin, presque plus sordide et désespérant de jour que de nuit, combien de fois ne l'avait-il pas pris depuis les débuts de la bande! Depuis ce soir d'hiver où, parti à la recherche de Marc, il avait, par hasard, trouvé les treize réunis dans le sous-sol d'une usine désaffectée : assis sur d'énormes rouages rouillés, parmi des montagnes de copeaux métalliques, un chat maigre au milieu d'eux. Quel silence à son entrée! Et avec quelle gêne Marc l'avait-il présenté aux autres garçons : « Un copain de Paris... » Depuis, grâce aux autres *cadres* du Groupe Amical, Claude (typographe) et François (serrurier), il avait presque apprivoisé la bande.

Mais non! pourquoi se faire illusion? Et comment comparer avec la bande d'Austerlitz, par exemple, ou celle des Arènes? Là-bas, les débuts avaient été plus faciles, ou plus francs. Maurice (un autre copain) avait, sans un mot, commencé à jouer au ballon avec les gars des Arènes. Après avoir, chaque fois, donné la victoire à son camp, il remettait sa veste sur sa chemise trempée, serrait les mains, repartait, toujours sans un mot. Un samedi, les garçons avaient, d'eux-mêmes, parlé d'équipe, de terrain, d'entraînement. A présent, la bande était disloquée : sur les onze de l'équipe, huit types sauvés et trois gangsters (au lieu de onze voyous) : partie gagnée!

A Austerlitz, un gosse mendiait en jouant de l'accordéon. Jacques, le lui prenant des mains, avait exécuté *Perles de Cristal*, en musette; les francs pleuvaient. Le gosse (en silence, toujours) l'avait conduit jusqu'à sa bande. Bientôt, on formait une chorale, on partait en camping pour Pâques, on installait une baraque — adieu bistrots! Cette bande-là existait toujours, elle avait attiré d'autres garçons : dimanche dernier, on était monté à vingt-deux sur la tour Eiffel, vous parlez d'une journée!

Mais, aux Carrières, Darrier, Claude et François se battaient dans le brouillard. Une quinzaine de garçons, de douze à dix-sept ans, dont les uns travaillaient au-dessus de leurs forces, et on ne les voyait jamais que hébétés de fatigue; les autres, déjà chômeurs; quelques-uns (dont Marc) encore à l'école, mais traînant la nuit, de bistrot en bistrot. L'un des gosses racolait des clients pour sa mère et touchait sa commission, de part et d'autre. Un second, pendant l'occupation, avait dû coucher plusieurs nuits avec le cadavre de son grand-père; depuis, il avait des crises d'hystérie; les copains y assistaient, mains dans les poches, assez intéressés — qu'est-ce que vous voulez faire d'autre?... Un troisième se taillait un joli succès en mimant la façon dont son frère et sa sœur faisaient l'amour, dès qu'ils croyaient endormis les quatre autres occupants de la chambre. Le grand titre de gloire du chef de la bande, le Caïd, outre sa comparution devant le tribunal, était d'avoir vendu mille balles (avec le droit de le dépouiller, bien sûr) un soldat allemand mort qu'il avait garé dans le fameux sous-sol.

Voilà pour qui et contre quoi se battaient Darrier et ceux qu'il allait rejoindre, ce soir, *au café des Négociants* : Claude et François. Ah! pourvu que les autres garçons soient présents au rendez-vous! Que d'heures passées à les chercher, à les réunir! « On avait oublié... Vous êtes marrants, on n'a pas que ça à faire!... » Ah! pourvu que ce soir, du moins...

Darrier leva les yeux : un ciel de marbre noir pesait sur cette banlieue aux maisons basses, aux arbres tardifs. Des réverbères, trop espacés, semblaient dormir debout. Une voiture passa très vite dans l'avenue déserte et, quand son feu rouge et son tumulte eurent disparu, un silence attentif, les ténèbres, l'immobilité hautaine d'une ville ouverte leur succédèrent. « C'est le coma », pensa Darrier sans aucune raison, mais il répétait ce mot : le coma... le coma... — et une peur mêlée de désespoir faisait le vide en lui. Il faillit rebrousser chemin. « ...Parce que votre sourire tremble, en ce moment même, vous réussirez! » En ce moment même, M. Lamy devait penser à lui... Il repartit.

Darrier pousse la porte du bistrot et s'arrête interdit : Claude et François sont seuls. Non pourtant. Le petit Manuel, douze ans, un bras replié sur la table poisseuse et la joue posée sur ce bras, dort au milieu d'un quadrille de mouches.

— Et les autres?

— Les autres? (François hausse les épaules.) Ils sont au cinéma, à la foire, au bal, au *footing*...

Même pas! Chez l'un et chez l'autre : « Qu'est-ce que tu fais, ce soir?... Allons voir chez Dédé si Charlot y est!... Dis donc, la frangine à Marcel a une nouvelle copine... », etc.

— Mes enfants, dit Darrier en retirant ses lunettes, c'est ce soir ou jamais. Je vous pose la question : en sauver trois sur douze, est-ce que ça vaut le coup?

— Si ça vaut le coup? fait Claude en tapant sur la table. (Le petit Manuel ouvre un œil, change de bras, de joue et se rendort.) Qu'on ait seulement notre baraque, et tu verras! Lucien m'a donné une idée formidable : un ancien wagon de la S.N.C.F... On l'aurait pour rien!

— Oui, mais le terrain?

— Regardez, dit François.

Il étale, avec un peu trop de soin, une carte *Paris-Banlieue-Est* : le gros doigt désigne un triangle rose.

— Là!... Ça appartient à la Ville : Service des Travaux Publics. En faisant des démarches...

— Je m'en occuperai. Mais la baraque ne suffit pas. Il faudrait... Oui, voici ce qu'il faudrait : un fichier pour les offres d'emploi. Il nous en passe sans arrêt sous le nez! L'autre jour, Maurice en avait trois : personne n'en a profité. Et, pendant ce temps, Benito, Alfred et Charlot sont en chômage; et Lucien se tape une heure de trajet pour aller à son boulot. Un fichier... Et puis trois ou quatre chambres en ville, pour dépanner les gars. Il y en a deux qui couchent sur des paliers.

— Trois! Et, depuis cette semaine, le grand Jacques dort sur une table de bistrot : il y a encore un nouveau « beau-père » chez lui, et ça le dégoûte!

— Un centre, reprend Darrier, un centre et un fichier.

— Tu es un peu trop organisé, dit lentement François qui ne sourit jamais. Ton centre, par exemple, s'il est loin de leur rue, les gars seront perdus!

— Ce n'est pas le tout de loger et d'habiller les types, poursuit Claude. (Et il croit tellement en ce qu'il va dire qu'il bafouille déjà.) Ça, tu comprends, c'est... c'est ce que j'appelle la tentation américaine... Ce qu'il faut — hein, François? — c'est qu'ils... comment je dirais? C'est qu'ils aient chaud ensemble : qu'ils soient contents d'être ensemble! Après, tout ce qui est système, ça viendra tout seul, c'est facile!

« Voilà, pense Darrier, François, c'est la foi, Claude l'espérance; et je ne crois qu'en la charité bien ordonnée. Ah! j'ai été rudement bien élevé... »

— Vous avez raison, dit-il. Mais ce soir...

— Ils viendront, fait tranquillement François en bourrant une énorme pipe. Tiens, qu'est-ce que je disais?... Salut, Charlot! Salut, grand Jacques!... Ah, Lucien, tu es venu, c'est chouette!

Charlot : les tempes étroites, deux dents pourries sur le devant; Jacques : une face sans âge que la tuberculose sculpte, mois après mois, d'un pouce implacable; Lucien, foulard blanc, des mèches blondes qu'il ondule avec de l'eau sucrée; les mains dans les poches, tous les trois.

— Salut! Les autres ne sont pas là?

Déjà, ils battent en retraite. Darrier s'énerve; Claude tire une enveloppe de sa poche :

— *Tites foir, les gârs!* (C'est son expression, et le dernier refuge de son accent alsacien.) Venez donc par là!

Il sort et distribue des cartes d'identité à l'en-tête des Groupes Amicaux. Sur-le-champ tous retrouvent leur âge véritable : dix ans. « Il y en aura pour tout le monde?... Merde, j'avais une photo : je l'ai donnée hier!... Faut écrire son nom en lettres carrées?... Avec un stylo à bille, ça compte? *Le Secrétaire général*, qui c'est ça, le secrétaire général?... »

— Justement, je... Du calme, tites foir les gârs!... J'ai pensé que Charlot...

— Qu'est-ce que tu en dis, Charlot?

— Ben, je...

Il devient tout rouge. « Secrétaire général, mince!... » Alfred, Benito et un troisième copain sont entrés entre-temps et regardent Charlot d'un autre œil : Charlot le chômeur, le poissard (Charlot le con, quoi, il faut bien le dire!) Secrétaire général... Ben, mon 'ieux!... Le petit Manuel s'est réveillé, il se demande l'heure qu'il est et ce qui se passe.

— Salut!

— Je vais chercher mon frangin, pour les cartes, propose Dédé : il a une chouette écriture.

— Dis donc, bégaye Charlot, p... pas besoin de t... de ton frangin : je sais écrire, sans blagues!

— Ah non! fait François, en rallumant sa pipe pour la septième fois, personne ne sort plus : on a des trucs trop importants à décider ce soir... Tant pis pour les absents!

— Non! lui souffle Darrier à l'oreille, on ne peut rien bâtir de solide si le Caïd n'est pas là.

— Il le fait exprès!

— Je vais le chercher. Vous, faites signer les cartes,

50

parlez du wagon, du terrain... Je te jure que je le ra-
mènerai!

Voici Darrier seul dans la rue noire. Seul? Non, il se
sent comme *habillé*. Poings serrés, dents serrées, sourire étrange entre deux parenthèses... Rien, cette fois,
ne pourrait arrêter sa marche. « Ce soir ou jamais! » Ce
sont ses propres mots : paroles de désespoir, tout à
l'heure; de certitude, à présent. Il pourrait presque se
diriger à l'odeur vers l'ignoble logement des parents de
Marc, bâti contre le mur d'enceinte d'un dépôt de
boueux. Le garçon lui a dit un jour : « C'est là qu'on
jette les ordures, *j'en fais partie...* » Darrier entend, de
loin, la voix enrouée de Mme Forgeot engueuler un enfant ou un animal. Quand elle aperçoit l'avocat, elle
change de ton : prend sa « voix de police », et il en est
blessé.

— Mon fils devrait être ici... Il n'a même pas terminé ses devoirs!

— Et où les ferait-il, le pauvre?

— Trouvez-nous donc un autre logement!... Oh,
pardon!

Elle s'excuse, au moment même où Darrier s'en
veut de sa question stupide. On entend un grogne-
ment d'ivrogne dans le coin le plus obscur de l'unique pièce :

— Mon mari est encore... malade, dit-elle très
vite.

— Au revoir, madame Forgeot.

C'est tout ce qu'il peut lui donner, ce soir : son
nom. A cette femme humiliée, sans âge, dont le regard bleu conserve une révolte fière, oui, c'est le seul
cadeau qu'il puisse faire : « Au revoir, madame Forgeot. »

Il tourne dans une rue, puis dans une autre;
l'odeur immonde s'atténue. Le voici devant la maison

qu'habite Merlerin (le Caïd). « Non, il n'est pas là...
Non, il ne rentrera pas avant minuit : l'heure où son
frère aîné, qui dort en ce moment, partira travailler
aux Halles et pourra lui céder son lit... » Darrier repart. Debout devant la porte lézardée, un petit garçon
l'interpelle : « Tu sais, je suis Grand Chef! Maman est
sortie et Mémé est au lit... » Plus loin, l'avocat veut
séparer deux gosses qui se battent : « Mais, m'sieur,
puisqu'on joue au divorce!... »

Darrier ne brûlera aucune étape. De bistrot en bistrot, de Mimile à Pierrot : « Vous n'avez pas vu le
Caïd? Pas vu Marc?... » Il traverse des groupes silencieux de Nord-Africains, gris, impassibles et se res-
semblant tous, comme ces maisons. Son instinct le
conduit enfin jusqu'au sous-sol d'usine où, la première fois... Il ne s'est pas trompé. Un coup d'œil lui
montre deux garçons assis, et Marc debout devant le
Caïd, le main droite levée, comme s'il prêtait serment.
Inquiet, l'avocat tend l'oreille : « ... Répète après
moi : je le jure à la mort! » — « A la mort ! » reprend Marc, en rejetant en arrière ses cheveux blonds
de deux mouvements de tête, à gauche, puis à droite.
Il a l'air de faire non... Darrier entre en scène.

— Salut!
— Bonjour, fait Marc, et il lui tourne le dos.
Les deux copains esquissent un geste vague.
— Dites voir... (C'est l'expression même de Claude.)
Il y a réunion au Groupe, ce soir, aux *Négociants*...
— Peut-être, répond le Caïd. Seulement voilà; vous
tombez chez nous quand ça vous est commode, quand
ça ne vous dérange pas trop... Eh bien, nous, ça ne
nous arrange pas!

Marc s'est retourné et les deux autres ont levé le
nez. C'est un duel qui commence, et Darrier l'attendait. Il toise l'adversaire : plus haut, plus large, pas
plus maigre que lui; l'os à fleur de peau, les mains
noueuses; pas de lèvre, l'œil froid et, dans le champ

inculte de ses cheveux raides et ras, une cicatrice très blanche.

— Bien sûr, reprend Darrier conciliant, vous ne pouvez pas passer la semaine à nous attendre! Ce sera plus commode quand nous aurons notre club à nous : notre baraque.

— La baraque? Ça fait bien six mois qu'on en parle! Vous ne l'aurez jamais!

— Jamais! répète l'écho Marc.

— Oh! si, nous l'aurons!... Et c'est Benito qui la peindra. Alfred y fabriquera ses maquettes d'avions. Il y aura des bouquins et des disques; et Marc ou le grand Jacques sera le trésorier. Dédé nous bricolera une radio et... tiens! tu y apporteras ces gants de boxe. (Il vient de les apercevoir : deux paires presque neuves. Où le Caïd les a-t-il *piquées ?*)

— On croit encore au Père Noël dans ton quartier!

Les trois copains rigolent. Ils tournent leur visage vers l'un puis vers l'autre, comme s'ils suivaient un match de tennis, un match que Darrier est en train de perdre.

— Tu préfères peut-être les bistrots?

— Oui, dit lentement le Caïd en s'approchant de lui. Heureusement qu'on les a : ils sont là tous les jours, eux!

— Pas besoin de baraque ni de bistrot pour essayer ces beaux gants, reprend Darrier, un peu sourdement, après un silence. Marc, garde-moi mes lunettes!

Sans lunettes, il paraît soudain si jeune, si désarmé... Marc fait *non* pour rejeter ses cheveux en arrière, ou peut-être pour empêcher le combat.

— Tire-toi! commande le grand. Eh, vous autres, lacez-moi les gants!

Marc attache ceux de Darrier. Le garçon est devenu très blanc; seules, ses lèvres trop minces et ses pommettes trop larges restent colorées. Ses yeux bleus —

ceux de sa mère, mais purs — semblent soudain immenses.

Les ailes de son nez si droit, si court se sont couvertes, en un instant, de fines gouttes de sueur. Darrier, qui l'observe, s'oblige à sourire. « Allons-y! »

Dès le début, le Caïd tape en brute. Six mois! six mois qu'il attend cette chance : une occasion *logique* de corriger l'avocat... Il se venge des flics, du Palais de Justice, des appartements de onze pièces, des bagnoles américaines, des types qui mangent deux fois par jour et deux plats par repas : il cogne! il cogne!... Et Darrier encaisse : à l'estomac, au foie, au menton, à la tempe... La douleur dessine son corps. Il se protège assez mal, exprès.

Car, à chaque coup, il pense, les dents serrées : « Pour Dédé... Pour Manuel... Pour Paulo... » Il est en train de *racheter* chacun des gosses au grand Caïd «... Et pour ces deux copains-là, que je ne connaissais pas encore : aïe!... aïe!... Assez maintenant! »

Darrier recule d'un pas. Marc redoute, les deux autres espèrent qu'il s'écroule. Non! il reprend sa garde et attaque à neuf. Le Caïd dérouté, essoufflé, encaisse mal. Son adversaire n'a jamais appris la boxe mais il vient de prendre une leçon douloureuse : il connaît les bons endroits, il cogne à son tour. Et il reprend sa litanie : « Pour Alfred!... pour Benito!... pour Marc! » Ah! pour Marc, il paye le prix fort : à l'estomac, puis à l'arcade sourcilière! Le sang gicle « ... Et pour toi enfin, grand Caïd, pauvre gosse » : à la pointe du menton!... Contre toute attente, le grand vacille, recule en trébuchant comme s'il était monté sur des patins à roulettes et tombe, démantibulé, sur un tas de paille de fer.

— Ça suffit peut-être comme... entraînement! propose Marc d'une voix sourde.

— Ce sera comme *Pierre* voudra, dit nonchalamment Darrier dont le cœur bat fou.

C'est la première fois qu'il appelle l'autre par son prénom.

— Ça va! fait l'ancien Caïd, qui se relève péniblement.

— Marc, aide-moi à retirer les gants!... Mes lunettes?... Merci... Prête un mouchoir au grand!... Les autres nous attendent, reprend-il avec calme, dépêchons-nous.

Pas un mot de tout le trajet; le Caïd marche tout seul, derrière; Marc, à côté de l'avocat. Chaque réverbère joue à l'éclipse sur son visage, en laisse une partie dans les ténèbres, éclaire l'autre durement : une pommette, un maxillaire, un sourire, un sourcil froncé sur un regard fixe... Leurs cinq ombres tournent à leurs pieds. Silence. Darrier pense à M. Lamy, à la bande qui va devenir un Groupe Amical... Il vit l'un de ces instants où, parce qu'on vient, soi, d'accomplir toute sa tâche, on croit que le monde peut être sauvé : il est heureux.

Aux *Négociants*, il retrouve Claude et François en train d'expliquer aux autres comment, à l'aide de quelques chambres en ville et surtout d'un « fichier » d'emplois : « Oui, mon vieux, un fichier, parce qu'alors, tu comprends... »

Une très bonne soirée, décidément.

Il y eut d'abord la chasse au terrain : les attentes interminables dans les couloirs vitrés de la mairie, puis de la S.N.C.F., puis du Gaz de France. Car il ne dépendait pas de la Ville, ce terrain! mais des chemins de fer; pas des chemins de rer, mais de la compagnie du gaz. Et puis non! renseignements pris au cadastre, il n'appartenait à personne. Ah! il était bien tombé, le gros doigt de François sur la carte rose!

— A personne? Mais alors nous pouvons justement...

— Vous n'y pensez pas! Si vous y posez une installation, la police vous en chassera comme nomades; et si vous l'y implantez, elle vous expropriera comme occupants sans titre.

Rien de plus à tirer de l'employé! Quand un fonctionnaire a trouvé un bon cercle vicieux, un « de deux choses l'une » doublement sans issue, quittez-le sur la pointe des pieds : laissez-le à sa joie...

On chercha donc un autre terrain. Le patronage paroissial en possédait un que le curé acceptait de prêter, mais l'Association Chrétienne des pères et mères de famille s'y opposa. Pourtant, Dédé, Benito et Cie n'avaient pas les mêmes heures de loisir qu'Emmanuel, Patrick et les autres : aucune contamination n'était à redouter! Après vingt démarches aussi décevantes, l'avocat découvrit une parcelle de terre cendreuse, un triangle bizarre; il dépendait de la Compagnie des Eaux, qui l'avait oublié depuis 1909. A force de plaidoirie, Darrier l'obtint pour le loyer de l'époque : 2 francs par an.

Son wagon, Claude essaya de se le faire attribuer en tapant sur la table. « Tites foir, alors, pour ce wagon... » On le mit dehors. François le relaya et eut son monde à la lassitude : on en avait assez de ses grosses lunettes, de ses gestes lents, de sa pipe qui puait, de sa patience; on lui donna le wagon.

L'équipe tout entière participa au déménagement avec beaucoup de sueur, quelques doigts écrasés, des jurons inédits. Le wagon se faisait transporter : chacun son tour! Manuel, Marc, et les autres « scolaires » avaient séché l'école et poussaient à la roue. Encore un petit effort, les gars! et nous allons... — Bon sang de bordel de bonsoir! *Le terrain était trop petit pour le wagon...*

Darrier crut à la catastrophe; cela tourna à la merveille : il fallut démolir ce qui n'aurait jamais été que le wagon de François, afin d'en fabriquer ce qui allait devenir la baraque de tout le monde... La cabane devait épouser la forme du terrain : une case triangulaire, cela pose des problèmes. Les garçons se mirent au travail, semblables aux animaux dans un film de dessins animés : tout avançait à la fois, dans un silence affairé où les outils passaient de main en main. Les bistrots ne voyaient plus jamais les gosses. L'un d'eux s'en plaignit à Claude et à François : il parlait de la bande comme de son bien propre, de cette absence comme d'un vol. Pour la première fois depuis des mois, François rit jusqu'aux larmes et Claude tapa si fort sur la table que les verres se renversèrent. « Remettez-nous ça, patron! fit François, en essuyant ses lunettes : ça vous dédommagera... »

On n'attendit pas que la baraque fût achevée pour s'y réunir. Certains soirs, il y faisait un peu plus froid, un peu plus humide que dehors, mais enfin on était chez soi. On préparait déjà la fête d'inauguration : quelles filles inviterait-on? Quels voisins? Quels parents?

— Pourquoi les parents? demanda Marc. Moi, je suis contre!

— Tu n'es donc pas fier de la baraque? Tu ne veux pas la montrer?

Il ne répondit rien : c'était de ses parents qu'il n'était pas fier, eux qu'il ne voulait pas montrer.

On atteignit bientôt trente-sept invités. Bien, mais comment les distraire? « Si on montait un jazz, proposa Lucien : j'ai déjà la batterie... » Dédé, qui croyait savoir imiter Bourvil, suggérait des sketches comiques. Le Grand Jacques, lui...

— On fera tout ça. Seulement, tites foir, les gârs, il faut aussi leur donner à manger!

— Et à b... à boire, fit Charlot (le Secrétaire Général).

Darrier avait dit sagement aux deux autres : « Pas

un franc! surtout, ne donnons pas un franc : nous ne sommes pas des *bienfaiteurs*, mais des copains. Si c'est nous qui apportons le nécessaire, ce ne sera plus leur fête. » On fit donc l'inventaire des relations utiles : le père de Manuel travaillait chez un boulanger, et le frère du Caïd aux Halles; Alfred avait une copine dont le beau-frère, etc. Ce fut le règne des beaux-frères, des « Si c'est ma frangine qui le lui demande... » et des « Il ne peut pas te refuser ça! ». Chacun, s'étant un peu vanté, se trouva engagé sans retour, au delà de ses possibilités : c'était la meilleure chance de réussir. On fixa la date et, pour la première fois depuis bien des années, on vécut aux Carrières en comptant les jours. Mais les gars ne savaient pas encore que l'attente est plus précieuse que l'instant et qu'ils étaient déjà heureux...

On en attendait trente-sept; à neuf heures, ils sont déjà quarante-deux et, pour asseoir les mères, il n'y a plus assez de chaises. Claude monte sur la dernière — Chchchchut! — essaie d'obtenir le silence. François retire un instant la pipe de sa bouche : « Vos gueules, sans blagues! » On se tait.

— Tites foir, Darrier ne sera pas là ce soir... Non, il a été obligé de plaider une affaire en province... Il est avocat, vous savez!... Alors, il nous a envoyé ce télégramme...

On applaudit le télégramme; mais quand Claude veut enchaîner sur le discours qu'il répète depuis plusieurs jours, en vélo, à l'atelier, et devant sa glace, les conversations reprennent et se mêlent à sa harangue : « ...*Un véritable Groupe Amical*... C'est Lucien qui tient la batterie, un drôle de champion, je te le dis!... *Tous ensemble, la main dans la main*... Un sandwich gratuit par type, mais après, forcément, faut que ça douille!... *Alors on aura vraiment chaud au cœur*...

Quand tu entendras Benito et comment qu'il chante, tu seras sur le cul!... »

Le pauvre Claude multiplie les « Tites foir!... » mais en vain. Personne ne l'écoute plus. Désolé, il bat l'air de ses bras (« Pour une fois que je ne bafouillais pas! ») et descend de sa chaise. Le Lulu's Jazz attaque aussitôt sur un rythme incertain mais décidé, et l'on danse, chacun des couples à son idée, parfois même chacun des danseurs. A la fin des morceaux, les musiciens eux-mêmes applaudissent. Benito, qui vient de répéter dehors une dernière fois, attaque « Si toi aussi tu m'abandonnes... ». Il entame un peu trop bas. Alfred, qui l'accompagne à l'harmonica, essaie de couvrir sa voix pour l'obliger à... — Benito lui lance des regards furieux, en même temps qu'il prononce ces paroles d'une douceur déchirante. Mais il voit s'approcher quelques notes si graves que jamais il ne pourrra descendre assez bas. Alors, au dernier moment, il change de ton; et c'est Alfred, cette fois, qui l'injurie. Cependant, juste avant la fin, ils se rejoignent et on applaudit un peu trop fort, pour les consoler. Le grand Jacques a préparé un numéro d'illusionniste assez inquiétant. C'est François qui doit lui prêter les pièces, Claude la montre et le foulard dont il a besoin : personne d'autre ne s'y risque! On danse de nouveau. Dédé a bricolé un pick-up, et les disques viennent du fond des temps; quelquefois, ce sont les parents qui reconnaissent les airs... Manuel a emprunté les souliers pointus de son frère et un pantalon long qui ne pense qu'à tomber. Que de soucis! Presque tous les autres gars ont des souliers de cycliste : perchées sur leurs talons du samedi soir, les filles les dominent et se penchent pour parler à leur danseur. Plusieurs se sont parfumées à leur goût; c'est exaltant et un peu écœurant. Au signal donné, on se bouscule fraternellement vers le buffet que surveillent Alfred et le Caïd avec des regards à vous couper l'appétit : « Pas plus d'un par personne! » Qu'il paraît bon, le sandwich gratuit! Charlot, prenant le sien, en reconnaît un qu'il a fait de ses mains et le repose sur l'assiette : « Ce n'est pas la peine de venir en société pour m... manger ses p... propres tartines, sans blagues!... » Il y a de la bière, de la limonade et du vin rouge; mais on garde sa soif le plus longtemps possible, car le premier verre seul est gratuit — tu parles d'un système!

Et les pommes? Il devait y avoir des pommes... Qui s'était chargé d'en apporter? — Marc! Hé, Marc!... Mais il fait non, de loin. Il est arrivé le dernier, essoufflé, les mains vides; il ne danse pas, ne mange rien. Tout à l'heure, Benito, qui retournait vers son quartier, lui a demandé : « Tu rentres avec moi? » Marc a pâli : « Oh non! » François l'observe et se faufile jusqu'à lui, parmi les danseurs obstinés et les vieux qui se racontent des histoires d'autrefois qu'ils sont les seuls à croire.

— Dis donc, Marc, t'en fais une drôle de...

La porte s'ouvre : deux flics. Tous les danseurs se figent sur place, c'est le musée Grévin. Seul, le disque continue : « ... C'est toi ma p'tite folie, toi ma p'tite folie... » Plusieurs gars croient qu'il s'agit d'une entrée comique, une blague quoi! — et s'apprêtent à rigoler. Mais les agents sont un peu trop ressemblants. Dédé arrête la musique. Tout le monde retient son souffle.

— Forrrgeot Marrrc, dit l'un des flics avec un accent qui ne fait rire personne, vous le connaissez?

— Forgeot Marc? (On s'entre-regarde avec une hypocrisie parfaite.) Dites, les gars, ça vous rappelle quelque chose, ça?... Comment vous dites : Forget?

— Forgeot, fait doucement l'autre agent qui a les cheveux gris, et vous le connaissez tous.

— Attendez donc, reprend Dédé, Forgeot... oui... Mais il n'est pas là, ce soir!

Vers Marc, dont le visage est devenu plus gris que les murs, aucun regard ne s'est retourné... Si! celui de l'agent :

— Le voici, dit-il calmement.

Sans ménagements, son collègue se fraie un chemin vers cette statue de sel.

— Barre-toi! souffle le Caïd, et il se place entre la masse bleue et lui.

Inutile! C'est l'instant pathétique où la bête, qui pourrait encore fuir, se retourne et fait front; l'instant qui devrait désarmer les chasseurs, mais les détermine, au contraire. Claude et François s'interposent :

— Mais qu'est-ce qu'il a fait? De quel droit?

— Et vous, de quoi vous mêlez-vous?

— Il a volé des pommes, explique avec douceur l'autre agent.

— Ce n'est pas vrai! crie Marc d'une drôle de voix. J'avais pris un panier plein, ça oui! mais je suis venu le remettre à sa place. Et c'est à ce moment-là que vous m'avez pris en chasse.

— Tu parrrles!

— C'est tout de même du vol, dit le second flic avec une sorte de tristesse. Pas grave, mais... vous comprenez!... Viens, mon petit!

Ce langage et ce ton les désarment. Ils s'écartent devant Marc si mince, si seul, entre les deux gardiens. Aucune parole ne sort de ces gorges serrées; seul, Claude murmure : « Si Darrier était là... » Mais Marc est bien content, au fond de son naufrage, que Darrier ne soit pas là... Il ne lèvera pas les yeux; dehors, il se retournera une seule fois : le temps de voir, derrière chaque fenêtre, une grappe de visages figés où seul vit le regard angoissé.

Marc espère qu'une voiture de police les attend

dans la rue, comme au cinéma; mais l'un des agents reprend son vélo contre un arbre, et l'on part à pied.

— Où m'emmenez-vous?

— Chez toi!

— Ah non!

Il a tenté de... Le gros flic l'a saisi au bond et lui maintient le bras tordu.

— Tu peux le lâcher, dit l'autre : il ne se sauvera pas. Tu te doutes bien, petit, qu'avec le vélo... hein? Quant à passer chez toi, que veux-tu, c'est le règlement.

— Je voudrais bien... Je voudrais bien ne pas marcher entre vous deux, demande Marc d'une voix blanche.

— Ça aussi, c'est le rrrèglement!

A partir de cet instant, pour ne pas pleurer, s'effondrer, taper sur les flics, crever de honte quand des copains se retournaient sur leur passage, *Marc décida qu'il jouait un film*... C'est flatteur, passionnant, et surtout, ça finit toujours bien, un film! Même si le type meurt : car mourir en gros plan, en faisant pleurer dans le noir des milliers d'inconnus, ce n'est tout de même pas la même chose! Le voici donc, marchant entre deux policiers, comme dans « Les bas-fonds de Mexico », et regrettant presque les menottes.

Tout ce qui allait arriver désormais était du cinéma, et Marc se sentait à la fois héros et témoin : acteur et spectateur. Pourtant, lorsqu'on arriva en vue de la maison, son ventre se serra : une terrible envie d'aller aux cabinets, pour vomir ou le reste... Mais tout rentra dans l'ordre, et le film repartit, quand il s'aperçut que ni son père ni sa mère n'étaient là. Seul le gosse dormait, tout seul dans le grand lit, pour une fois!

— Ne le réveil...

Trop tard! le gros gardien l'interrogeait déjà : « Où sont tes parents ? » Si Marc avait tenu un revolver, il

aurait tiré sur le policier (comme le grand frère dans
« Calibre 64 »!) Il courut au gosse terrorisé :

— N'aie pas peur, Jojo.

— La bise! parvint à articuler le petit. Marc l'embrassa en le chatouillant un peu, mais il ne parvint
pas à le faire rire. Des petits doigts griffus s'accro-
chaient à lui :

— Tu restes, dis?

— Ecoute, Jojo, j'ai des choses à régler avec ces
messieurs... (Il parlait comme un film doublé.) Tu vas
te rendormir bien sagement... Dans le grand lit, dis
donc! tout seul dans le grand dodo! Tu es un drôle
de coquin, toi!

— Tu reviendras, Marc?

— Tout à l'heure... demain... enfin, bientôt. Allez,
dodo tranquille, mon bonhomme!

C'était un rôle sympathique, et le gosse jouait drôlement bien : mieux que Marc qui *chargeait* un peu.
Aussi, quand il revint vers les agents en murmurant :
« Je suis prêt », le gros lui dit : « Tu te crrrois au
cinéma, sans blagues? »

— Marc!

— Qu'est-ce qu'il y a, Jojo?

— Maman t'a préparé à manger, là!

Il se retourna : il vit sur le coin de la table une
assiette, un morceau de pain (le croûton qu'il aimait),
une bonne tranche de fromage, un verre de vin
rouge... Et puis il ne vit plus rien parce qu'il pleurait.
Finis, le cinéma, le jeu, la crânerie! « Maman... m'a
préparé... à dîner! Maman... m'a préparé... à dîner!... »
Il ne pouvait que redire cette phrase en sanglotant.
Le gosse s'était levé de son lit et s'agrippait à lui, tentait d'écarter les deux mains qui cachaient le visage.
« Marc!... Dis, Marc!... » On voyait ses petites fesses à
travers les trous de sa chemise de nuit. « Maman...
Maman... Maman... » Maintenant, le souffle coupé,
Marc ne répétait plus que ce seul mot.

L'agent aux cheveux gris saisit doucement le gosse, le recoucha, le borda en lui racontant à l'oreille je ne sais quoi. On entendit la petite voix qui demandait : « C'est vrai? »

— Je te promets... Jojo! (Puis, retournant à Marc :) Viens, maintenant, petit... Pense à ton frère, ajouta-t-il à voix basse, et viens *vite*!

— Non! cria Marc. (Et Jojo s'assit de nouveau sur son lit, les yeux agrandis.) Non! non!... Maman!

Il s'était accroché des deux mains à la barre de la cuisinière. Il hurlait à présent : « Maman!... Maman!... » Le petit pleurait, trépignait sous les draps, se bouchait les oreilles. « Maman!... »

Le gros agent empoigna Marc à bras-le-corps sans rudesse. « Tout à l'heure, pensait-il, le garçon ne voulait pas venir ici et, maintenant, il ne veut plus s'en aller : il faut l'emmener comme un veau!... Il appelle sa mère! mais, il y a trois jours, il paraît qu'il a levé la main sur elle parce qu'elle se tenait mal avec un bicot! Mais qu'est-ce qu'ils ont donc dans le crâne, ces gosses? » Il emporta enfin dans ses bras une masse sans défense, toute chaude de larmes : un enfant pareil au sien qui dormait à cette heure, dans sa petite chambre à lui, son cartable préparé pour le lendemain. Pareil au sien qui n'avait jamais volé de pommes, sauf pour rigoler avec des copains, une fois, comme tout le monde : « Chiche que tu ne le fais pas! »... Un enfant comme le sien, mais le rapprochement ne lui vint pas à l'esprit.

— Tout ça pour un bout de frrromage, tu te rrrends compte? dit-il seulement à son collègue.

III

« J'AI FROID : COUVRE-TOI, MON PETIT! »

Dès son retour, Darrier accourut chez M. Lamy. Une même tempête semblait avoir emmêlé ses cheveux et fait flotter sa robe noire. On devait lire ses sentiments sur son visage, car, du plus loin qu'il l'aperçut :

— Ne vous désolez pas! lui cria le Juge. Votre Groupe continue... Sans Marc, voilà tout!

— Ne pouvait-on... — Bonjour, monsieur le Juge! — Ne pouvait-on classer l'affaire? Après tout, il n'y a pas de délit...

— Je me moque du délit, vous le savez bien! Mais... (Les trois rides apparurent à son front.) J'ai vu Marc, et j'ai vu ses parents... Il fallait l'éloigner, Darrier. J'ai agi au plus vite.

— Vous ne mettiez donc aucun espoir dans le travail de notre Groupe?

— Si, mais vous êtes le médecin de quartier et moi le chirurgien... Faisons-nous confiance l'un à l'autre!

L'avocat reprit, d'une voix un peu sourde :

— Marc aime sa mère, il a besoin d'elle... Vous les punissez tous les deux!

D'un geste brusque M. Lamy tourna vers lui son profil gauche (son profil de seigneur) :

— Punir? Voilà un mot que je ne connais pas... Les *soigner*, ça oui! Les soigner l'un et l'autre... L'un par l'autre... Et l'un pour l'autre, ajouta-t-il encore avec un troisième geste de sa main blanche. Pensez aussi que je puis, à tout moment, modifier ma décision... Allons, Marc est en route pour Terneray, en ce moment même.

— Un excellent Centre, bien sûr; mais comment pourrai-je expliquer aux parents...

— J'ai passé trois heures à les convaincre. Vous savez bien, reprit lentement le Juge, que si ma décision n'a pas leur accord et celui de Marc, elle ne sert à rien!... Pourquoi souriez-vous, Darrier?

— Je pense à la tête que ferait un magistrat de ma connaissance...

— Pas de nom!...

— ... Que feraient, d'ailleurs, tous les autres juges s'ils vous entendaient définir ainsi la justice.

— Pas tous les autres juges!

— Oh! presque.

— Darrier, fit M. Lamy à voix basse, tout l'avenir est dans ce *presque!*

— J'apprends que M. Doublet (qui, lui, n'est pas parmi les « presque »!) vient d'être nommé Substitut au Tribunal pour enfants. Avec M. Doublet comme « Accusateur public », vous aurez quelques difficultés!

M. Lamy passa son doigt sur sa mèche blanche :

— C'est déjà commencé. Hier même, une histoire de vélo volé... « Monsieur le Substitut, lui ai-je répondu, quand un enfant vole une bicyclette, qu'est-ce qui importe à la société, le sort de la bicyclette ou celui de l'enfant? »

La première fois qu'il lut ce nom sur une borne : « Terneray, 10 km », Marc tressaillit si vivement que son voisin, l'homme au volant, s'en aperçut.

— Oui, fit ce M. Provins, comme pour lui-même, Terneray : c'est bien là que nous allons.

Marc le savait depuis des jours. Il lui semblait entendre encore le Juge : « Terneray... on y fait du sport, tu verras... »; et son assistante au téléphone; « Allô, Terneray?... Il me faudrait une place pour un garçon de quatorze ans... »; et son greffier ânonner en relisant : « ... Forgeot Marc déclare : Je suis d'accord pour aller à Terneray... » C'était devenu un pays imaginaire, Terneray! un nom d'histoire, comme « Carrabas »! un mot vide : un beau coquillage... Et, tout d'un coup, sur cette borne, dans les mêmes lettres que n'importe quel autre pays, *tranquillement* écrit : Terneray, 10 km...

Ce juge était un malin : on avait l'impression de décider soi-même ce qu'il voulait! Marc lui avait promis de lui écrire... Tu parles! Des lettres qui iraient grossir ce dossier rose, sur la couverture duquel on lisait, d'une écriture de prof : Forgeot Marc! Car les grandes personnes sont ainsi : on parle avec elles, elles vous sourient, et puis, de tout cela, elles font des papiers, toujours des papiers... Le Juge était pareil aux autres : leur patron à tous; les flics eux-mêmes lui obéissaient. Le seul, pourtant, qui se laissait regarder au fond des yeux... Les autres ne le supportaient pas, ou n'avaient pas le temps! Quant à lui, Marc, c'était un *paquet* qu'on se repassait de main en main. Vous avez déjà vu l'arrière-boutique d'un bureau de poste? Eh bien, voilà! Des sacs que les types se refilent de poussette à voiture, et de voiture à wagon, en pensant à tout autre chose : allez, hop! D'agents à commissaire, de juge à Terneray, allez, hop!

Pourtant, sur le quai de la gare de Melun où Marc pensait (espérait même un peu, à cause du film!) que deux gendarmes armés l'attendraient, on n'avait trouvé, tout à l'heure, que ce M. Provins avec ses moustaches noires, ses sourcils plus épais qu'elles et sa cigarette toujours éteinte. « Bonjour, vieux! » On avait bu, au buffet, un demi de bière qui avait laissé un liséré sur ses moustaches, comme fait la marée sur la grève. « J'ai un garçon, à la maison, qui s'appelle Marc, lui aussi. » C'est tout ce qu'avait dit M. Provins avant qu'ils ne montent tous les deux dans sa guimbarde. Puis il avait rallumé sa cigarette avec un vieux briquet de cuivre rouge; elle avait brasillé pour, de nouveau, s'éteindre presque aussitôt. Puis plus un mot...

La route avait longé des maisons un peu trop blanches, parce que le soir tombait déjà, des jardins un peu trop mystérieux et, d'un seul coup, la ville avait cessé. Marc regardait, avec une stupeur mêlée de crainte, ces champs, ces bêtes, ces arbres immenses, spectacle que l'enfant des villes n'avait jamais vu... Des arbres, bien sûr, il en existait aussi aux Carrières : maigres, déplumés, pris au piège du trottoir. Mais ici ils vivaient, tous différents l'un de l'autre; ils respiraient — d'énormes poumons roux! — et, s'il leur avait plu de changer d'emplacement...

— Tu peux ouvrir la vitre, vieux!

Sans détourner son regard de la route, d'une lèvre où collait sa cigarette morte, M. Provins avait donné cette permission à l'instant même où, furieux de ce manque de dignité, Marc allait la mendier.

Il baissa la glace. La fraîcheur nue d'octobre, l'odeur de la terre humide et celle, rassurante, des bêtes de ferme, une cloche grave entendue à travers des bois que l'arrière-saison clairsemait... C'était comme une eau froide et noire qui montait; Marc en fut submergé. Le soir tombait, sans réverbères, sans fenêtres allumées : un soir sans hommes, mais peuplé, bruissant, souverain, où Marc ne se sentait qu'un étranger fragile. Un vent intelligent semblait écarter les feuillages; les cimes des arbres se balançaient lentement; un oiseau de velours vola pesamment d'une rive à l'autre de la nuit, à travers la route blanche. Marc serra les dents.

— Si tu as froid... commença M. Provins.

Non, peur! il avait peur. Il appelait sa mère, du fond de la citerne de l'automne, ce petit garçon qui jamais n'était sorti de la ville.

— C'est beau, n'est-ce pas? murmura encore l'homme à la cigarette. Si calme surtout...

Allons donc! C'était plus tragique, habité, vertigineux que le fond des mers! Calme? A la manière du visage d'un mort : façade paisible, tendue devant des cavernes désertes, des cataractes de silence...

« Monsieur, aurait voulu demander Marc, est-ce qu'il y a beaucoup d'autres garçons à Terneray? Est-ce qu'on ferme bien les fenêtres, la nuit? Monsieur, il n'y a pas de bêtes, n'est-ce pas, à Terneray? Surtout, pas de bêtes! »... Il se sentait saisi d'une confiance soudaine envers l'homme aux moustaches. Son père aussi conservait, des heures durant, une cigarette qui noircissait lentement au coin de sa bouche. Un garçon qui s'appelait Marc, lui aussi... — Oui, une grande confiance en M. Provins; tout en le détestant un peu d'être si tranquille et en le méprisant un peu d'être si aveugle : de ne paraître s'apercevoir ni de l'automne ni de la nuit... Enfin, on pouvait s'entendre avec lui, on aurait pu s'entendre avec lui si l'on avait été autre chose qu'un paquet en transit dans sa vieille voiture!

TERNERAY... De nouveau, le nom sur un panneau, à l'entrée d'un village, fit sursauter le garçon comme s'il avait lu FORGEOT MARC dans un gros titre de journal. Des vitres allumées, des gens qui se parlaient dans la rue : on rentrait en pays humain... Mais M. Provins obliqua vers la gauche, droit sur le soleil couchant, et Marc se pencha pour mieux scruter l'obscurité sanglante des bois alentour.

— Qu'est-ce que tu cherches, vieux?

— Les murs.

Un « Internat d'Education Surveillée » (comme disait le Greffier, sur un ton qui ajoutait à chaque mot une majuscule), cela devait avoir des murs aveugles, couronnés de barbelés et plus ventrus qu'une digue! Dans le film « Les Prisonniers du Kœnigsberg », par exemple, Marc se rappelait que...

— Nous y sommes, annonça M. Provins. (Une grille ouverte, des murs bas qu'escaladaient et débordaient les vagues d'or rouge des feuillages.) Tiens, la plaque se trouve mal!

M. Provins descendit de voiture — « Viens donc m'aider! » — et Marc le rejoignit près du montant de la grille : la pierre gravée TERNERAY était surmontée d'une plaque de bois toute fendue :

ASSOCIATION RÉGIONALE
POUR LA

SAUVEGARDE
DE L'ENFANCE

— Aide-moi à l'achever, vieux... A la ficher en l'air, si tu préfères!

Ce fut vite fait; elle gisait, en trois morceaux, dans l'herbe roussie. A sa place apparut, telle une peau neuve, un carré de pierre plus blanc où couraient des insectes débusqués.

— Là! dit M. Provins en essuyant ses mains l'une contre l'autre, maintenant c'est une maison comme toutes les maisons. Avec des enfants comme tous les enfants, ajouta-t-il en baissant la voix.

Et il alluma pour la quatrième fois sa cigarette.

La voiture repartit; elle remontait l'allée principale à une allure de carrosse et les branches des arbres, tels les bras d'une foule amicale, se tendaient vers les vitres, les touchaient au passage. Un lapin traversa devant eux sans se hâter.

M. Provins arrêta l'auto près d'une grande pelouse; ils sortirent, et chacun claqua sa portière.

— Qu'est-ce qu'il y a, vieux?

Rien. Simplement, de deux coups de tête, Marc rejetait ses cheveux en arrière; il promenait son regard bleu; il respirait à narines frémissantes, animal inquiet. « Terneray, hein? On allait bien voir... » Il frissonna. C'était l'heure où, là-bas, Jojo réclamait « la bise » avant de se blottir tout contre le mur, dans leur lit trop étroit; l'heure où, dans ses bons soirs, son père sortait les cartes : « Tu me fais un écarté, Marco? » : où sa mère s'asseyait, les mains sur les genoux, la bouche entrouverte, le regard perdu... « Oh! Maman... Oh! de quoi s'étaient- ils mêlés, tous ces gens qui mangent à l'heure et remplissent des papiers? Tous ces types en noir, avec leurs lunettes, ces bonnes femmes avec leur chignon et leur sourire gris? Ah! les vaches! les vaches! les vaches!... Maman... Oh! Charlot! Dédé! Lucien!...

— Tu trouveras des copains ici, dit doucement M. Provins qui l'observait.

— J'aime bien les choisir moi-même!

— Paris n'est pas si loin, poursuivit l'autre d'une voix un peu changée. (Il hésita encore un instant.) Ta mère viendra te voir...

— Laissez-nous tranquilles!

M. Provins sortit son briquet et le battit plusieurs fois en vain, à cause du vent. Quand la flamme jaillit enfin, Marc put voir son regard : les mêmes yeux que M. Lamy. Puis, tout s'éteignit d'un coup, les moustaches, le regard; la cigarette aussi.

— Là-bas, à droite, le jardin, avec les ateliers et le garage. Devant nous, le plus ancien des trois bâtiments : 1935... A gauche, derrière ces arbres, le baraquement n° 2 : 1948... Le tien est là-bas : oui, ces lumières. Il est le plus récent; nous l'avons construit nous-mêmes, et sans crédits! Mais tu t'en fous, c'est bien normal, ajouta M. Provins du ton le plus naturel. Allons-y, vieux!

En marchant, sa valise à la main, vers le pavillon n° 3, Marc pensait : « Ils m'attendent tous... Ils ont préparé leurs gueules : tout sourire, ou tout curé; pas de milieu avec eux!... Je m'en fous, je ne leur dirai pas un mot... Pas un mot!... Ou alors, attends : les poings dans les poches s'ils veulent me serrer la main. Pas mal!... Et si je sifflais, tout le temps?... Que le gars soit obligé de me mettre en cellule, dans le noir?... Les autres verraient tout de suite à qui ils ont affaire! »

Il imaginait déjà tous les types en rang, le crâne rasé; et lui, torse nu, intraitable, que le gardien fouettait avec une ceinture...

En vérité, une brave odeur de soupe aux poireaux et aux pommes de terre, un cliquetis de couverts, une rumeur de rigolade enrouée approchaient avec le baraquement.

— Ils sont déjà à table, dépêchons-nous!

M. Provins jeta à regret sa cigarette, compagne des deux dernières heures, et passa la porte. Les poings fermés au fond des poches, le regard d'acier et — du moins, le croyait-il — un imperceptible sourire d'ironie sur ses lèvres serrées, condamné à mort impassible, Marc affronta les vingt garçons, qui s'étaient levés, et la table du fond où cinq grandes personnes le dévisageaient. Mais déjà, l'une d'elles se portait à leur rencontre en courant presque.

— Bonjour, monsieur Provins! Bonjour... Marc! C'est bien Marc?

Blonde, plus blonde que lui... C'est tout ce que le garçon vit d'abord; ensuite seulement, les yeux verts, les pommettes larges, le creux des joues, le sourire un peu frémissant.

— Je suis cheftaine Françoise. Et voici ta table!
Mais viens d'abord saluer chef Marcel, Mammy,
Buffalo et le chef Robert...

Il ne regarda aucun d'eux : sans quitter des yeux la
jeune fille blonde, il serra des mains, bredouilla
« Bonsoir », s'assit à sa table avec trois garçons, et
s'aperçut alors seulement qu'il n'avait tenu aucune de
ses résolutions. Aux autres tables, les gars se levaient
à demi pour le dévisager; Marc reprit sa tête de
condamné innocent, fourra les mains dans ses poches. — « Pas faim! » — et, sans répondre aux questions, se mit à siffloter. Mais c'était encore raté car personne ne l'entendit; et les trois autres se partagèrent
sa ration.

Celui que la jeune fille blonde avait appelé chef Robert (très maigre, avec de grosses lunettes) se pencha
vers son voisin :

— Le nouveau ne mange rien.

— Normal, répondit Buffalo. Ne le regarde pas!

Tandis que Marc observait les lieux et les visages
avec un détachement très calculé (« Si seulement
j'avais une cigarette, quelle allure! »), les vingt garçons
mâchaient, parlaient tous ensemble, jouaient des coudes et jaugeaient secrètement ce nouveau compagnon,
chacun à sa manière. « Exactement le gardien de but
qui nous manquait... — Il a une tête à ressembler à
sa mère... — Pour moi, il a dû voler... — Si on se
bagarre, c'est aux cheveux qu'il faudra l'empoigner...
— Peut-être qu'il a déjà couché avec une fille... »

Seul Alain Robert, à la table voisine, avait repoussé
son assiette et regardait Marc en silence.

— Messieurs, fit le chef Marcel en se levant, récréation jusqu'à... (Il regarda sa montre) 20 h 30 — 8 heures et demie, quoi! — sauf pour ceux qui sont de service, naturellement. Et puis, au dortoir!

Trois ou quatre garçons empilèrent sans ménagements les verres dans les assiettes et le tout dans les

plats qu'ils portèrent en courant vers des bacs où l'eau coula trop fort. Il y eut des éclaboussures, des jurons et de sournois « J'l'ai pas fait exprès! » Déjà Marc, emporté par le flot des autres, courait dans l'allée plus obscure que tout à l'heure et qui lui parut, cependant, moins redoutable. Sur la pelouse, les équipes s'organisaient autour du ballon rond.

— Vous tenez absolument à ce que je joue? fit Marc avec condescendance. Alors, avant gauche, rien d'autre!

Il avait dit cela au hasard, mais si impérieusement qu'il se retrouva sans discussion sur la ligne des avants. La rage au cœur, les larmes aux yeux, se racontant qu'il s'agissait de la finale de la Coupe de France, il rentra trois buts dans les dix premières minutes. Les gars le regardaient d'un autre œil.

— Ça suffit maintenant, décida-t-il. Qu'un autre prenne ma place!

Il s'étendit à l'écart, les bras en croix, sur l'herbe nue; son cœur battait à grands coups dans son ventre vide; il avait passé sa rage sur le ballon et dispersé dans le vent des larmes dont il ne savait pas la raison. Cette terre humide, ces arbres aux ténèbres peuplées, ce ciel étranger, au fond duquel la lune, brise-glace hautain, paraissait fendre en silence des nuages errants, rien de tout cela ne l'effrayait plus. « Terneray... Eh bien, mais on s'y ferait! — A moins que... »

En un instant, il fut sur pied :

— Hé, les gars! (Trois ou quatre garçons s'approchèrent.) Qui c'est chef Machin, Buffalo Bill et compagnie? Racontez-moi voir...

Un roux à lunettes, et qui mâchait sans arrêt, le prit par le bras — « T'as qu'à venir! » — et le conduisit, du côté du potager, devant un bâtiment plus petit que les autres :

— La maison du chef Marcel et sa femme, Mammy.

Ils ont un petit garçon, Thierry : et je crois qu'elle en attend un autre.

— Qu'est-ce que...

Il allait dire : « Qu'est-ce que tu veux que ça me foute? » — mais, par la fenêtre, il venait d'apercevoir la jeune fille blonde dans le salon, parmi les autres. Il se tut.

— Et... et celle-ci? demanda-t-il en hésitant.

— Cheftaine Françoise... Elle est chouette, c'est elle qui couche dans notre dortoir.

— Jamais je ne l'appellerai « cheftaine », déclara Marc : je trouve ça con.

— T'as qu'à lui trouver un surnom! Chef Marcel, le grand qui allume sa pipe, on l'appelle « Croc-Blanc ».

— Pourquoi?

— T'as qu'à le regarder!

Marc s'approcha de la vitre : il voyait, dans cette pièce, les grandes personnes faire des gestes, tourner la tête les unes vers les autres, remuer les lèvres en silence, comme au cinéma quand le son tombe en panne. Un film en technicolor : « La réunion des Chefs de camp ». Tandis que le gars et lui, dans la nuit tombée, jouaient un film en noir et blanc : « Les deux Espions »...

Marc n'avait d'yeux que pour cheftaine Françoise : ses épaules carrées, ses gestes un peu brusques, cette façon d'incliner la tête pour mieux écouter... Et soudain, il eut honte de l'observer ainsi, à son insu, et recula dans l'ombre.

— T'as peur d'être vu? T'as qu'à te mettre à genoux!

— « T'as qu'à », « t'as qu'à », « t'as qu'à »! Change de disque, eh, sans blagues!

— C'est mon surnom, dit le roux (et ses yeux naufrageaient de rire derrière les lunettes épaisses) : Husson dit *Taka*... Tu comprends pourquoi!

— Un peu! Et *Croc-Blanc* aussi, je comprends pourquoi!

Chef Marcel avait l'air d'un petit garçon, vu à la loupe : des cheveux épais, plantés si bas qu'ils dévoraient un front sans rides, le regard neuf, des joues roses et tendues, de grosses lèvres, une fossette dans le menton. Mais, quand il riait, comme à présent, on ne voyait plus que ses dents de chien-loup : *Croc-Blanc*...

— Et l'autre, avec son nez cassé?

— « Buffalo. » Un chic type! Il parle comme fa...

— Comment?

— Avec un défaut de *pronofiafion*, quoi!

— On doit se foutre de lui!

— T'as qu'à essayer.

— Il me *cafferait* la gueule? demanda Marc en riant.

— Non, mais nous autres on te la casserait, dit posément Taka.

Marc rejeta ses cheveux en arrière et regarda ce visage placide, parsemé de taches de rousseur.

— Tu parles! fit-il pour se donner une contenance. Et celui-là?

Il désignait le troisième éducateur : immense et maigre, avec d'énormes lunettes qu'il remontait souvent, d'un doigt osseux, le long de son interminable nez.

— Chef Robert, un nouveau.

— Pas de surnom?

— Non, répondit Taka avec une moue de ses lèvres toujours humides, vraiment non! rien à faire!

— Et « Mammy »?

— Ça veut dire Maman...

— Je le sais, crétin! cria Marc, et son cœur se mit à battre.

De colère, croyait-il. Mais non : il s'avisait seulement qu'il n'avait plus pensé à sa mère depuis son arrivée...

— Elle est chouette, Mammy! reprit Taka. Toujours un peu triste...

Marc s'efforçait de regarder sans sympathie cette femme qu'ils osaient appeler « Maman » : si menue, avec son visage maigre, ses grands yeux de chien dont on a oublié l'heure de la promenade, et ce casque de cheveux déjà gris. Pourtant, lorsqu'elle tourna sa tête vers la fenêtre, Marc reçut son regard comme un coup : il en perdit le souffle un instant. Qu'est-ce que ça voulait dire? Qu'est-ce que ça voulait dire? M. Provins avait les mêmes yeux que le juge? Et *Mammy*, le même regard que sa mère! — Pas le même, non! mais comme s'ils étaient de la même famille... Tandis que les flics, le Caïd, les copains, presque tout le monde, montraient des yeux froids, des yeux vides... « Et les miens? pensa Marc avec une sorte d'angoisse, est-ce qu'il n'y a rien dedans non plus? » Il faillit le demander à Taka, s'arrêta juste à temps. « Ah! je voudrais avoir le même regard que la cheftaine Françoise! », se dit-il encore. Et soudain, se tournant vers le roux :

— Tu ne sais pas comment je l'appellerai, moi, la cheftaine Françoise? fit-il d'une voix qui tremblait un peu. Je l'appellerai *la Frangine*...

— Oh! dit seulement Taka, oh!...

Et il lui prit la main pour la serrer très fort. Puis, après un instant :

— Si on serait copains tous les deux? murmurat-il.

Ils virent, de l'autre côté de la fenêtre, Buffalo regarder l'heure à son poignet et faire un signe au chef Robert qui se dirigea vers la porte.

— Huit heures et demie : barrons-nous, fit Taka en entraînant Marc par la main vers le bâtiment n° 3 dont tous les yeux brillaient au fond de la nuit.

Quand le chef Robert fut sorti, M. Provins ralluma sa cigarette, profita encore un instant de l'embarras de chacun, et dit tranquillement :

— Je n'ai pas besoin de poser la question que vous craignez au sujet de chef Robert. Votre silence et vos têtes baissées me répondent déjà!

Mammy tourna vers lui son regard navré :

— C'est trop injuste! Chef Robert aime les gosses. Il a renoncé, pour eux, à un métier qui...

— Bien fûr, Mammy! dit Buffalo. Mais il n'a pas le contact! Quand fa n'acroffe pas, il n'y a rien à faire...

— Une preuve : les garçons ne lui ont pas trouvé de surnom...

— A moi non plus, Croc-Blanc! fit vivement chef-taine Françoise.

— Vraiment? dit M. Provins sans la regarder. Et comment vous appelle, par exemple, le petit Alain Robert que je vous ai amené l'autre semaine? « Chef-taine »?

La jeune fille rougit, hésita un instant :

— « Maman », répondit-elle à voix basse.

— Je suppose, reprit cruellement M. Provins qu'il nomme aussi « Papa », le chef Robert?

Il se leva et commença d'arpenter la pièce. « Qu'y a-t-il de cassé? » se demanda Croc-Blanc, et Buffalo pensa : « Vut... » Quand le directeur régional de la Sauvegarde jetait sa cigarette et marchait de long en large en se parlant à lui-même, quand l'homme solide qui avait fondé, bâti de ses mains, arraché franc par franc à Paris les dix Centres du département : quand « le patron » jouait ainsi les ours en cage...

— Voilà, gronda M. Provins en s'arrêtant brusquement, *ils* veulent promulguer un statut de l'Educateur; c'est Lamy qui me l'a dit. Et ils ont raison : vous ne pouvez pas rester sans garanties, sans avancement, sans carrière. L'âge héroïque est fini! Des pionniers qui vieillissent, c'est lamentable... Mais l'année même du statut, nous serons inondés de braves types qui auront hésité, à avantages équivalents, entre le concours des P. et T. et celui d'Educateur! Tous les ratés de l'enseignement secondaire vont déferler. Car le baccalauréat sera exigé, naturellement! mais pas la vocation... Avoir ça dans la peau, être un type à gosses, ils ne connaissent pas ça, eux autres!... Tu as ton bac, toi, Buffalo?

— Vous favez bien, patron...

— Oui, vieux, moi je sais! — Donne-moi une cigarette. Merci... — Moi, je sais, mais eux s'en foutent! Et ce pauvre chef Robert a son bac, lui...

Ses mains tremblaient, ne parvenaient pas à allumer le vieux briquet de cuivre. Il posa cigarette et briquet, passa sa main sur ses yeux, demeura immobile. « Les pionniers qui vieillissent... » Oui, il avait soudain l'air d'un vieil homme...

— Patron, commença Croc-Blanc (mais il ne savait pas du tout ce qu'il allait dire ensuite).

— Je suis un imbécile, reprit lentement M. Provins d'une voix altérée. Le temps des fondateurs est passé. C'est dans la mesure même où nous avons réussi l'entreprise qu'il faut la laisser en d'autres mains. C'est la règle. « Si le grain ne meurt... » (Il se tut un instant, s'obligea au sourire.) Je ne parle pas pour vous, mes enfants! mais pour Lamy, pour moi, pour les trois ou quatre « mousquetaires » de l'histoire... il faut savoir disparaître à temps : ne pas « dater » surtout! ne pas dater...

— Pourquoi dites-vous tout cela? demanda Françoise avec brusquerie. Qu'est-ce qu'il y a de changé? Je ne comprends pas!

M. Provins partit d'un grand rire blanc : un instant, on put voir le visage du petit garçon qu'il avait dû être.

— Pourquoi? Je vous l'ai dit : parce que je suis un imbécile! Et aussi (il ne riait plus) parce que je reviens de Paris... et *qu'ils* m'auront toujours! Une matinée au ministère de l'Education nationale, trois heures au ministère de la Justice, presque autant à la

Santé publique... Oh! ce n'est pas leur faute! Ils travaillent comme des nègres — autant que nous! — mais c'est sur du papier, voilà le drame... Tout s'arrange si bien sur le papier! On compose une Commission à peu près comme un pot-au-feu : un représentant de ceci, et de ceci, et de cela. On laisse mijoter quelques heures autour d'un tapis vert. Elle nomme une sous-commission, qui nomme un rapporteur, qui est bien embêté parce qu'il ne peut nommer personne... Enquête, rapport, conclusions, cabinet du ministre (un nouveau ministre, entre-temps), signature, circulaire, statistique, etc. On est un dieu sur le papier! Malheureusement, c'est quand leur travail est fini que tout commence. Quand le pauvre type : vous, moi, l'Inspecteur de la Santé, le Directeur de l'Hôpital, au soir d'une journée harassante, reçoit un papier illisible et le traduit en gosses, en malades, en veilles, en kilomètres... Et personne n'a tort, dans l'histoire. Si, moi seul : de râler!

— De râler, peut-être! dit Croc-Blanc sans retirer sa pipe de sa bouche. Mais de réclamer qu'un seul organisme soit responsable de l'Enfance, au lieu de trois ministères différents, sûrement pas!

— De râler et surtout d'être méfiant, reprit lentement le Patron. Ce statut de l'Educateur est indispensable et il sera juste. Pourtant, quand l'Etat nous en aura dotés, il se demandera : « Mais pourquoi donc la Sauvegarde de l'Enfance est-elle une entreprise privée? »

— Parce que si l'on avait attendu les décrets et les crédits d'en haut, si de braves types n'avaient pas donné leur argent, leurs maisons et leur temps, jamais les pauvres gosses n'auraient...

— Trop simple, Mammy! l'Etat cherche toujours des arrière-pensées aux entreprises qu'il ne comprend pas.

— Ce sont les gens qui ne pensent pas qui prêtent

aux autres des arrière-pensées, murmura Françoise.

— Ces braves types dont parlait Mammy agissent-ils par cupidité? Non... Par ambition, alors? Non plus... Inquiétant, ça, très inquiétant! l'Etat reste tout bête avec les légions d'honneur dans une main, ses sinécures dans l'autre, personne n'en veut! Alors il s'affole : vite, un statut! des contrôleurs! des papiers, des papiers, vite!

— Il y en a déjà fuffivamment!

— J'en filtre pourtant le plus possible, Buffalo! Mais je ne pourrai plus grand-chose à l'époque : je *répercuterai*. C'est le grand sport des fonctionnaires. Et, puisque nous le serons tous...

— On s'en tirera! décida Croc-Blanc en cognant sa pipe contre la cheminée pour la vider. Le directeur départemental de la Population est bien un fonctionnaire, et notre instituteur aussi; l'un est royaliste et l'autre communiste; ils sont, tous les deux, des types épatants et qui s'entendent bien!

— Epatants, vieux! mais le premier est ligoté par son budget et passe des heures à « rendre compte »... A Bernoy, moi, j'avais obtenu des crédits pour acheter un tour d'atelier. J'ai construit une maison entière avec cet argent-là; le tour n'est venu que l'année suivante. Il me paraissait plus urgent de sauver vingt gosses que de former, un an plus tôt, une équipe de tourneurs-fraiseurs! Eh bien, si je m'avise d'agir ainsi dans l'avenir, je serai révoqué, c'est tout!

Cheftaine Françoise rejeta brusquement ses cheveux en arrière (du même geste que Marc) :

— Et dans cette histoire de tour, de maison et de crédits, si vous aviez été un homme malhonnête, quelles garanties aurait eu le...?

— Quelles garanties? Mais vous tous! la mine de nos gosses, la grille jamais fermée, l'infirmerie toujours vide, les lettres des anciens, tout! Il n'y a aucune impunité dans notre métier, aucune! Seulement, ce ne sont pas des « garanties-papier » : il faut venir flairer sur place.

Il termina par un grand geste, alluma sa cigarette, et reprit doucement :

— Dès le premier jour, Mammy, j'ai « flairé » que votre Robert n'était pas un éducateur, est-ce vrai?

Mammy baissa la tête comme une enfant prise en faute : prise, une fois de plus, au piège de sa générosité, de sa confiance.

— Alors, poursuivit M. Provins d'une voix un peu sourde, est-ce que je le décourage?

— F'il vous plaît, Patron, donnez-moi encore quelques mois pour le dreffer!

— Jusqu'aux vacances?

— Vous êtes un lion! cria Buffalo et l'on vit briller ses dents en or.

Cheftaine Françoise quitta la tiède senteur du tabac, traversa à grands pas la nuit froide où les arbres dormaient debout, et pénétra brusquement dans son royaume à l'odeur aigre : eau de javel, gosses mal lavés, cabinets à la porte battante...

Elle s'arrêta sur le seuil, la tête inclinée, les paupières closes, les mains jointes aux doigts étendus. « Est-ce que, toute ma vie, je respirerai cet air-là? Toute ma vie?... » Les gosses lui parvenaient, petits étrangers au regard fuyant; ils grandissaient, repartaient, l'oubliaient — vagues successives d'une seule mer aveugle, inépuisable. Et le temps passait, passait... Eux ne le savaient pas, bien sûr! Il travaillait pour eux, le temps : il en faisait des hommes mais, d'elle, que faisait-il? Pas une femme! C'était une tragique illusion d'optique : parce qu'il passait trop vite, le temps semblait s'être arrêté pour elle. « Toute ma vie?... » Ce don permanent sans retour, cette protection sans défense, cette maternité sans alliance... Combien de temps encore cela durerait-il?

Combien de temps dura-t-elle, cette halte sur le

seuil du pavillon : à la frontière de la nuit libre et de sa prison trop claire?

Quand elle rouvrit les yeux, la première chose que vit Françoise fut le « tableau » qu'on avait encadré au-dessus de la porte du réfectoire : un gosse orphelin avait dessiné *Maman* et cherché une ressemblance avec la cheftaine : des amandes vertes en place d'yeux, des pommettes trop hautes et trop larges, un rire trop blanc... Elle vit ce portrait naïf et se sourit. « Ils donnent à leur manière : c'est toi qui ne sais pas recevoir... Recevoir ce qu'on attend, c'est trop facile! », pensa-t-elle encore, car l'orgueil était sa seule défense dans les jours *écœurants* : ceux où elle ne voyait plus que l'extérieur, le monotone, le rebutant de sa tâche.

Elle souriait encore au portrait, lorsqu'elle aperçut dans l'escalier, guetteur, entre deux barreaux de la rampe, le visage comiquement angoissé d'Alain Robert (l'enfant sauvage que l'Assistance Publique leur avait envoyé la semaine précédente) :

— Eh bien; quoi, cheftaine Françoise! on se demandait ce que vous deveniez?

Devant ces sourcils froncés à se rejoindre, ces yeux de diamant noir, ces lèvres entrouvertes, elle se planta, les poings aux hanches, les cheveux chassés d'un coup de tête :

— Eh bien, quoi, Alain Robert! je suis donc votre esclave?

— Non mais... (Le fantôme d'un sourire sur cette bouche qui ne riait jamais, passa comme l'ombre d'un oiseau.) Enfin, vous montez, cheftaine?

— Et toi? tu montes, non?... Et plus vite que ça!

Il grimpa devant elle, quatre à quatre, retenant son pantalon de pyjama de ses deux mains qui émergeaient à peine d'une veste trop longue. Elle le rejoignit sur la dernière marche et, comme l'aigle, le saisit par sa toison lustrée, bouclée.

— Hé, dites! v'là la cheftaine!...

L'écho répond : « V'là la cheftaine! » et le dortoir retrouve sa vie : on feint d'achever de se déshabiller, de ranger, de se laver. Le chef Robert se débat encore parmi un essaim de garçons qui l'assiègent de leurs prétendus problèmes, avec cette fausse conviction des mystificateurs : le ton docile dont ils parlent aux visiteurs inconnus et qui exaspère Françoise.

— Chacun dans son lit, et en vitesse!

Ils fuient, ravis : ils préfèrent être bousculés par elle qu'écoutés par le chef Robert.

— Ne cherchez jamais à leur plaire! lui souffle-t-elle : ils vous mépriseraient.

— Je... je suis un peu débordé! Je...

— Moins fort!

— Un peu... déconcerté, achève-t-il à voix basse. Je tentais de mettre de l'ordre dans leurs affaires, mais chacun d'eux...

— Dans votre ordre, lui conseille-t-elle en souriant, prévoyez toujours un coin pour leur désordre... Bonsoir, chef!

— Bonsoir, chef! répète en chœur, hypocritement, tout le dortoir.

Robert s'y laisse prendre et fait un grand geste amical. Trop grand geste! on entend un rire étouffé...

— Très bien, Paulo! demain tu nettoieras les lavabos!

« Paulo, l'invincible, l'enfant du malheur » (c'est ainsi qu'il signe ses lettres) ravale son rire, se cache la tête sous les draps pour hurler : « Merde pour Robert! » trois fois. Mais, du dehors, on n'entend qu'un vague « MMM... RRR... » Paulo en veut au chef d'avoir été puni par la cheftaine!

Celle-ci inspecte du regard son domaine de carrelage blanc, de lits blancs, de murs blancs (mais autant de teintes différentes). « Quelque chose d'anormal... Il y a quelque chose d'anormal... Ah! la fenêtre du fond! »

— C'est toi, Marc, qui as fermé cette fenêtre?

— Oui.

— On dit : Oui, cheftaine. Et toutes les fenêtres doivent rester grand ouvertes.

Ouvertes à l'espace ténébreux, à l'automne aux bêtes de suie? Marc plisse ses paupières, filtre un regard plus cruel qu'une lame :

— Mais ch... cheftaine...

— Tu as peur?

— Moi?

Il ouvre la fenêtre avec violence et promène son regard d'acier sur ses voisins de lit qui le dévisagent, immobiles : Husson dit Taka, Alain Robert; en face, le type aux oreilles largement décollées qu'on appelle *Radar*, et Doganat, dit *Velours*.

— Peur? Tu parles! ajoute-t-il seulement à leur intention.

— Plie tes affaires au pied de ton lit, Marc! commande encore la cheftaine.

Puis elle va éteindre la moitié des lumières. En passant près du lavabo central, elle ferme machinalement un robinet sur deux, qui coule encore. Tous les soirs elle accomplit ce geste, et beaucoup d'autres : chaque journée est ainsi composée de mille gestes qu'elle doit faire, sans y penser, à la place de quelqu'un d'autre. Mais, ce soir, elle y pense... « Je vais expédier les bonsoirs et rentrer dans ma chambre, enfin! pour écouter la radio en sourdine et continuer mon Claudel... » Et aussi relire certaines lettres bleues, voilà ce qu'elle projette en commençant sa tournée du soir. Mais les petits bras des gosses sans maman vont la retenir vingt grandes minutes encore — cela, elle le sait d'avance! Les plus petits, elle les embrasse sur la tempe (et certains dorment déjà); les grands, elle leur

touche l'oreille ou leur caresse les cheveux. Chacun a
sa petite odeur, sa façon de dormir, le bras replié, la
tête enfouie, la bouche ouverte; recroquevillé, ou
roide étendu tel un gisant. Chacun a son parler du
soir, son regard du soir...

— Cheftaine, prêtez-moi « Le Petit Prince »... cinq
minutes, dites!

Elle pourrait répondre à Célestin (dit *Ballon-captif*) : « Mon pauvre gros, je te le prête chaque soir et
jamais tu ne le lis! » Elle lui apporte le livre-talisman
et l'embrasse sur son énorme joue. Mais déjà, elle
écoute respirer le voisin :

— Tu es enrhumé, toi!

— Don, cheftaine, regardez : bon bouchoir est tout
vide!

Les deux suivants échangent gravement des journaux illustrés. Appuyés sur le coude, un œil sur *Tintin* et l'autre sur *Mickey*, ils se laissent embrasser distraitement. « Tant mieux! pense Françoise : ils ne
sont pas seuls, et c'est la mauvaise heure... »

Ce sont deux petits bras noirs qui s'agrippent à elle
et l'enserrent, au lit suivant :

— Lâche-moi, Colombo! tu m'étouffes!

— *On-oir, ef-aine!*

Le petit nègre Colombo a un bec-de-lièvre. Très
rare, chez les enfants noirs! Mais Colombo cumule
toutes les chances : sa peau, son bec-de-lièvre, sa
mère qui couche avec tous les locataires, son père tuberculeux : un squelette d'ébène. Toutes les chances!

— Bonsoir, Colombo! N'oublie pas ta prière!

Il joint les mains : coquillage noir dont l'intérieur
est rose.

— *E ou a-ue, A-ie...* (Ne vous inquiétez pas : la
Sainte Vierge comprendra très bien, elle!)

— Qu'est-ce que tu ranges dans ton trésor, Michel?... Une lettre de ta mère, j'en suis sûre!

— Oui, cheftaine.

— Tu l'aimes bien, ta maman, Michel?

— Oh oui!

Mais le visage ravi se ferme, s'assombrit d'un seul coup; l'orage éclate :

— Non, je la déteste!

— Tais-toi donc! D'abord, elle viendra te voir dimanche, ta maman...

— Elle ne viendra pas!

Une larme acide perle au coin des petits yeux de chat. « Elle ne viendra pas, c'est vrai », pense Françoise. Et Michel restera accroché à la grille de Terneray, guettant le tournant du chemin, jusqu'au départ du dernier visiteur. Michel n'a pas accepté le remariage de sa mère : il a failli ébouillanter, noyer, jeter par la fenêtre le bébé qui est né. On a dû éloigner Michel...

— Elle viendra! Bonsoir Michel.

Le voisin lit tout haut un livre de prières auquel il ne comprend rien. Elle l'embrasse. Le suivant cache dans ses bras un ours : elle les embrasse tous les deux. Il ne possédait rien à lui; il a volé l'ours à un étalage; et ses parents, qui n'attendaient que l'occasion de se débarrasser de lui... Mais M. Lamy lui a permis de garder son ours!

Cheftaine Françoise borde un lit, rentre sous les draps un bras nu, plie un vêtement...

Le petit raton fripé que les autres appellent *Olaf* (elle n'a jamais su pourquoi) dort déjà dans son lit en désordre, un journal plié sur la tête, ses mains grises de crasse crispées sur les draps tachés. Au pied du lit, un amas de lainages borgnes, une culotte éventrée, trois chaussettes pétrifiées. Rien à faire! Olaf est un clochard de dix ans.

A côté, Doganat dit *Velours* (à cause de ses cheveux en brosse si douce) attend la cheftaine avec impatience pour lui raconter, de sa voix trop haute — « Plus bas, voyons! » — ses amours lointaines avec la sœur d'un copain. Dimanche, ce salaud-là n'a pas voulu le présenter à Odette.

— C'est joli, Odette hein, Cheftaine?

— Oui, oui, mais pas si fort!

Et pourtant, il lui avait refilé tout son chocolat de la semaine, à ce salaud-là (son futur beau-frère!). Est-ce que, dimanche prochain, la cheftaine ne pourrait pas, elle-même?...

— Peut-être... on verra... Dors : tu rêveras d'elle!

Françoise glisse la main sur le velours tiède de sa chevelure et passe au voisin.

Radar sommeille à moitié, les oreilles vastement étalées sur le traversin. Il trouve encore la force d'esquisser un salut militaire, et ses grosses lèvres, toujours gercées, murmurent jusqu'au bout : « Bonsoir Cheftaine Françoise! Et bonne nuit! » Car Timéon, dit *Radar*, est le plus consciencieux de ses gosses. La jeune fille l'embrasse sur ses joues dures; il sombre, il s'autorise à sombrer dans le sommeil.

Taka, le roux, feint de dormir...

— Crache ton chewing-gum, toi! Si tu crois que je ne te connais pas!... Allons!

Une main blanche, tachetée de son, lente comme une trompe d'éléphant, va chercher quelque chose entre les lèvres toujours humides et le colle sournoisement contre le montant blanc du lit. Demain, Taka retrouvera sa gomme à claquer.

D'Alain Robert endormi, ne dépasse plus que la toison brune : un bois de sapin dans une plaine de neige. Cheftaine Françoise l'effleure de ses doigts, se penche, l'effleure de sa joue.

Et voici Marc, assis dans son lit, très droit.

— Bonsoir, Marc. Tu dois être fatigué...

— Non.

— Tiens, tu n'as pas laissé tes chaussures en bas. Va les porter, Marc : la petite pièce sous l'escalier.

— Non.

— Marc!

— Je n'irai pas.

— Je te promets bien que tu iras.

Ils s'affrontent en silence; au premier qui baissera les yeux... Et c'est Marc. Les ailes du nez se couvrent de sueur, en un instant.

— J'y vais. Mais...

— Mais quoi, Marc?

— Vous verrez!

Il la déteste; il se déteste de la détester. Il croit que le dortoir entier le suit des yeux tandis qu'il le traverse en chemise, la rage au cœur, sa paire de chaussures à la main. « Demain, je leur casserai la gueule à tous! »

Comme il ne remonte pas, Françoise, exaspérée, descend cet escalier qu'elle comptait bien ne pas revoir avant demain matin. Dans l'encoignure du réduit, Marc se tient debout, les mains derrière le dos, parmi vingt paires de godasses croûteuses.

— Qu'est-ce que tu attends?

Deux mouvements de tête balayent ses cheveux blonds de devant un regard gris d'orage :

— Je resterai ici toute la nuit.

— Tu ne pourras pas dormir!

— Bien sûr!

— Bon, dit calmement Françoise après un instant. Bon! Je vais remonter, mais je ne dormirai pas non plus.

— Pourquoi?

— Parce que je ne veux pas dormir au chaud, tranquille, tandis que mon garçon reste dans le froid et ne dort pas!

Marc hausse les épaules et feint de regarder ailleurs. Pourtant, derrière le blond barrage de ses cheveux, il suit d'un œil anxieux la cheftaine qui range quelques chaussures dépareillées, inspecte le réduit, tourne le dos, sort et ferme la porte.

A présent, c'est la nuit. Elle entre par les fenêtres ouvertes, et le dortoir est son domaine. Vingt enfants sans défense sont livrés à ses sortilèges. Ils rêvent : le Petit Prince, Tintin, Mickey, l'ours, la sœur du copain, la cheftaine sont quelques-uns des personnages du ballet. Mais d'autres font irruption par toutes les fenêtres : ivrognes, marâtres, flics, bistrots, les amants des sœurs aînées, les putains des grands frères, les compagnons de rue au visage gris — tout un monde de cris, de bouteilles, de coups mal parés... On le chasse patiemment durant toute la journée; plus patiemment encore, il attend chaque nuit pour planter son décor sinistre dans le dortoir blanc. Personne ne saura pourquoi Colombo pleure en dormant, Michel serre soudain les poings, Radar halète et se retourne, Taka gémit un long moment. Alain Robert rêve tout haut, et Paulo l'invincible est redevenu « l'enfant du malheur ». Si on les réveillait brusquement, ils éclateraient de rire ou en pleurs, se jetteraient à votre cou ou vous battraient, on ne sait pas. Parfois cheftaine Françoise, avant de s'endormir, fait une dernière ronde : ces petits visages d'étrangers l'effraient. Impossible de dire si c'est la souffrance ou la méchanceté qui leur compose cette face inconnue et sans âge.

Et c'est le même invisible spectacle, en ce moment, dans les deux autres bâtiments de Terneray, dans tous les bâtiments de tous les Centres de France : ces milliers d'enfants, chaque nuit, livrés à leurs fantômes, à leurs ennemies les grandes personnes... Cependant que des dizaines de milliers d'autres enfants, à cette heure, traînent dans les rues, les foires et les bistrots, les mains dans leurs poches vides. Ils boivent, volent, guettent, fuient, se prostituent parmi des hommes et des femmes, leurs faux amis, semblables en tout à leurs parents — quelle différence? Le monde est déjà, pour eux, une immense usine, un immense bistrot, un immense terrain vague : une nuit d'hiver à jamais! Tout est pareil, partout, et chaque jour semblable au précédent. Qu'est-ce que ça veut dire, vivre?

Dans cette nuit, pourtant, aux Carrières et ailleurs, des gosses discutent dans leur baraque. Aucun d'eux n'a de vraie maison, mais le Groupe en a une! Dans cette même nuit, M. Provins marche de long en large, M. Lamy retire un instant ses lunettes pour reposer ses yeux de la lecture des dossiers. Tous les M. Provins, tous les M. Lamy du monde, *tous ceux qui n'acceptent pas*, veillent dans cette nuit.

Et Cheftaine Françoise aussi. Elle a fermé son livre, éteint sa radio, rangé ses lettres. Elle ne peut même pas prier, parce qu'un petit garçon blond, debout dans un réduit...

Et soudain, elle frissonne. C'est l'instant de la nuit où l'automne épuisé tend déjà sa main à l'hiver. Elle sort de sa chambre, se dirige vers le lit de Marc, y prend ses vêtements. Sur son chemin furtif vers l'escalier, plusieurs gosses se dressent tout blancs : « Quoi? Qu'est-ce qu'il y a? »... Elle les recouche sans un mot. Elle reconduit doucement Velours, somnambule souriant (« Il doit rêver d'Odette ») qui a quitté son lit. Du fond du sien, Olaf la suit des yeux. Il vient de se réveiller et s'aperçoit qu'il a encore trempé ses draps. Il tremble de froid, de honte, de peur : les autres, la cheftaine, les piqûres à l'infirmerie... Il se couche en rond, comme un chien, sur sa couche souillée. Il ne tient pas à se rendormir : à reprendre son rêve d'enfant abandonné, battu, humilié.

Françoise descend l'escalier, ouvre la porte. Statue de l'orgueil, Marc n'a pas changé de place.

— J'ai froid : couvre-toi, mon petit!

— Quoi? dit Marc d'une voix rouillée, c'est vrai? Vous ne dormez pas?

— Je te l'ai dit.

Marc pousse une sorte de cri et se précipite hors du réduit. Il monte l'escalier en gémissant, traverse le dortoir, saccage son lit pour l'ouvrir et s'y réfugie, la tête sous les draps; il mord le traversin pour s'empêcher de... — Non! Il ne peut plus : il sanglote.

Quand la cheftaine vient lui toucher l'oreille en signe d'alliance, elle ne voit qu'une meule de cheveux blonds, elle entend, du fond d'un naufrage de larmes, monter une voix pitoyable : « Vous m'avez eu... Vous m'avez eu, cheftaine!... Vous m'avez eu... »

IV

LES OISEAUX DE NOS BOIS

Le soleil se leva très tard. Convalescent pâle et hautain, il faisait le tour de son domaine méconnaissable. Octobre avait passé par là et, prisonniers en loques rousses, les arbres dépouillés de leurs vêtements, flagellés par la pluie, soufflés par le vent, attendaient la Passion de novembre. Les oiseaux avaient fui ou se taisaient. Des feuilles claires frissonnaient encore dans la brise, pareilles à des lambeaux de tenture aux murs d'une maison calcinée. Celles qui jonchaient la terre spongieuse ne craquaient plus sous les pas; après les avoir, ce printemps, dorées à feu doux, puis grillées cet été, le soleil s'était retiré au fond du ciel sale. Ce matin, il projetait au sol l'ombre pâle d'arbres nus, inconnus, aux gestes pathétiques. Un de ces rayons traversa la vitre de la salle de cours et vint frapper le miroir de poche où Doganat (dit *Velours*) tentait de le capter depuis le début de la leçon. Une bête de lumière zigzagua sur le tableau noir où l'instituteur écrivait à la craie, avec cette élégance déliée que lui enviait la classe entière. Au mouvement de ses larges épaules, on devina qu'il riait. Il se retourna d'un seul coup : la bête de soleil s'affola sur son visage d'Indien, éclairant tour à tour la chevelure noire et lisse, la pomme d'Adam, les yeux plissés, le nez en bec d'aigle de celui que tout Terneray surnommait *Tomawak*.

— Doganat, cria-t-il, viens donc expliquer ton système au tableau noir!

Doganat traversa la classe à pas de voleur, à pas de velours. Il était si à l'aise dans ses godillots qu'il paraissait marcher en chaussons, si confortable dans ses vêtements qu'il semblait toujours en robe de chambre. Tandis qu'il passait entre les pupitres, on entendait, dans sa poche, s'entrechoquer le miroir et son harmonica. Bientôt, la réflexion du soleil sur une glace se traduisit en angles, rayons et pointillés, avec des craies de couleurs différentes.

— Tu vois, Doganat, conclut Tomawak, si tu n'avais pas fait l'idiot, nous n'aurions pas appris tout cela! Je te remercie beaucoup.

Le garçon, devenu velours cramoisi, rejoignit son banc, tandis que Tomawak, tous yeux éteints, sombrait dans son rire silencieux. C'était sa manière à lui, et ses écoliers adoraient ce maître fantasque qui, de plus, ressemblait à un chef sioux.

— Une dictée, à présent!... Prenez tous votre cahier de français. Célestin, tu n'as pas assez dormi, mon vieux?

Ballon-captif transporta péniblement sa grosse tête d'un coude sur l'autre et répondit de sa voix perçante.

— Si, monsieur, j'ai dormi comme une pionce!

Tout le monde rigola; mais Célestin s'en moquait bien : il dérivait déjà lentement, de nouveau, vers le royaume des pionces.

— Je dicte... LES OISEAUX DE NOS BOIS : c'est le titre. « Les oiseaux de nos bois sont volages et vifs, *point*. Tendres et sauvages, *virgule*, querelleurs et pourtant fidèles, *virgule*, capables... » — Qui est « *capables* », Alain Robert?

94

— Euh... les oiseaux de nos bois!

— Donc « capables » est au... Forgeot Marc?

— Au pluriel!

— Bon. « Capables d'un vrai dévouement envers leurs compagnons... (Ils sont plusieurs, naturellement!) comme d'une extrême cruauté contre leurs ennemis (leurs Z ennemis!) *virgule*, les oiseaux de nos bois... »

— Tac tac tac...

Quelque chose vient de taper au carreau, et vingt têtes se tournent ensemble vers la porte-fenêtre, persuadées d'y voir un oiseau de nos bois cogner du bec à la vitre. C'est seulement Buffalo (son front dégarni, son nez cassé, ses dents en or) qui frappe de son doigt replié.

— Un instant, les enfants!

Les enfants posent la plume, sauf Olaf qui s'en barbouille la langue : il aime le goût amer et noble de l'encre. Chacun reprend son occupation familière : Alain Robert travaille sa signature (une signature inimitable comme sur les étiquettes des bouteilles de sirop); Olaf a tiré de sa poche une ficelle et il invente des nœuds; Michel relit la lettre de sa mère (qui date de Noël dernier); et Célestin s'endort tout à fait.

Sur le pas de la porte, l'instituteur a rejoint Buffalo qui lui fait part de son indignation toute neuve : « Vingt mille francs! Voilà ce que le garagiste de Melun lui offre de sa vieille bagnole, celle que Terneray a baptisée « Bidule ».

— Alors, tu lui vends Bidule?

— Penfes-tu!

— Mais qu'est-ce que tu vas en faire?

— Ne te tourmente pas : ve trouverai... Mais tu te rends compte? Vingt mille francs! A tout à l'heure!

Il repart, les poings serrés. Si ce garagiste était là, Buffalo le chargerait!

Tomawak retourne en riant aux « Oiseaux de nos

bois », à l'instant même où un petit papier plié parvient entre les mains de Marc : *Goiraud sait comment on fait les enfants. Il le dira à la récré. Faites passer!* Marc (qui sait depuis longtemps comment on fait les enfants) va filer le billet à son voisin; mais soudain, il pense à cheftaine Françoise, à Mammy qui attend un bébé... Il rougit, rejette vivement ses cheveux en arrière, foudroie Goiraud de son regard bleu et lui fait retourner son papier. POUR GOIRAUD, FAIRE PASSER. *Si tu en parles aux petits, dans les cinq minutes tu as la gueule en sang!*

— Je reprends, annonce Tomawak de sa voix chantante. « Les oiseaux de nos bois... »

Avant de regagner l'atelier de mécanique où il instruit les garçons de plus de quatorze ans, Buffalo va raconter au Chef Marcel le coup de la bagnole : « Vingt mille francs seulement pour Bidule, tu te rends compte? » Mais lui-même se rend compte que Croc-Blanc ne l'écoute que d'une oreille.

— A propos, ve n'ai pas vu Mammy, fe matin.

— Elle est couchée. Je ne suis pas inquiet, non, mais elle se fatigue trop. Elle en est tout de même au sixième mois : elle devrait se ménager... Alors, cette bagnole, mon petit vieux?... Vingt mille francs, évidemment, c'est peu! Mais entre nous...

Buffalo se tape soudain le front de son poing fermé :

— Croc-Blanc, une idée formidable!... Bidule, on la garde, on la démonte et on la livre aux goffes...

— Ils vont la remonter à l'envers!

— Dix fois, vingt fois, ils recommenferont! Formidable! Ah! il peut les garder fes vingt mille balles...

Déjà, il court vers l'atelier, annoncer aux apprentis la « formidable » nouvelle. Croc-Blanc lui dédie, de loin, un sourire de chien-loup et un « Buffalo, tu es un lion! » que l'autre n'entend même pas... A la pause de dix heures et demie, on fera queue devant le ga-

rage pour examiner, d'un œil propriétaire, le merveil-
leux joujou : la bagnole sordide dont, hier encore,
tout Terneray se moquait...

Onze heures. Les « scolaires » (moins de quatorze
ans) sortent de classe en courant et Tomawak peut
enfin allumer son calumet : la longue pipe qui, toute
bourrée, attendait sur la chaire.

Tel un vol de pigeons, les garçons vont tourner et
s'abattre ici et là, tous ensemble : tous ensemble aux
cabinets, puis à la fontaine, puis à l'atelier raconter
aux copains de dortoir les histoires de la matinée;
puis vers la maison de Croc-Blanc et de Mammy, où
le courrier vient d'arriver. Les chefs et les cheftaines
des autres bâtiments sont déjà là; c'est le moment de
la journée où le reste du monde existe aussi pour
eux : où leur univers n'est pas seulement peuplé de
garçons aux genoux sales; ils savourent cet instant...

Cheftaine Françoise, la tête penchée et sa longue
main retenant ses cheveux comme un rideau, lit sa
lettre bleue de chaque matin. Marc se tient à dis-
tance, les mains dans les poches, chassant des cailloux d'un soulier rageur.

— Marc, sois gentil : j'ai oublié le cahier d'emploi
du temps sur la table de ma chambre...

— J'y vais!... Merci Cheftaine!

Il dit « Cheftaine », mais il pense « Frangine ». Et
ravi de lui rendre service : il aime tant qu'elle ait besoin de lui! Et courant, il se raconte un film : la
Frangine est prisonnière des Indiens, et c'est lui,
Marc — pas da dam! pas da dam! — qui à la tête
d'une escouade galopante, la délivre, bien avant le
shérif noir, loin devant les flics rouges du Canada...

Il gravit au galop l'escalier du bâtiment 3, traverse
le dortoir qui dort toute la journée, et pénètre sur la
pointe des pieds dans la chambre jamais fermée de la
cheftaine. Un lit bas, recouvert d'une étoffe naïve, une
rangée de livres au dos fatigué; sur les murs, un fa-

nion scout, une photo de haute montagne, un crucifix. Malgré la fenêtre grand ouverte, la chambre sent toujours le parfum si frais de la jeune fille. Marc respire encore un coup, puis saisit le cahier rouge et, brave mousquetaire, galope le porter à la Reine, malgré les gardes du Cardinal : « A cheval, messeigneurs, à cheval! »

Le courrier a été distribué aux enfants, et les cheftaines aident les plus petits à lire leurs lettres, qui semblent toutes de la même écriture. On déballe des paquets, d'une main qui tremble d'impatience, sous l'œil faussement indifférent des copains. Michel tourne en rond autour du groupe, aussi méchant et malheureux qu'un chien enchaîné : il espère, comme tous les matins, une lettre de sa mère; mais il sait très bien, comme tous les matins, qu'il n'en aura pas...

Velours exulte : il a reçu un faire-part de deuil (une arrière-grand-tante) et son nom y est imprimé :

— Oui, mon vieux, imprimé! Regarde... là... le dix-huitième : M. ROBERT DOGANAT... C'est moi, M. Robert Doganat!

— Fous-moi la paix, grogne Paulo l'invincible, qui s'est mis à l'écart pour dévorer son os : une lettre — enfin! — partie du Havre deux mois plus tôt... Une lettre signée « ton vieux pote Mimile » et qui l'a suivi, de la prison à l'asile psychiatrique, puis au Centre de redressement, enfin à Terneray. Il n'est donc pas perdu! et les copains du Havre ne l'ont pas oublié... Paulo reprend courage, hélas! Le vieux pote Mimile, son démon gardien, l'emporte à l'instant sur cheftaine Françoise, sur Buffalo; sur Croc-Blanc qui ne se doute pas de cette défaite mais fait, comme chaque matin, provision d'espérance en lisant les lettres d'Anciens de Terneray. « Je vous envoie des nouvelles de ma santé qui est assez bonne. Je pense que cela vous fera plaisir et que la vôtre est de même, etc. Ne voyant plus rien à vous dire pour aujourd'hui, je vous serre une bonne poignée de main ainsi qu'à Mammy. »

Radar pousse un cri de joie : dans la lettre que sa sœur lui envoie pour ses quinze ans, un billet de 500 francs! C'est la première fois qu'il en voit un, et il le montre à tout le monde : « Tu vois, le type violet, là, dans le coin : c'est sûrement l'inventeur des billets... » Il promène aussi, de groupe en groupe, la photo de sa sœur en mariée. La pensée qu'il est le beau-frère de quelqu'un est toute la fierté de Radar. « 500 francs, ça ne te dit rien? » Ses deux oreilles (l'une à peu près ourlée, mais l'autre inachevée) sont écarlates de joie : deux côtelettes!

Mais Taka le Mystérieux ne montre à personne la lettre annuelle qu'il vient de recevoir de son père : « Je passerai bientôt te voir et je t'apporterai une surprise... » Il y a six ans que le père Husson — vols à la tire, escroqueries en tous genres — lui promet cela, et dans les mêmes termes. « *T'as qu'à* l'attendre une fois de plus, mon pauvre vieux! » Il sort son mouchoir, essuie ses grosses lunettes qui se sont embuées, on se demande pourquoi, et recommence à mâcher en silence.

— Alain Robert! Qui a vu Alain Robert? Il y a un journal pour lui!

Pas plus qu'Olaf, pas plus qu'aucun des autres pupilles de l'Assistance, Alain Robert n'assiste à l'arrivée du courrier, car qui leur écrirait? En ce moment, les deux garçons travaillent au potager avec le jardinier de Terneray. Un visage rond et rose que bâillonne une épaisse moustache blanche; un béret aux creux poussiéreux, aux reflets violets; dans chaque oreille, une énorme araignée de poils qui emprisonne un coton moins blanc qu'eux; une barbe de trois jours chaque jour que Dieu fait : voilà celui que tout Terneray surnomme *Clemenceau* malgré le nez en trompette qui suffit à désarmer son visage. Tout Terneray, sauf Olaf qui le nomme « Grand-père », parce qu'il n'ose pas dire « Papa »... Et Clemenceau l'appelle « mon garçon » devant les autres, mais « Fiston » dès qu'ils sont seuls, et « mon chéri » quand il pense à lui. Le jardinier, lui aussi, est un ancien pupille de l'Assistance; et c'est à cinquante-cinq ans seulement qu'il s'est trouvé une famille : lorsque « ce petit garçon si délicat, au fin profil, aux gestes précieux » — lorsque cet avorton d'Olaf — est arrivé à Terneray. Chacun songe à l'autre, le soir, en s'endormant : Clemenceau avant de retirer enfin son béret des quatre saisons, Olaf avant de poser sur son visage gris le journal plié sous lequel il s'endort. Et chacun pense, avec un sourire, en s'éveillant : « Papa »... « Fiston »... — mais aucun d'eux ne l'a jamais dit à l'autre.

Quand Alain Robert, de parents inconnus, est arrivé à son tour à Terneray, Olaf a redouté qu'il lui vole son « père » Clemenceau. Heureusement, le nouveau venu s'est choisi une « maman », Cheftaine Françoise. Ainsi, pas d'histoires de famille! Chaque jour, ils jardinent tous les trois, côte à côte : Alain Robert, les sourcils froncés, la bouche entrouverte; Olaf, les joues creuses, le souffle court, ses griffes d'oiseau étreignant mal l'outil trop gros. Clemenceau le surveille d'un œil paternel : « Ce qu'il est adroit, et fort pour son âge! » Quand le vieux s'arrête pour cracher dans une main, puis dans l'autre, Olaf l'imite gravement en se demandant à quoi cela peut bien servir. La classe achevée, les deux garçons courent au jardin; par délicatesse, Alain Robert laisse Olaf arriver le premier : « Ah! te voilà, fiston, bougonne avec indifférence Clemenceau qui, depuis dix minutes, s'impatientait et, d'une main terreuse, tirait sans cesse sa grosse montre de son gilet. Allez, au travail! »

— Alain Robert!... Alain Robert!...

« Qu'est-ce que j'ai fait? », pense instinctivement le garçon sauvage.

— Tiens! un journal pour toi au courrier!

— Pour moi? Un journal?

Son premier regard est pour Olaf et Clemenceau qui le contemplent interdits. Il se sent coupable de trahison : cet illustré, dans sa main, le sépare d'eux qui jamais ne reçoivent de courrier... Comme il pèse lourd!

— Tiens, vieux!

Sans accorder un regard au journal, il en fait don à Olaf qui le soupèse et le retourne comme un trésor qu'il viendrait d'arracher à la terre. Alain Robert, lui, fourre dans sa poche, trésor bien plus précieux! la bande qui porte son nom et son adresse d'une écriture inconnue...

La distribution, la lecture, puis la relecture du courrier doivent être achevées là-bas, car la nuée des garçons s'abat à présent sur le jardin. Tous ceux qui le désirent y possèdent un carré où ils plantent les noyaux du repas et cultivent fleurs et légumes suivant leur caractère. Une indifférence un peu hargneuse sépare fleuristes et légumiers. On s'accroupit pour scruter la terre, mesurer d'un jour sur l'autre une pousse incertaine; on arrose trop ou trop peu; on échange des graines contre du rafia; on assaille de questions absurdes Clemenceau qui se tient debout, tel un charmeur d'oiseaux, au centre de la nuée, au milieu du lotissement enfantin.

D'autres, les poches bourrées de miettes, se pressent à la basse-cour où ils possèdent leur poule soigneusement baguée. Chacun appelle la sienne, certain d'être reconnu d'elle, tente de la saisir ou de la caresser. Les poules au regard étroit s'effarouchent, battent des ailes, réparent, d'un bec nerveux, le désordre de leur plumage (comme lorsqu'un coq s'est assouvi sur elles) — un mauvais moment à passer! A l'écart, Célestin dit *Ballon-Captif*, appelle ses pigeons et leur jette des grains. Il est arrivé au Centre portant une valise misérable mais, de l'autre main, une caissette neuve contenant un couple de pigeons. Malgré les menaces du cuistot et les plaisanteries quotidiennes sur les petits pois, ils sont huit à présent! Célestin les connaît par des noms qu'eux-mêmes ne connaissent pas.

— Hé!... Regardez, les gars!

A l'autre bout du jardin, une pie se promène en boitant, fait les cent pas à l'orée du bois, pareille au monsieur des pompes funèbres devant une cathédrale. Les gosses tiennent conseil :

— Elle est blessée... Il faut la soigner... Mais comment?... Et qui l'attrapera?... Moi, je peux! (C'est *Ballon-captif*.)

— Attendez!

Paulo l'Invincible sort son couteau, choisit la place, serre les dents et se fait au poignet une estafilade profonde. Il ne lui reste plus qu'à courir à l'infirmerie; il en revient, garni de « rouge », de gaze, de bande, d'épingles : tout ce qu'il faut pour soigner la pie. Célestin tente de l'attraper, mais la trouve moins docile que ses frères pigeons.

— Faites le cercle!... Avancez maintenant!... Non, ne l'effrayez pas!

Effrayée, elle l'est! tandis que Marc, les cheveux sur les yeux, la panse avec application et que l'harmonica de Doganat (dit *Velours*) lui chante un « air calmant ». Elle se débat, la pie! On dirait un notaire, en habit de cérémonie, tombé aux mains de gangsters géants. On la lâche enfin en se persuadant — mais si, regardez! — qu'elle boite moins avec ce pansement grotesque, qu'elle va guérir, qu'elle est guérie! « Les oiseaux de nos bois sont capables d'un vrai dévouement... »

La cloche du déjeuner disperse les sauveteurs. Bê-

tes et plantes de Terneray vont enfin se trouver en récréation, puisque les garçons n'y sont plus. Les voici
déjà attablés dans la bonne odeur chaude, toujours la
même, quel que soit le menu. Pourtant, ils ne se sentent pas à l'aise et leurs yeux inquiets en cherchent la
raison... Voilà! il y a une place vide à la table des
chefs : Mammy absente. A tous ces yeux agrandis par
l'inquiétude, à ces bouches qu'entrouvre la curiosité
Croc-Blanc donne sans embarras l'explication :

— Mammy est un peu malade...

Puis baissant la voix, il ajoute avec un sourire presque timide :

— Elle attend un petit enfant...

— C'est pourtant pas Noël! dit un gosse d'une voix
enrouée. Mais personne ne rit.

Le repas fini, c'est de nouveau le lâcher des garçons, le jeu des ballons sur la pelouse, la lutte un peu
partout, les alliances passagères, les menaces définiti-
ves, les vantardises : la récré.

Puis Terneray pénètre, au son d'une cloche, dans le
port paisible de l'après-midi. Silence.

Avec lenteur passent les nuages, tombent les feuilles, jardine Clemenceau dans son royaume désert. La
journée vieillit et grisonne.

Cinq heures. Tomawak congédie son monde, efface
le tableau noir, allume sa pipe, ouvre les fenêtres.
Buffalo ferme son atelier vide et jette, en passant, à
Bidule à demi démontée et sur laquelle s'acharne une
grappe de gamins, le regard mélancolique du dona-
teur. Cheftaine Françoise plie et range avec soulagement le linge que, depuis des heures, elle ravaude au
chevet de Mammy : elle va enfin retrouver ses gosses.
Et Croc-Blanc lui-même, écolier libéré, repousse ses
papiers avec un grand soupir. Tout l'après-midi, il a
dû être comptable, économe, intendant, architecte,
planteur, rebouteux, orienteur, confesseur, prophète :
faire son métier de Chef de Centre. Une grande faim

de gosses le saisit à présent, une irrésistible envie de jouer, de courir, de bagarrer avec eux : de vivre! il monte à longues enjambées embrasser Mammy — « Besoin de rien? » — et redescend, plus vite encore, arbitrer un match de football.

Ainsi Croc-Blanc, Françoise et quelques autres prennent-ils la relève, au moment même où Buffalo, Tomawak et Cie sont saturés. Les gosses, pareils à l'eau du fleuve, passent d'une écluse dans l'autre sans s'en apercevoir.

Survolons Terneray à basse altitude : à hauteur d'enfant... Appuyé sur le manche de sa bêche, Alain Robert, les sourcils froncés, la bouche entrouverte, écoute les révélations d'Olaf :

— Et tu sais pourquoi Marc est ici? Parce qu'il a volé de quoi nourrir sa mère qui était malade. Elle allait mourir de faim, quoi! Alors, il est sorti dans la nuit, il s'est glissé jusqu'au magasin. Et alors...

De confidence en confidence, Marc a enjolivé sa version, à présent, il n'a plus qu'à la laisser courir : à mesure qu'elle circule, elle devient une épopée. Demain, Marc innocent se sera fait condamner à la place de la mère infirme d'un copain tuberculeux...

Alain Robert et Olaf ont repris leur jardinage. Soudain :

— Qu'est-ce qui te protège, toi? demande le garçon sauvage.

— Personne, bien sûr! répond le souffre-douleur de Terneray, avec ce mélange de fierté et d'humilité qui est le propre des mendiants.

— Donne-moi la main! dit seulement Alain Robert, en sortant à grand-peine la sienne d'une manche trop longue.

Le raton y fourre sa patte grise, si chaude, si menue.

— Tu es un chic type.

— Ta gueule!

104

Allons plus loin... Pourquoi Radar se glisse-t-il dans l'infirmerie et mesure-t-il sa taille à la toise? C'est qu'il est persuadé qu'on grandit à quatorze, quatorze et demi, quinze ans... Quoi? Toujours la même taille? *Le jour même de son anniversaire*? Il a dû mal s'y prendre... Recommençons!

A cent mètres de là, en plein bois, Goiraud se fait rosser par deux gars de son dortoir.

— T'as compris, maintenant?... Pas encore?... Tiens!

La mêlée reprend jusqu'à ce que Goiraud « ait compris ».

— Et maintenant, démerde-toi pour changer de dortoir : on ne veut plus de toi. C'est vu?

La nuit dernière, Goiraud s'est glissé jusqu'au lit d'un copain et... — l'œil noir, le poignet tordu, le nez croûteux de sang, Goiraud ne recommencera plus; jusqu'à la prochaine raclée.

— Ben, mon vieux! fait une voix dans les arbres roux.

C'est Taka, plus roux qu'eux, installé sur la grosse branche d'un tilleul, et qui cesse un instant de mâcher pour juger de haut la bagarre.

— Faut laisser les types s'arranger entre eux, énonce sagement une autre voix plus haut perchée encore : Velours, confortablement allongé sur un embranchement commode, dans un arbre voisin.

La conversation continue, ponctuée par les *flocs* de la gomme à claquer que mâche, gonfle et fait péter Taka. Puis elle devient monologue : Velours a tiré de sa poche (parmi les billes, le marron, le miroir) son harmonica poisseux de sucre, et il joue à son intention.

De son observatoire, il peut voir Marc debout devant la grille ouverte, immobile au bord de cette route qui s'appelle *Evasion*. Chaque jour, à cette heure, Capitaine Marc à l'avant de son paquebot TER-

NERAY, vient contempler en silence ce grand océan brumeux de la Liberté sur lequel le soir tombe. Il voit s'allumer des feux, monter des fumées droites; il entend sonner les clochettes des bêtes qu'il croit libres. Il songe à Jojo, à sa mère, au Caïd, aux copains; à Darrier, quelquefois. Pas un mauvais type Darrier! Marc reçoit des lettres de lui, à intervalles trop réguliers : l'autre se force à lui écrire, mais n'a presque rien à lui dire. « On ne sait jamais quoi raconter aux prisonniers... » Marc chasse ses cheveux, de deux coups de tête, et fait quelques pas sur la route, hors des murs. Instant délicieux... Puis il pense à Cheftaine Françoise et rebrousse chemin.

Olaf, en ce moment, court vers le bâtiment 3. Il se trouvera bien, sur son passage, un ou deux grands pour lui faire un croche-pied, suivant la tradition. Olaf tient dans son poing serré le trésor qu'Alain Robert vient de lui donner, en signe d'alliance : des vieux tickets de toute espèce pour sa collection... En pénétrant dans le dortoir il aperçoit, de dos, Paulo (l'Invincible) debout près du lit de Radar. Olaf n'aime pas se trouver seul avec un grand; il gagne son coin sur la pointe des pieds, mais sent avec ennui, anxiété, puis terreur, monter dans sa gorge une toux qu'il ne peut contenir. Il tousse; Paulo se retourne, *le billet de 500 francs à la main*... Impossible de s'y tromper : il n'y a pas deux billets semblables à celui-ci dans tous les dortoirs de Terneray! « L'Enfant du Malheur » s'avance, le regard étroit, les lèvres rentrées. Il va, pour écraser l'avorton, employer le surnom méprisant dont « Olaf » n'est que l'abréviation :

— Dis donc, *Toto-la-Fiente*, je te conseille de la boucler : tu n'as rien vu!

Le raton détale, laissant ses précieux tickets épars sur son lit. Cœur battant, il rejoint Alain Robert, en faisant le tour par les ateliers et en se retournant tous les dix pas.

— Viens par là!... Vite!

Il l'entraîne derrière la maison du jardinier et, sans reprendre son souffle :

— Tu ne sais pas... ce que... j'ai vu...

Les sourcils en tempête, Alain Robert part à la recherche de Marc :

— Dis donc, tu ne sais pas ce que Paulo...

Marc fait descendre Velours et Taka de leurs arbres. On entend des « sans blagues? », des « tu parles! », des « T'as qu'à... ».

D'ami en ami, tout Terneray, à présent, connaît le forfait de Paulo; et ces enfants tricheurs, fugueurs, voleurs surtout, sont pâles d'indignation. Un groupe résolu a cherché, rejoint, entraîné Paulo à l'écart. On commence par discuter, puis les poings se serrent. « L'Invincible », d'une main diligente, a déjà ouvert son couteau dans sa poche droite; dans l'autre, sa main tâte le billet qui va lui coûter si cher... A ce moment, trois coups de sifflet strient le soir si tranquille.

« Rassemblement immédiat pour tous les gars du Bâtiment 3! »

C'est le sifflet de Croc-Blanc : pas une seconde à perdre! Le Chef est debout au milieu de la pelouse, encadré par Buffalo, bras croisés, et par Chef Robert qui fait déjà de grands gestes. Les gosses arrivent de toutes parts, l'air faussement étonné : car en vovant, près des trois grands, Radar aux oreilles plus rouges que jamais, ils ont déjà compris.

— Allons! Rassemblement! Plus vite!

Croc-Blanc attend encore un instant, dévisage l'une après l'autre ces faces fermées, puis parle lentement :

— Ecoutez bien! On a *volé*, dans le dortoir, un billet de 500 francs appartenant à votre camarade Timéon. J'espère que le *voleur* se dénoncera de lui-même pour m'éviter de vous punir tous... De vous punir gravement! ajoute-t-il après un silence.

Personne ne bouge... Si, pourtant! Radar, contre

toute logique, va se ranger près de ses camarades; justement à côté de Paulo, son voleur. Il est vrai qu'il est le seul à l'ignorer!

— C'est bien, reprend Croc-Blanc (et on dirait en effet, qu'il n'est pas mécontent de ce silence), nous resterons donc ici jusqu'à ce que le voleur se décide à agir comme un homme!

Il regarde l'heure à son poignet, libère d'un geste les deux autres chefs, et commence à arpenter la pelouse. Le Chef Robert vient lui parler à voix basse :

— Si par hasard il y en a un qui connaît le coupable...

— Ils le connaissent tous, mon petit vieux!

— Alors l'un d'eux va sûrement...

— Le dénoncer? Sûrement pas! Personne ne le lui pardonnerait... Moi le premier d'ailleurs!... Ah! non! J'aime mieux des complices que des mouchards, pas vous?

Robert remonte ses lunettes le long de son nez osseux :

— Alors, ils vont rester là toute la nuit?

— S'il le faut, oui... Et ne me dites pas qu'ils risquent de prendre froid! Nous jouons une partie autrement importante, mon petit vieux. N'oubliez pas que tous ces garçons, ou presque, ont volé.

— Ce n'était pas leur faute : la société où nous vivons...

— D'accord! mais je n'ai pas en charge la société : j'ai seulement soixante gosses à tirer d'affaire. Si je leur explique qu'ils sont des victimes, ils le resteront toute leur vie : c'est un rôle plus confortable que vous ne le pensez! Je les persuade qu'un jour ils auront, comme les autres, une famille et un métier, et que c'est plus honorable que le chapardage et le bistrot. Je sais que c'est un peu *rombier*, et que le genre d'honneur que nous inculquons n'est plus à la mode, mais tant pis! Nous ne sommes pas à Saint-Germain-des-Prés!

Le rassemblement ne faiblit pas. Aucun regard ne se tourne vers Paulo; aucun chuchotement... Les cuisses commencent à se marbrer violet; Colombo frisonne; Michel éternue. Radar pense : « Je n'aurais pas dû cafarder... Tout de même, 500 balles!... Qu'est-ce que mon beau-frère dirait?... Non, je suis un salaud! Les types vont m'en vouloir... » Les *types* pensent, en effet : « Radar n'aurait pas dû! On aurait réglé ça entre nous... 500 balles, tu te rends compte! Il était chouette, ce billet... » Et Paulo pense...

Non Paulo ne pense rien : il s'oblige douloureusement à ne rien penser.

Les garçons des autres bâtiments tournent autour du rassemblement, Chef Robert les chasse comme on effraie de la volaille.

— Dites, c'est pas contagieux! fait l'un des badauds en s'éloignant.

Il y a cinquante-sept minutes que cela dure. Les maisons s'allument. L'odeur et la rumeur des réfectoires parviennent jusqu'aux vingt garçons immobiles, moment très pénible... Paulo éprouve de plus en plus de peine à s'empêcher de penser. Il s'occupe à compter les étoiles.

Clemenceau traverse pesamment la pelouse, un râteau sur l'épaule : « Allons bon! qu'est-ce qui se passe encore? » Croc-Blanc le lui explique — « Hein? » et répète, parce que le vieux a mal entendu.

— C'est juste! Il n'y a rien à dire... Tout de même, ajoute-t-il en regardant seulement Olaf, il y en a qui pourraient prendre froid!

— Forgeot, Husson, Doganat, Célestin et Colombo, montez au dortoir chercher les manteaux et les écharpes!

Paulo est tout étonné que le copain lui apporte les

siens. Il est vraiment le seul à dire merci; l'autre le regarde avec surprise :

— Il n'y a pas de quoi, salaud! lui souffle-t-il.

Les gars des autres bâtiments ont fini de souper. Encore quelques bruits de vaisselle, bien douloureux aux vingt ventres vides, puis on repart paisiblement pour une troisième heure, pour toute la nuit, pour toute la vie...

— Chef, supplie Olaf après une trop longue lutte, chef, est-ce que je peux aller aux lieux?

Il y court, en se demandant s'il arrivera à temps... Oui, mais tout juste! Une autre angoisse l'étreint au moment de tirer la chaîne : il a toujours l'impression que ce geste va libérer un flot de serpents... Il tire, de loin, et s'enfuit sans se retourner.

Il est 20 h 33; et soudain, sans que lui-même sache bien pourquoi, Paulo avance de deux pas :

— C'est moi!

— Bien, dit Croc-Blanc du ton le plus calme. Au réfectoire, vous autres!... Toi, monte avec moi! Et retire les mains de tes poches... .

Paulo l'Invicible, vaincu par lui seul, suivit Croc-Blanc dans le bureau du chef. Après un long silence :

— Alors? C'est malin... Qu'est-ce que tu veux que je fasse de toi?

— Il n'y a rien à faire avec moi! dit Paulo fièrement.

— Si j'alerte le juge, tu sais ce qui se passera?

— Je suis déjà allé en taule.

— Je sais, je sais! Tu y étais bien?

— On s'y fait.

— Bonne nourriture, comme ici, hein? Du sport, des arbres, du cinéma, des dimanches, comme ici? Et des copains de premier ordre, sur qui on peut compter dans la vie? Ah! je comprends que tu tiennes à y retourner.

— Je ne tiens à rien : je suis foutu!

Croc-Blanc se leva, alla jusqu'au gosse, lui saisit les cheveux pour l'obliger à relever la tête, à le regarder dans les yeux.

— Non, Paulo : tu n'es pas un mauvais type. Tu t'es dit : « Les copains ne peuvent tout de même pas passer la nuit debout! » et tu t'es dénoncé. Tu avais envie de ce billet parce qu'il était neuf; je comprends ça. Tout le monde en aurait envie! mais ce qui est plus chouette, c'est de le gagner, Paulo!... Ecoute, la bagnole de Buffalo est en pièces détachées, hein? Si toi, Paulo, tu arrives à la remonter, je te donnerai un billet, exactement le même... Suffit de travailler la mécanique! Buffalo est content de toi à l'atelier...

— Je crois, oui.

— « Garage Paulo », mon petit vieux! qu'est-ce que ça te dirait plus tard? Tu serais mécanicien; ta femme tiendrait la pompe à essence; et les gosses...

— Pourquoi vous dites des conneries?

— Qu'est-ce qui t'en empêche, si tu boulonnes bien?

— Je suis marqué.

— C'est toi qui dis des conneries, Paulo! On en reparlera... Maintenant, tu vas aller rendre le billet à Timéon. Simplement, tu ne dîneras pas ce soir.

— Je n'ai pas faim!

— Je sais.

Il lui serra la main en souriant. Quand Paulo fut sorti, Croc-Blanc s'assit à son bureau, baissa la tête et resta silencieux. Le chef Robert, qui avait assisté à l'entretien, n'osait pas bouger.

— Il est foutu, murmura enfin l'autre d'une voix sourde, foutu.

— Mais...

— C'est trop tard. Si vous connaissiez son père, sa

mère, son quartier... Il aurait fallu le dépister à sept ans, le sortir de là! Et puis on a commis un tas d'erreurs avec lui : la prison, l'asile, un centre de redressement. Alors maintenant...

— Mais, en restant assez longtemps à Terneray, il peut...

— Je ne le garderai pas.

Croc-Blanc alla se planter devant la fenêtre, comme pour éviter le regard de l'autre.

— Oui, mon petit vieux, c'est le drame! Il y a ce gosse à sauver; mais il y a aussi, il y a d'abord tous les autres à défendre. Il finirait par les corrompre.

— Qu'est-ce qu'il va devenir, s'il quitte Terneray?

— Il traînera de centre en centre, d'institution en institution. A vingt et un ans, on le libérera : il retrouvera sa famille, ses copains d'enfance; il boira, il volera, comme eux, il se fera pincer. Tribunal correctionnel, récidive, relégation...

— Mais le bagne n'existe plus!

— Non, on l'enfermera donc dans une maison centrale jusqu'à la fin de ses jours.

— Mais ce n'est pas possible! Ce gosse de quinze ans! on peut le persuader, le prendre en main... Allons, c'est un brave petit bonhomme, comme les autres!

Croc-Blanc se retourna vers lui, et le chef Robert ne le reconnut pas sur l'instant : un masque de douleur était posé sur son visage de petit garçon devenu grand.

— De braves petits bonshommes, hein? C'est ainsi que Dieu les a faits! Mais qu'est-ce que nous en avons fait nous autres, avec nos flics, nos films « interdit aux moins de seize ans », nos bistrots, nos bouilleurs de cru, nos...

— Vous mélangez tout!

— Ah oui! c'est moi seul qui mélange tout? Mais la vie d'un gosse de dix ans, dans la banlieue de Paris, c'est logique, ça ne mélange rien, ça met chaque chose à sa place?

— Ce sont tout de même de bons gosses, hasarda le chef Robert en rajustant ses lunettes.

— De bons gosses, qui, un jour, on ne sait pas pourquoi, crèvent les yeux des lapins, mangent un merle cru, arrosent le chat d'essence et y mettent le feu! Ce n'est pas eux qui agissent ainsi, nous le savons, c'est le milieu : la vérole du grand-père, les dix pernods par jour de leur père, la tuberculose de leur mère... Nous le savons, mon petit vieux; mais il faut tout de même agir sur eux puisque, pour les autres, c'est trop tard. Agir... et toujours veiller!

— J'ai du mal à vous croire. Quand je regarde...

Il se tut. Une clameur montait du fond du jardin. Par la fenêtre, Croc-Blanc vit dans la nuit un groupe d'enfants plus sombre qu'elle, Tomawak et Buffalo qui couraient vers eux, qui les dispersaient à grandes gifles...

— Venez, Chef Robert!

Quand ils arrivèrent, essoufflés, à l'orée du bois, ils trouvèrent l'instituteur et Buffalo seuls devant... mais qu'était-ce donc? — Une pie!

— Ils l'ont soignée, ce matin même : voyez ce bandage ridicule! expliqua Tomawak.

— Et fe foir, ils l'ont lapidée...

— Parce que le rassemblement les avaient énervés? suggéra le chef Robert.

— Ou parce qu'elle n'était pas guérie, dit doucement Croc-Blanc; et il ajouta amèrement : de braves petits bonshommes...

L'oiseau, à leurs pieds, remuait son bec grotesque d'un côté puis de l'autre; ses petits yeux brillaient fixement. Soudain, il renversa sa tête et, sur sa robe noire, on vit une large tache de sang tout neuf : un juge assassiné.

V

UN LABYRINTHE DE VERDURE

« Chouette! c'est dimanche... »

Radar eut à peine le temps de formuler cette pensée et se laissa, de nouveau, glisser au fond de son bain tiède de sommeil. Dans le lit d'en face, Marc, plus subtil, nageait entre deux eaux : se maintenait dans un demi-somme volontaire. Ainsi, le Marc à demi éveillé jouissait-il du repos rêveur du Marc à moitié endormi... Il prolongeait à sa guise les histoires floues que le sommeil déposait sur sa grève; il cousait, à ses lambeaux de rêves, de grands morceaux d'étoffe trop neuve qui emportaient bientôt le tout. Dans sa dernière histoire, il voyait la Cheftaine Françoise sous les traits de sa mère et un Alain Robert (qui ressemblait à son frère Jojo) réfugiés sur le toit d'une maison dans une plaine inondée; et lui, galopant en silence sur son cheval volant...

Velours, juste en face, s'était caché sous sa couverture pour jouer doucement de l'harmonica. Il songeait à Odette, la sœur de ce type du bâtiment 2. Dimanche, il y a trois semaines, l'autre bougon les avait enfin présentés l'un à l'autre. « Ma frangine Odette Doganat, un copain... » Six mots contre huit tablettes de chocolat, la vache! A présent, Velours gardait toujours son chocolat, mais c'était pour Odette. Et c'était aussi pour elle qu'il répétait à l'harmonica l'air de « Ma p'tite folie », avec une fausse note sur *p'tite*, puisque Odette le chantait ainsi...

C'était dimanche matin, et chacun des gosses, allongé, sanglé dans son lit comme en un second corps, se sentait heureux dans sa peau de toile rude. Ces lits, tous semblables mais dont aucun détail n'était pareil à l'autre, ces lits — chacun le sien! — qu'ils auraient reconnus en aveugle, du bout des doigts à d'infimes détails : un montant plus rugueux, une manière de s'affaisser sous leur corps, de gémir... La fraîcheur d'un novembre au ciel bleu entrait par les fenêtres toujours ouvertes et passait sur leur face. Les éveillés silencieux regardaient, avec une sorte de pitié méprisante, ceux qui dormaient et ne connaissaient pas encore leur bonheur. Un à un, ceux-là s'éveillaient : on voyait se succéder sur leur visage, en un instant, l'angoisse de l'enfant abandonné puis le sourire du dimanche. Mais pas sur tous! et l'on aurait reconnu les gars de l'Assistance à leur figure fermée, à leurs yeux froids. « Dimanche... les visites... Les parents des autres, si moches! oui si moches, sûrement à côté de leurs parents inconnus!... Enfin, puisque les copains se contentent de ce grand saucissonnage en famille, de leurs grands-mères boiteuses, de leurs pères à casquette, de leurs mères décoiffées!... »

Voilà ce que pensent les A.P., comme chaque dimanche; et Alain Robert...

Tiens! où est-il? Caché sous son drap : il a tiré, de sa cachette, les trois bandes de journaux illustrés reçus chaque semaine et les compare longuement, sans ciller du regard. Une écriture d'homme sur la première et, sur les deux autres, la même écriture de femme... Son père et sa mère, évidemment! Ils l'ont enfin retrouvé et, saisis de remords, débordant d'amour, ils lui envoient, chaque jeudi, ce journal qui signifie : « Pardon... A bientôt, à bientôt!... » Alain Robert ferme les yeux et promène sur son visage ces papiers gris si souvent trempés de ses larmes et de ses baisers. Sur ses joues, sur ses lèvres, c'est la main de sa mère, la main de son père qui le caressent, et il les reconnaît très bien l'une de l'autre. Ces mains... ces mains qui l'ont abandonné, mis à la poubelle — oui *à la poubelle!* « Fallait-il que je sois laid! Pourtant, à un an, je ne pouvais pas leur faire du mal? Alors pourquoi? Pourquoi?... Mais c'est eux qui sont coupables! Et je leur dirai! et je leur demanderai des comptes! Sans blagues, c'est trop facile!... — Mais non, salaud, tu oses attaquer ta mère! Oh! pardon, pardon... C'est moi qui n'ai pas su me faire aimer... Jamais personne ne m'aimera, jamais... Et s'ils allaient venir, cet après-midi justement?... Le journal, c'était seulement pour me prévenir... » A voix basse, les sourcils froncés, le garçon sauvage prononce : « Papa... Maman... » avec peine et précaution, comme des mots d'une langue étrangère. Mais soudain : « Eh bien, non! décide-t-il, s'ils viennent je ne serai pas là!... Pas très loin, mais en promenade : pour bien marquer le coup! Ils m'ont assez fait attendre, sans blagues!... On sera obligé de sonner la cloche, d'envoyer les gars à ma recherche... Comme ça, ils le sauront tous! Et la gueule des copains quand ils verront les cheveux blonds de ma mère, et les 1 m 90 de mon père!... Oui, c'est ça : en promenade avec Olaf... »

— Dis donc, Olaf!... Hé, tu as fini de pioncer?

Toto-la-fiente se réveille en sursaut : un rat affolé sur un tas de chiffons grisâtres.

— Du calme! du calme, mon vieux! c'est dimanche!

Un sourire heureux, puis une grimace, puis un autre sourire. Le petit a pensé dans l'ordre : « Grasse matinée... Visites pour les autres... Clemenceau... »

— Dis donc, qu'est-ce qu'on fait cet après-m'?

— Grand-père nous emmènera en forêt.

— Oh! les champignons? La barbe! dit Alain Robert qui, pourtant, n'espérait pas d'autre réponse.

Olaf organise son campement. Il s'assure, d'abord, qu'il n'a pas mouillé son lit. Non, d'une tiédeur sèche, pas cette moiteur acide de chaque matin! Clochard accroupi, Olaf y étale ses trésors : sa collection de vieux tickets, les illustrés *Tarzan* qu'Alain Robert lui donne, sa petite bouteille d'eau (toujours remplie parce qu'on ne sait jamais...).

A présent, le dortoir tout entier est éveillé et chuchote. Pas un cri, pas une chanson, pas une bagarre! Les garçons veillent paternellement sur ce nid posé au centre de l'immense pièce, ils couvent du regard cet œuf bien clos : la petite chambre de leur cheftaine.

La matinée change de sens à partir du moment où cette porte s'ouvre et Cheftaine Françoise, les yeux fendus plus étroits que d'habitude : bridés par le sommeil, et les cheveux en tornade, traverse la pièce.

— Bonjour, mes garçons!

Un chœur aux voix enrouées du matin lui répond un « Bonjour, Cheftaine! » mêlé de quelques « Bonjour, la Frangine! » car Marc a fait des adeptes.

Tandis que Françoise fait sa toilette et s'habille la première, le dortoir devient un port paisible où chacun s'affaire sur son bateau. Radar se nettoie les ongles avec un crayon violet. Célestin, dit *Ballon-Captif*, roule interminablement entre deux doigts une crotte de nez qui lui tient bien compagnie depuis dix minutes. Taka, mâchant sa première gomme de la journée, compose un menu : gratin d'écrevisses à la nage, chaud-froid de poulet aux morilles, pâté de chambertin en croûte... Il assemble des mots magiques et salive, salive... Tout à l'heure, il transcrira ce nouveau menu, en lettres gothiques, à la suite des autres sur son *Carnet de festins* qu'il relit chaque soir. Alain Ro-

bert voyage à travers sa collection de cartes postales :
la boulangerie Duval à Erquigny, le monument aux
Morts de 70-71 à Poujet-le-Haut, « En route pour la
noce! » (Bretagne)... Olaf invente de nouveaux nœuds
sur sa ficelle crasseuse. Velours, les mains jointes en
une conque tiède qu'il applique sur son visage, respire sa propre haleine. Car Velours aime son lit, sa
chaleur, son odeur; Velours est heureux... Marc, devant un miroir ébréché, fait des essais de coiffure : la
raie à gauche?... Non, ça me donne un crâne pointu...
La raie à droite?... Pas mal, pas mal, s'il n'y avait pas
cet épi... Quelques lits plus loin, le petit Michel essaie
de coller ses crans avec de l'huile de sardines. Paulo
dessine des femmes nues suivant un modèle qu'il a vu
sur la paroi d'une pissotière à Melun. Mais il sursaute
en entendant la voix si calme de la cheftaine :

— Ce n'est pas joli du tout, Paulo. Non franchement! Attends un instant...

Attendre quoi? L'Invincible rentre sa tête dans les
épaules et fait le dos rond, s'attendant au pire; mais
Françoise revient, des photos à la main, toujours
aussi calme :

— Si tu veux dessiner des nus, voici de beaux modèles : la Vénus de Milo, l'Olympia de Manet, la
Source d'Ingres... Essaie de les copier, Paulo! Tu me
montreras ce soir ce que tu arrives à faire.

Paulo compare ces corps parfaits avec l'animal qu'il
crayonnait, gomme le tout, balaye les poussières du
revers de la main et se remet au travail, en tirant la
langue, en plissant son front bas.

— Ceux qui viennent à la messe avec moi, annonce
la cheftaine, il serait temps de vous lever!

— Debout, les *curetons!* clame le reste du dortoir
qui ricane sans méchanceté.

Mais cela suffit pour que les garçons feignent de se
lever avec joie. C'est pour cette raison que Marc, le
Chevalier, va à la messe : pour rester avec la Fran-

gine, du côté des moins nombreux, de ceux dont on se moque. Ah! si seulement on jetait encore les chrétiens aux lions!... Et Alain Robert va à la messe pour accompagner Cheftaine Françoise; et Olaf pour accompagner Alain Robert. Mais, pour l'instant, il se hâte d'avaler à peine mâchée, une provision de pain dur.

— Pourquoi tu te bourres comme ça? demande Alain Robert en fronçant les sourcils.

Il suit, d'un œil anxieux, le trajet besogneux de cette bouchée le long du cou gris et fripé : une tortue avalant un œuf — ouf! ça y est...

— Mon vieux, il faut que j'engraisse : je n'ai plus du tout de trous à ma ceinture!

— Je te refilerai mon pain.

Après un coup d'œil de voleur vers les lits voisins, Alain Robert, sûr de n'être pas vu, se frotte les tempes avec le parfum de son petit flacon... Quelle humiliation! C'est juste l'instant que choisit la cheftaine pour lui crier :

— Déjà prêt? Tu ne t'es pas lavé, mon garçon!

— Si, Cheftaine! La preuve...

Il s'approche d'elle et presse ses sourcils luisants : il sort de chacun d'eux une goutte d'eau pure, comme une tige qu'on serre entre ses doigts. Une flamme joyeuse passe dans le regard vert :

— Je ne dis plus rien!

Elle a bien tort de rire : dans son dos, un drame s'apprête. Taka-le-roux a retiré ses lunettes et les a déposées sur sa table de chevet. Il erre, si léger dans le royaume des myopes, ce sommeil éveillé où tout devient possible, où amis et ennemis se confondent dans un nuage vaguement coloré. Mais Olaf a vu l'objet — son rêve! — et s'en empare. Avoir à soi quelque chose qui ne peut pas se déformer, se trouer, se salir! Quelque chose surtout, qui *vous transforme*; car Olaf n'a aucune confiance en Olaf et ne l'aime pas. Il saisit donc les lunettes du gars, les met, et pénètre à son tour dans un autre royaume, à la fois précis et lointain...

— Mes lunettes! Quel est le salaud qui a pris mes lunettes?

Taka, les yeux nus, le visage désarmé, s'avance, les bras tendus vers l'inconnu. D'un seul rire, le dortoir entier se moque de cet aveugle pathétique, de ce copain méconnaissable dont le cœur bat jusque dans les dents. Car, pour la première fois, Taka éprouve douloureusement l'amour essentiel du myope pour ses lunettes... C'est le monde entier qui lui échappe! ses proportions, ses points de repère. D'un seul coup, il imagine tout le reste de sa vie sans lunettes... « T'as qu'à crever, mon vieux! plus qu'à crever! » Sa voix s'enroue :

— Quel est l'enfant de salaud?...

C'est l'enfant de personne, c'est Toto-la-fiente, qui tremble d'avance à prévoir la rossée de ce fantôme roux en pyjama. Il détale — mais allez courir avec des lunettes!

Olaf et Taka, danseurs aveugles, se cherchent, se fuient, se bagarrent dans un monde fantastique où l'on ne sait pas qui l'on empoigne et sur quoi l'on tape... Heureusement, Olaf perd les lunettes, retrouve la vue et se sauve. L'autre, dans ses ténèbres, les a entendu tomber : il sursaute, tel Harpagon au bruit de son or remué. Le temps de tâtonner à leur recherche, de les remettre avec délices : de reprendre pied, plus de voleur! Taka ne saura jamais qui lui a dérobé, un dimanche matin, son bien le plus précieux...

La petite troupe gagne l'église entre deux haies poudrées de givre. Les haleines fument dans l'air transi : les mains rougissent dans les poches. « On serait drôlement mieux dans son lit! » De grands doutes métaphysiques envahissent alors les *curetons*.

— Dites donc, Cheftaine, ce Jésus-Christ, au fond...

Mais, à la sortie du bois, le soleil se découvre d'un seul coup, transfigurant les champs durcis, jouant dans les bouquets d'arbres roux et dans les cheveux blonds de la cheftaine. Les garçons galochent en poussant des cris, débusquent une compagnie de perdrix qui s'envolent pesamment vers le soleil. Vive Dieu!

On arrive les premiers à la chapelle, et Cheftaine Françoise décide qu'on fera une prière à haute voix en attendant. Mais Colombo le nègre n'en finit pas de chercher la bonne page, d'un doigt tout gris de froid; Alain Robert laisse, une à une, tomber de son livre ses images pieuses : des photos de Louison Bobet, de Tino Rossi, de Gary Cooper...

— Alors quoi, nom de Dieu! tonne Marc, on la fait, cette prière?

L'église s'est remplie. Les gars respirent l'odeur paysanne du dimanche — vêtement noir et linge roide — mêlée à celle de la cire et de l'encens; pour eux, à jamais, ce sera l'odeur même de Dieu. Ils copient les gestes et les attitudes de Cheftaine Françoise, sauf Alain Robert qui reste debout, par fierté. Colombo tourne chaque page en même temps qu'elle, mais ils n'ont pas le même livre... Olaf ne quitte pas des yeux les enfants de chœur. Le prêtre ne l'intéresse pas : Olaf sait bien que jamais il ne sera une grande personne; mais pourquoi certains enfants peuvent-ils parader ainsi en robe rouge, calotte et dentelles? D'ailleurs, pourquoi certains ont-ils des lunettes, tandis que d'autres?... Où donc trouver un protecteur, un défenseur contre tant d'injustice? Alain Robert — Mais non! il a besoin de Marc... Marc lui-même? — Il a besoin de la cheftaine... Clemenceau? Trop vieux!... Non, non, quelqu'un qui n'ait besoin de personne... Ce Jésus-Christ, peut-être, dont Cheftaine Françoise?...

— Mais non! il s'est laissé bousiller par des salauds! C'était un minable comme Olaf! Pire même : il se laissait gifler deux fois au lieu de se barrer!...

Pourtant, pourtant, il est sorti tout seul du cimetière en bousculant les soldats, il marchait sur la mer, apaisait la tempête, guérissait les copains... Ce Jésus-Christ... mais... Ah!

Olaf a poussé un cri; Alain Robert lui cogne le coude.

— Qu'est-ce qui te prend?... Tu es tout pâle.

— J'ai trouvé, tu sais! j'ai trouvé : *Jésus-Christ, mon vieux, c'est Tarzan*...

La bouche entrouverte, les sourcils froncés, Alain Robert accueille cette révélation avec gravité et considère le prophète aux oreilles sales.

— J'en parlerai à Cheft...

— Surtout pas! C'est un secret pour nous deux. La messe se poursuit. Colombo la lit à mi-voix et, à cause de son bec-de-lièvre, on ne sait pas bien si c'est en français ou en latin... Alain Robert ne suit plus l'office : fasciné fascinateur, il hypnotise la statue de la Vierge jusqu'à ce que son regard se brouille. Larmes de tendresse et non de lassitude : car c'est sa maman à lui qu'il dévisage ainsi jusqu'à en pleurer! Oui, l'Inconnue, la Fée, c'est ELLE que voici... Marie-mon-cœur, Marie-mes-larmes... Heureux les enfants abandonnés, car ils seront appelés les fils de la Vierge! Ce grand mystère de Marie a été caché aux grands, mais aux plus petits il est révélé... Alain Robert, pour se faire plus petit encore, s'agenouille : il pleure et doit cacher son visage dans ses mains : le garçon sauvage a trouvé tout seul, dans l'hiver de son cœur, les gestes mêmes de la prière.

Marc attend l'Elévation avec une impatience sacrilège; et, tandis que l'église entière courbe la tête, il lève les yeux vers cette prétendue présence de Jésus-Christ dont il veut avoir le cœur net. Il craint vague-

ment d'être foudroyé : surtout que les cloches se mettent à sonner, juste à ce moment... Tant pis! il risque
un œil, puis les deux, relève franchement la tête et, se
tournant furieux vers la Frangine :

— Dites, eh! y'a personne!

— Chut!

Pour lui changer les idées, Cheftaine Françoise lui
a prêté son missel. Marc le feuillette d'un doigt exigeant, d'un œil sévère, les cantiques surtout :

— Dites, Cheftaine!

— Quoi encore?

— Y'a pas tout!

— Qu'est-ce que tu ne trouves pas?

— Ni *Etoiles des Neiges* ni *Petit Papa Noël*.

Françoise remet à plus tard toutes explications. La
messe est finie! plus qu'un signe de croix et...

— Et vos Jésus-flexions, sans blagues, merde!
gronde Marc, l'aîné de la troupe.

Le front largement baigné d'eau bénite, on sort
parmi les paysans endimanchés qui allument une cigarette aussi blanche que leur col. Pour les uns, on
est des « pauvres malheureux gosses »; pour les autres, des « graines de crapule »; pour aucun, des enfants comme les autres. On regagne le centre par les
chemins aux arbres nus, avec, au ventre, cette bonne
faim d'après-messe et, sur le visage, quelque chose
qui ne s'y trouvait pas au départ puisque aucun copain n'annonce cette fois : voici les curetons!

Les premiers parents arrivèrent par le car de
14 h 27. Pas très différents d'aspect des paysans de ce
matin : moins bien tenus, mais plus humains. Pourtant ils se considéraient mutuellement comme des
« culs-terreux » et des « feignants de la ville ». Ils
avaient oublié, une fois pour toutes, que les uns pro-
duisaient leur nourriture, que les autres achetaient

les produits de leur terre : qu'ils ne pouvaient pas vivre séparément.

Les grands-mères à cabas, les mères à paquets, les frères et sœurs qui avaient « déjà sali leur blouse propre de ce matin » envahirent Terneray, avant même que chefs et cheftaines eussent achevé de confectionner les petits colis pour les garçons qui ne recevaient pas de visite — et le saucissonnage commença.

On s'embrassait à pleines joues, quatre fois; l'euphorie durait bien quelques minutes, puis les éternelles discussions reprenaient : « Mais pourquoi que tu veux pas faire un effort? T'auras jamais ton C.A.P.! Et qu'est-ce que tu veux qu'on fasse d'un garçon qui rapporte pas de sous à la maison? Et pourquoi que t'as pas écrit cette semaine? T'avais rien à dire? Bien sûr, on n'a jamais rien à dire! Ça n'empêche pas de donner des nouvelles? » Les mains aux poches, la bouche bonbonnant sans cesse, les jambes impatientes, le gosse recevait la bonne averse qui lui manquait tant les autres jours. C'était un tonnerre familier dont le grondement ne l'effrayait plus. Il clignait de l'œil vers Dédé, Lulu, Pierrot mon petit frère venus se faire poursuivre, attraper, taquiner au grand jardin de Terneray. Quand on en arrivait au « Ton père le dit bien : jamais tu ne nous donneras de satisfactions... », le gosse s'échappait enfin, entraînant les petits : « Chat!... C'est toi qui t'y colles!... » et les mères n'avaient plus d'autre ressource que de s'épancher entre elles, comme dans le car, en venant, comme dans le wagon de retour : « Croyez-vous! Si c'est pas malheureux!... »

Sous un arbre resté vert et prospecté chaque jour depuis dimanche dernier, Velours avait entraîné Odette, la sœur du copain. Elle avait un peu trop frisé ses cheveux, ce matin; et lui, un peu trop parfumé sa brosse de velours châtain avec le parfum d'Alain Robert, chipé durant la messe. Il essayait de jouer « Ma p'tite folie » à l'harmonica, mais, l'émotion aidant...

— Laisse-moi essayer aussi! demanda Odette.

Ses lèvres sur l'harmonica!... Toute la semaine, Velours, en fermant les yeux, baiserait l'instrument et aspirerait sur ses alvéoles, plus douce qu'un rayon de miel, l'haleine fraîche de son amie. Toute la semaine, Velours l'Heureux préférerait une autre odeur à la sienne : il découvrait l'amour...

Depuis ce matin, Célestin (dit *Ballon-Captif*) consultait sa montre chaque quart d'heure en soupirant. Il ne cessa que lorsque son jumeau arriva. Tout l'après-midi, on les vit se promener dans les allées, du même pas, en silence, pareils à une paire de bœufs. Demain, chacun d'eux reprendrait ce sommeil morose qui leur tenait lieu de vie depuis qu'on les avait séparés. Pour couper la semaine, *Ballon II* emporterait ce soir dans une caissette (son seul bagage), un pigeon qu'il lâcherait mercredi et qui volerait de son village vers Terneray, des caresses d'un gros garçon seul à celles d'un gros garçon désolé...

Journée harassante pour les chefs et les cheftaines : après avoir, toute la semaine, affronté les enfants si graves, il fallait, le dimanche, tenir tête aux parents enfantins. Il fallait aussi, plus que jamais, servir de père et de mère aux gosses sans visites. Mouches d'octobre, ceux-ci tournaient autour des chefs, butaient dans chacun d'eux et restaient agrippés, posant des questions inutiles. Un geste d'impatience de la cheftaine (ou seulement son refus de paraître *préférer* l'enfant qui lui parlait) aurait déterminé une crise de désespoir. Que de fugues, le dimanche soir! Le chef Robert faisait, à grands gestes, un cours sur les enfants inadaptés à une grosse mère qui l'écoutait bouche bée. Buffalo qui passait, le tira par sa veste :

— Pour nous, vieux, f'est le problème des enfants

inadaptés; mais pour elle f'est fon goffe, tu comprends?

Mais déjà on l'appelait du côté du bâtiment 2.

— Quoi encore?

— Colombo. Son « beau-père » vient lui rendre visite et le gosse, en l'apercevant, s'est réfugié dans un arbre...

Il fallut grimper dans l'arbre; mais le petit nègre montait à mesure : Buffalo, transpirant, l'apercevait, transi, tremblant sur la plus haute branche :

— *Eu n'ueux à l'oi! Eu n'ueux a l'oi;*

— Tu ne veux pas le voir, f'est entendu! Mais moi, tu veux bien me voir?

C'était commode, ce dialogue aérien! C'était plaisant de rabattre ce pauvre gibier, gris de peur et de froid, vers un souteneur ivrogne! Un moment, Buffalo pensa redescendre et dire au type : « Foutez le camp ou je vous casse la gueule! » Mais l'autre tenait en main une lettre de la maman de Colombo (cette putain!) : il était sacré. Ce fut l'appât décisif; le gosse consentit à serrer une main qui battait sa mère, mais lui apportait une lettre d'elle...

Un grand gaillard albinos promenait, de chef en chef, sa main blanche et molle, son regard absent :

— Dites, Chef, vous vous souvenez bien de moi : Marcel?... J'ai un gros ennui : figurez-vous que...

Il les tapait de 500 francs et, comme il remerciait à peine (un si gros ennui!), c'étaient les autres qui s'excusaient presque de « ne pas pouvoir faire plus »... L'albinos repartait humblement raconter au suivant son gros ennui. Croc-Blanc n'y échappa point.

Ce dimanche-là, il était assiégé d'Anciens, venus d'un peu partout : « Chef, regardez voir la photo de ma fiancée!... Dites, voilà mon dernier bulletin de paye!... Ah là là! Chef, lorsqu'on est heureux, on le sait jamais!... Chef! vous vous rappelez pas le jour que vous m'aviez flanqué une raclée? C'était drôle-

ment chouette!... J'ai des nouvelles de Letourd. Chef :
il est en Indochine. Il se plaint pas... Dites, Chef... Dites, Chef... » Et Mammy devait se hausser sur la
pointe des pieds pour embrasser ses fils prodigues,
ses enfants si fidèles. Le petit Thierry, qu'ils avaient
vu naître et grandir, volait de bras en bras, saoul de
rire... Puis les Anciens se répandaient aux lieux na-
guère familiers : potager, dortoir, ateliers — la bouche pleine de « ah! dis donc! de notre temps... »

— Alors, Clemenceau, toujours fidèle au poste?

Le vieux jardinier acceptait des cigarettes, allon-
geait des gifles méritées cinq ans plus tôt, et faisait
assaut de vantardises avec ces grands garçons qui lui
en imposaient un peu.

Cependant, les gars de l'Assistance, les sans-visites,
retrouvaient le visage clos et le puits de solitude du
jour de leur arrivée. Ils étaient, de nouveau, chaque
dimanche, des enfants perdus. On les voyait tourner
autour des groupes, les mains dans les poches, et regarder, d'un œil froid, les frères et les sœurs des copains, leurs cache-nez, leurs casquettes trop petites,
leurs boucles d'oreilles. Et ces parents, surtout, ces
horribles parents, ils en approchaient avec une curiosité mêlée de dégoût et de colère : « Dire que les miens,
mes parents à moi, en ce moment même, se promènent en bagnole, font du ski à Megève, se pavanent
dans une loge de velours à l'Opéra! » Car leurs parents à eux étaient de la race dont on voit la photo
dans les journaux, à la page des sports ou à celle des
spectacles! Leurs parents à eux servaient de modèles
aux affiches et aux couvertures des magazines! Tandis
que ces malheureuses mémères aux cheveux gris!... Et
je t'embrasse, et je te rembrasse! Ah! les copains
n'étaient pas dégoûtés!

Ainsi, parmi la joie simple des autres, évoluaient
les A.P., hautains et aveugles comme des cuirassés
dans une rade paisible. Et Terneray, le dimanche, res-

semblait à un grand labyrinthe de verdure où tous se rencontraient mais sans se retrouver, se côtoyaient sans se reconnaître, avec un faux sourire sur les lèvres et, dans le cœur, l'angoisse de se perdre.

Alain Robert et Olaf, les poches bourrées de vivres, rejoignirent Clemenceau pour la promenade en forêt. Mais le vieux, joyeux comme un conscrit et le béret en bataille, confrontait ses faux souvenirs avec ceux de cinq Anciens plus hauts que lui.

— C'est pas tout ça, Clemenceau : on va boire une chopine!

Comment leur répondre qu'il préférait aller cueillir des champignons avec un avorton qui l'appelait « Grand-père »?

Il se tourna vers les deux enfants :

— Plus tard, mes petits! un autre dimanche!... Allons-y, vous autres!

Le groupe s'éloigna, laissant Alain Robert assez humilié mais Olaf blessé jusqu'au cœur. Il regardait *papa* s'éloigner, s'arrêter tous les six pas pour mimer une scène ou prendre à témoin ces grands crétins qui rigolaient, qui lui tapaient dans le dos. Olaf saisit soudain la main d'Alain Robert, la seule qui lui restât.

— Qu'est-ce qui te prend, toi? commença le garçon d'une voix rauque.

Mais il vit le regard du gosse, ses rides de vieux sur son visage gris :

— Dis donc, poursuivit-il, on n'a besoin de personne pour cueillir des champigons, sans blagues? On ira jusqu'à la mare... Amène-toi!

Comme ils allaient franchir la grille, la main dans la main, ils entendirent crier, loin derrière eux : « Alain Robert!... Hou hou! Alain Robert, une visite!... »

Le garçon s'arrêta sur place et devint pâle. L'instant était donc arrivé : *Ils* étaient là... On l'avait appelé de la même façon, le jour où le courrier avait apporté le premier illustré; aujourd'hui, un mois plus tard exactement, ses parents étaient là...

— Adieu, Olaf, commença-t-il, mais il dut reprendre car aucun son n'était sorti de sa gorge. Adieu, Olaf! je ne t'oublierai pas...

Il tourna le dos au gosse sans même le regarder; l'autre attendit encore un instant avant d'éclater en sanglots : attendit d'être seul, car il savait que cela le défigurait et faisait rire les autres.

Alain Robert, inconsciemment, fit le plus long détour pour rejoindre la pelouse. Une sorte de terreur, grandissant à chaque pas, l'avait envahi; et il ne savait pas s'il avait davantage envie de vomir ou de... Pour distraire son ventre, il pensait à la voiture américaine près de laquelle l'attendaient ses parents, aux valises neuves, à la première phrase qui serait dite. A Cheftaine Françoise il ne pensait aucunement : il la confondait avec sa mère et n'avait jamais réalisé qu'il devrait la quitter. Ventre à part, il vivait le premier instant de joie parfaite de son existence; et il fit encore un crochet par le bois afin de le prolonger... Il dut s'arrêter et aspirer l'air à pleine poitrine pour suffire à ce cœur qui frappait à la porte comme une brute. Il respira, écarta les dernières branches — et se trouva face à face avec les Deroux, ses parents nourriciers.

Ils étaient là — habits noirs, linge blanc, visage rouge — empesés, dépaysés, attendrissants. Beaucoup de regrets, un peu de remords les avaient conduits jusqu'ici, projet cent fois mûri, vingt fois différé, tant vécu d'avance. Lui tenait leur valise, toute ficelée de nœuds que le gosse reconnut; elle portait un panier rempli de petits paquets. Alain Robert sentit son corps entièrement creux; il crut qu'il allait tomber de tout son long. Les autres souriaient bonnement.

— Bonjour, p'tit gars!

— Qu'est-ce que vous faites ici? (Où avait-il trouvé ce reste de voix rouillée qui le blessait au passage?)

— On devait venir dans la région; on s'est dit : faut passer embrasser le p'tit gars! Tu n'aurais pas voulu, tout de même...

Le vieux s'expliquait avec complaisance : il croyait encore que c'était de surprise et de joie que le « p'tit gars » était blême.

— Foutez le camp! Je vous déteste!...

— Quoi?

Ils étaient là — cent cinq ans à eux deux — avec ce monde de silence, de peine, de peur qu'était leur vie, endimanchés, les mains pleines de cadeaux apprêtés depuis des jours; et en face, ce mauvais drôle de onze ans qui leur en avait tant fait voir, ne les avait jamais aimés : fils de personne! enfant de putain! « Je vous déteste! » Le visage même de la haine aux yeux fixes, aux cheveux sauvages!...

— Viens-t'en! dit le paysan à sa vieille femme.

— Mais... (Elle montrait les paquets : « L'allons pas remporter tout ça! »)

— Vide-les là et retournons-nous-en!... Allons!

Elle hésitait. D'une main qui tremblait, il lui arracha le panier, en éparpilla le contenu sur l'herbe froide. Son visage était devenu tout blanc; avec sa moustache noire, il ressemblait à un billet de faire-part. Blanc de colère? Non, de chagrin. Elle le connaissait bien... Elle répétait à mi-voix : « Ce n'est rien... Ce n'est rien!... » tandis que les présents se répandaient par terre : les fromages de chèvre, les pommes, le pot de miel... « Ce n'est rien! » Leur premier voyage depuis l'Exposition de 37, leurs clins d'œil dans le train, leur sourire en s'éveillant ce matin — ce n'était rien... ce n'était rien... Quand ils relevèrent la tête avant de s'en retourner, le p'tit gars avait disparu.

— Ils ne peuvent pas faire attention, ces deux vieux-là!

M. Doublet (substitut au Tribunal pour Enfants) qui conduisait la voiture, évita de justesse le paysan et sa femme qui marchaient, en effet, comme des automates; mais M. Lamy étendit sa main blanche aux deux alliances et se retourna, pour les suivre du regard par la vitre arrière.

— Pas vieux, Doublet, ce ne sont pas des vieux, mais...

— Mais quoi, monsieur le Juge?

M. Lamy tourna vers lui son visage où le sourire, quand il s'absentait, laissait des rides profondes :

— Nous aurions dû nous arrêter et leur parler. Je suis sûr que ces gens...

— Allons, c'est dimanche, reposez-vous! fit le substitut sans amitié.

Il avait un visage agréable mais empâté, des cheveux blonds, des cils presque roux qui défendaient un regard aussi vert et froid qu'un lac de montagne; un visage qui ne vieillirait pas, préservé par sa bonne conscience, ses habitudes régulières, ses certitudes. A côté de lui, M. Lamy paraissait dix ans de plus que son âge. Il se retourna encore : deux silhouettes noires dans l'hiver, si loin déjà...

— Est-ce que ce n'est pas la fameuse « route de l'évasion »? demanda M. Doublet pour changer la conversation.

Il avait accepté d'accompagner le juge dans un Centre d'enfants. « Vous ne pouvez pas requérir à leur sujet, Doublet, sans savoir du moins où vous les envoyez. » Bon! Mais il n'entendait pas que cet homme si partagé, si mal assuré, cet homme sans heures et si peu à sa place dans la magistrature, lui gâchât son dimanche avec ses drames paysans!

— Est-ce que ce n'est pas la fameuse « route de l'évasion » que nous suivons là?

— Presque plus, maintenant! J'ai connu Terneray ancienne manière, barreaux aux fenêtres et grille cadenassée : le quart des gosses s'évadait, en effet, chaque année. A présent, la grille est toujours ouverte et pas un garçon sur cent ne s'échappe.

— Vous parlez des enfants à peu près normaux : mais les pervers...

— Ne dites jamais ce mot, Doublet! Dites : *pervertis*.

— Si vous voulez! Reconnaissez pourtant que certains sont perdus d'avance!

— Peut-être, dit M. Lamy en baissant la tête. Le seul pronostic grave, reprit-il lentement, c'est le gosse sans chaleur humaine, celui qui n'a pas besoin de sympathie : qui ne veut ni recevoir ni donner. L'enfant qui n'a jamais souri au visage humain...

Il poussa un soupir si profond que le substitut l'observa dans le rétroviseur : il vit les trois rides verticales qui creusaient le front. « Comment peut-on se mettre dans un état pareil pour une question de métier? » pensa-t-il sincèrement.

— Certains, quand ils comparaissent, ont une expression hideuse, vous ne trouvez pas? Elle les juge d'avance!

— Une « expression gentille », fit durement M. Lamy, cela se prend très tôt ou jamais! Et cela ne peut être qu'un reflet. Mais l'enfant auquel on n'a jamais souri...

— Bien sûr, bien sûr, mais vous ne pouvez pas espérer les tirer tous d'affaire! Soyez réaliste, monsieur le Juge! Regardez ces arbres : on coupe les branches faibles pour sauver l'arbre... Il faut en faire autant dans vos centres!

— Dans *nos* centres, rectifia doucement le juge, on en sait beaucoup plus long que nous sur les gosses.

Vous interrogerez vous-mêmes les éducateurs... Je vous remercie d'être venu, Doublet, ajouta-t-il après un silence.

— Oh! je sais d'avance tout ce que je vais voir, dit l'autre non sans irritation : des douches, des pièces aérées et des repas comme ces gosses n'en auront plus jamais! Vous leur donnez là des habitudes au-dessus de leurs moyens... Je suis contre.

— Le garçon qui a pris l'habitude de la douche se lavera, de pied en cap, au robinet de son évier; et il repeindra sa chambre chaque année, par nostalgie du dortoir blanc. Et pourquoi passerait-il son dimanche au bistrot s'il a pris la passion du football?... Je vous fais là une réponse bien plate, reprit le juge en inclinant la tête sur son épaule droite et en fermant les yeux. Bien plate et bien déshonorante pour nous : car elle semble accepter qu'il doive toujours exister des taudis, du chômage ou des salaires de famine!

— Ce n'est pas votre affaire, coupa sèchement M. Doublet. Chacun son métier! Le nôtre est de rendre la justice dans le monde tel qu'il est, pas de le réformer...

— Le nôtre est d'ouvrir les yeux de ceux dont dépendent ces réformes! Le nôtre est aussi de ne pas accepter de punir les victimes, même quand le code les intitule *coupables!* Sauver ces enfants et en faire des hommes, « des hommes debout »...

— Sauver ceux qui méritent d'en sortir, c'est tout!

— Parce que vous êtes Dieu le Père, vous, Doublet?

— Mais...

— Vous savez faire le tri des Bons et des Méchants, d'un simple coup d'œil jeté sur un gosse blême de peur entre deux gardes? Ou d'un coup d'œil sur un dossier?

— Ne vous mettez pas en peine pour ces gosses! reprit le substitut d'un ton rogue. Ils savent très bien mentir, dénoncer, simuler...

— Ils sont à bonne école, en effet, dès leurs premiers contacts avec les policiers!

— Toute leur vie, ils sauront « se défendre »,
comme ils disent.

— La faute à qui?

M. Lamy posa sa main sur la manche de son voisin
et reprit doucement :

— D'ailleurs, vous vous trompez. Regardez ce bois
que nous traversons...

— Des acacias.

— Ils sont pareils à l'acacia, Doublet : ils n'ont des
épines que tant qu'ils sont sans défense...

Le substitut demeura un long moment sans parler.
Les paupières à demi baissées, il regardait la route à
travers ses cils blonds, et son visage tout entier avait
pris une expression dédaigneuse et maussade. Il n'aimait pas cette conversation qui se poursuivait même
durant les silences. Au fond, il aurait préféré ne jamais connaître le juge Lamy... Une profession confortable, honorée, intouchable, et qui lui donnait toujours l'impression de marcher sur le trottoir tandis
que les autres, tous les autres allaient dans la rue...
Un métier où l'on donnait et coupait la parole; où le
public entier se levait à votre entrée; où l'on cumulait
les avantages et les honneurs des officiers, des professeurs. Une fonction semblable à celle du prêtre —
mais sans en payer le prix! où l'on était dépositaire
de la puissance de Dieu, maître de la vie et de la liberté des hommes, et sans aucun risque. Avec des
grandes vacances, et d'autres à Noël et à Pâques : à la
fois Dieu le Père et un écolier — quel cumul! Un de
ces métiers où l'on pouvait tirer sa montre et l'installer devant soi, pour ne pas se laisser prendre au piège
du temps. Un métier aux ongles nets, aux gestes précis, aux journées calculées; où l'on était toujours sûr
d'être du bon côté de la barricade : du côté du plus
fort, du côté du coup de chapeau...

Voilà ce que les Doublet se transmettaient, de père en fils unique, en même temps qu'une petite fortune (qui compensait le seul inconvénient de la magistrature) et qu'un appartement boulevard Saint-Michel, à deux pas du Palais. La terre pouvait tourner, l'essentiel était sauf. Substitut auprès d'une chambre correctionnelle, les jours, les audiences, les années se succédaient pour lui, délicieusement semblables. Vol de bicyclette : 3 mois; coups et blessures : 50 000 francs; récidive : je double! et je signe et paraphe en trois exemplaires... Comme tous les enfants du monde, M. Doublet avait joué à l'épicier (« Ça nous fait 30 francs! A qui le tour, messieurs-dames? »); au curé avec de petites bougies et un gros livre; au petit postier en signant, épinglant, tamponnant. Eh bien, les trois jeux se poursuivaient à la fois, et dans un milieu charmant, respectueux, acquiesceur... Il y avait bien les prévenus, les témoins, le public — tous ces gens mal rasés, aux yeux brillants, et qu'on n'aurait pas aimé rencontrer dans la vie. Mais une barrière de bois et de gardes en uniforme vous séparaient d'eux. On les faisait taire, ils baissaient la tête, partaient et jamais plus on ne les reverrait!

La vie aurait pu couler ainsi, de l'installation à la retraite, de la considération aux honneurs, fleuve paisible, escalier dont on gravissait une marche bien régulièrement; semblable à celui du Palais, dominé par l'horloge implacable aux uns, si rassurante pour les autres. Pourquoi avait-on dévié le cours du fleuve en nommant M. Doublet substitut auprès du Tribunal pour Enfants, juridiction discutable et qui remettait en cause les principes les plus assurés? Et surtout auprès de M. Lamy, apôtre et promoteur de cette parodie de justice?... Non, vraiment! M. Doublet aurait bien préféré ne jamais connaître le juge Lamy...

Mais à présent, voici que la perspective de perdre son estime lui était insupportable. Il était aisé de répondre en paroles aux arguments de M. Lamy, mais son regard, son sourire, ses silences mêmes avaient raison. Et le substitut se demandait, pour la première fois, si cet univers de logique et de phrases, si cette ville de papier dans lesquels ils avaient toujours vécu si heureux — lui, son père, et son grand-père — n'étaient pas un gigantesque trompe-l'œil. Il ne lui aurait plus suffi, à présent, d'y être heureux...

Et brusquement, il reprit la parole, si sûr d'avoir raison, mais si peu assuré de dire la vérité :

— En fin de compte, tous ces enfants menteurs, fugueurs, voleurs ou mêmes assassins ont, à Terneray, des conditions de vie beaucoup plus agréables que les enfants normaux. C'est une prime à la délinquance!

— Vous avez raison, dit M. Lamy : ils ont tout! Tout sauf une petite chose essentielle. Au fond de la mer aussi, il paraît qu'il existe tout ce qu'il faut pour que nous puissions y subsister. Il n'y manque que l'air, malheureusement!

— Et que leur manque-t-il d'essentiel à Terneray?

— A Terneray et, par définition, dans tous nos centres : l'amour de leur famille.

— Vous voulez dire les coups, l'humiliation, l'abandon, les sévices?

— Oui, reprit M. Lamy avec une sorte de tendresse, tout cela dont ils ne peuvent pas savoir que, justement, ce n'est pas le lot de toutes les familles... Tout cela qui, par contraste, fait un éblouissement de joie de la moindre attention, d'un regard plus doux, d'un sourire. L'amour... On peut les priver de n'importe quoi, ajouta-t-il en apercevant la grille d'entrée, mais le seul *crime*, Doublet, serait de pénétrer à Terneray sans apporter avec soi tout l'amour dont on est capable.

— Vous en avez pour deux, répondit M. Doublet d'un ton bizarre.

Alain Robert jeta encore un regard sec sur ces deux paysans noirs, ridiculement penchés vers leurs petits paquets, puis il s'enfuit en direction du bois à toutes jambes; à toutes jambes de coton, car il ne tenait plus debout, sa tête résonnait et il ne savait plus s'il tremblait de froid ou de fièvre. Mais pourquoi l'allée devenait-elle si floue? Pourquoi cette impression de voler sans plus toucher terre? Et pourq...

Le labyrinthe de verdure lui préparait une autre surprise, car ce fut dans les bras du Docteur Clérant qu'il tomba à demi évanoui. Il eut à peine le temps de le reconnaître, à peine la force d'ouvrir la bouche pour l'interroger.

— Eh bien oui, mon vieux, je suis venu voir comment ça marchait ici pour toi et pour quelques autres!

Le docteur parlait machinalement, attentif seulement à soutenir le gosse défaillant, à observer ce regard qui se révulsait, à trouver ce pouls fugitif. A la fin, il chargea le garçon dans ses bras et le porta jusqu'à l'infirmerie toute proche, déserte le dimanche, et dont il poussa la porte d'un coup de pied. Il déposa Alain Robert sur un lit et fouilla les armoires blanches à la recherche de fioles et de tubes. Cheftaine Françoise entra en coup de vent, rejeta ses cheveux en arrière, démasquant un regard vert auquel l'inquiétude donnait une fulgurance d'orage.

— Qui?...

— Alain Robert. Evanoui. Une émotion brutale, mais laquelle?

— Je viens de croiser ses parents nourriciers qui s'en retournaient. Pourtant, ils venaient juste d'arriver...

Ses parents nourriciers? (Le docteur ferma les yeux pour mieux se rappeler le dossier Alain Robert. Comme il levait haut les sourcils, cela lui faisait une immense, blanche, absence de regard : un aveugle hautain...) C'est qu'il attendait sans doute une autre visite!

— Laquelle? Il ne connaît personne, ne reçoit aucun courrier, sauf des illustrés...

— C'est moi ou mon assistante qui les lui envoyons.

— Est-ce que je puis vous aider à le soigner, docteur? demanda-t-elle au bout d'un moment.

— Ce repos, cet oubli forcé sont le meilleur remède. Dites-moi! (Il fixa sur elle ses yeux ronds, exigeants, et qui paraissaient ne jamais ciller : son regard de chien.) Il vous aime beaucoup?

— Un peu trop. Il y a quinze jours, je suis tombée malade : il a persuadé quatre copains de faire avec lui la grève de la faim...

— Pour que vous guérissiez?

— Pour « forcer Dieu » à me guérir!

— Et Dieu a marché dans la combine? demanda le docteur qui ne croyait en rien qu'en son métier.

— Dieu marche toujours dans les « combines » des enfants, dit la cheftaine en souriant : j'ai guéri en deux jours.

— Ne l'aimez pas trop! reprit-il après un silence et d'un ton qui se forçait à la sécheresse. Ou, du moins, ne le préférez pas... Et ne le laissez pas s'attacher trop à vous!

— C'est le seul bien que je puisse lui faire, pourtant!

— Le pire mal, le jour où il ne vous aura plus... Vous êtes fiancée, Cheftaine?

Elle baissa la tête, et ses cheveux blonds retombèrent devant son visage comme un rideau de théâtre.

— Presque, répondit-elle à mi-voix.

— Hors du centre?

Il poursuivait l'interrogatoire à son habitude : sans chaleur, mais aussi sans curiosité avec la force tranquille de l'homme qui sait où il va et vous y conduit.

— Hors du centre, oui docteur : c'est justement la raison de ce « presque »...

— Alors, que le petit ne vous aime pas trop, Cheftaine Françoise!

— Quand je quitterai Terneray, Alain Robert sera tout à fait... rétabli! affirma-t-elle d'une voix forte, comme pour s'en persuader elle-même.

Clérant l'observa un instant puis, très doucement :

— Je ne le crois pas, dit-il. Le grand air, le sourire, la plus grande propreté matérielle et morale ne remplacent pas le médecin, le psycho-thérapeute qui manque ici. Pour Alain Robert, il ne s'agit pas de remplacer sa mère, *mais de le former à l'idée de vivre sans mère*... (Ils se turent.) Maintenant, reprit le docteur, voulez-vous me laisser seul avec lui?

Dix minutes plus tard, le garçon lui avait tout raconté, tout sauf l'essentiel : son immense espoir, sa certitude, sa déception. Clérant ne demanda rien d'autre. Pareil à certains oiseaux de nuit, lorsqu'il ne voyait pas clair, du moins ressentait-il la présence de l'obstacle et savait-il le contourner.

— Quand j'avais ton âge, dit-il, et que j'avais commis une bêtise, bref quand je n'étais pas content de moi, il me prenait envie de vomir. Si tu t'es mis dans un état pareil, c'est que tu ne dois pas être tout à fait satisfait de toi. Remarque, tu es libre : si tu ne veux pas voir ces gens-là, bonjour! bonsoir! Il ne suffit pas d'avoir fait cinq cents kilomètres dans le but d'embrasser un gars pour obliger ce gars à vous sourire — non! Mais je me demande seulement...

— Vous vous demandez quoi? demanda brutalement Alain Robert, après un silence qu'il trouvait trop long.

— Je me demande si c'est *intelligent*, tu comprends? On est libre, mais il faut tâcher de ne pas être idiot — tu es d'accord? (Le garçon acquiesça sans ciller du regard. Ce type l'énervait, mais quoi! il avait raison...) Et le résultat me paraît justement assez idiot : ces deux vieux s'en vont, très malheureux, n'y comprenant rien; leurs cadeaux ont été ramassés à la sauvette par des garçons qui se sentent un peu voleurs et auxquels ça ne fait aucun plaisir; toi... tu es à l'infirmerie! Non, je trouve que c'est raté, et par la faute d'un seul. S'il s'agissait d'un autre que toi, comment trouverais-tu l'histoire? Comment jugerais-tu le type?

Alain Robert ne répondit pas. Assez posément, sans adresser une parole ni un regard au docteur, il se rechaussa et sortit de la salle blanche. Dès qu'il fut certain que l'autre ne pouvait plus l'observer, le garçon se mit à courir. Dissimulé derrière le carreau, le docteur le vit filer vers la grille et la route. « Il ne les retrouvera pas, pensa-t-il; mais ce n'est pas l'essentiel... »

En revenant après sa course vaine, Alain Robert aperçut Marc en conversation avec un inconnu.

— M. Lamy, dit Marc, voici mon copain Alain Robert... Hé, amène-toi!

— Je suis content de te connaître, Alain Robert. Tu joues quoi au football?

— Arrière droit.

— Moi, je jouais arrière gauche. Il n'y a que les types qui n'y connaissent rien pour penser que les arrières ont moins de travail que les autres...

— Goiraud le dit, justement! fit le garçon en fronçant gravement les sourcils.

— Goiraud n'y entend rien! affirma le juge en passant son doigt sur sa mèche blanche. Allez!... Salut, Alain Robert, on se reverra...

Il s'était bien gardé de révéler au garçon que le Docteur Clérant lui avait raconté son histoire. Docteur, juge, assistante sociale, éducateur : un même dieu en quatre personnes, des mains innombrables

140

qui se refilent toujours les mêmes dossiers! La complicité mystérieuse des grandes personnes inquiète, éloigne les enfants.

— Marc, reprit le juge, M. Darrier m'a chargé de te donner le bonjour...

— Ah! fit le garçon d'un ton indifférent.

— ... Et de te dire, que, chaque fois qu'il allait aux Carrières, il passait embrasser Jojo.

— Ah! répéta Marc, mais d'une autre voix.

Ses joues se colorèrent et son nez se couvrit de sueur en un instant.

M. Doublet approchait; Alain Robert et Marc détalèrent. Le substitut venait de visiter le centre avec Croc-Blanc et un ancien qui, lui, avait connu le Terneray d'autrefois. Les lits y étaient encagés. A six heures du matin, coup de sifflet : les garçons de la moitié du dortoir (rangée rouge) se présentaient devant la porte de la cage, leur pot à la main. On ouvrait les serrures : défilé aux cabinets, puis retour avec une brosse et la paille de fer; clic clac! on les renfermait au cadenas, chacun dans sa prison-lit. Deuxième coup de sifflet : la rangée bleue, le pot, la paille de fer... A table ni couteau ni fourchette pour les « détenus » des colonies correctionnelles! La douche au jet glacé pour les fortes têtes! Et les barreaux de fer qui épousaient hypocritement le format des boiseries cernant les petits carreaux : si bien que, du dehors, la prison restait invisible. Mais, dans les ténèbres de leurs yeux fermés, les gosses voyaient sans cesse les barreaux blancs d'une cage...

— Eh bien, monsieur le Juge, savez-vous ce que cet ancien a ajouté, après m'avoir raconté tout cela? « C'était le bon temps! »...

— Oui, c'est aussi ce qu'ajoutait mon père (en baissant la voix afin que ma mère ne l'entendît pas) lorsqu'il me racontait Verdun... C'est la sottise et l'erreur qui se transmettent d'âge en âge. L'enfantillage des survivants, et leur illusion d'optique : car c'est leur jeunesse qu'ils regrettent, leur résistance à tant d'horreurs, mais pas ces horreurs elles-mêmes!

— C'est surtout leur fraternité qu'ils regrettent, dit Croc-Blanc.

— Mais vous-même, Doublet, n'avez-vous pas la nostalgie de votre service militaire? Des punitions du lycée? Des...

— Je ne regrette rien, rien! fit vivement le substitut. Je suis parfaitement heureux.

Mais en prononçant ces paroles, il s'aperçut clairement qu'il n'était plus heureux. Au diable, Terneray, le juge Lamy, et tous leurs gosses!

— Monsieur le Juge, demanda Croc-Blanc, qui est ce Merlerin Pierre qui nous est annoncé?

— Une expérience, mon petit, et probablement une erreur. Merlerin, dit « le Caïd », est le chef de la bande à laquelle appartenait Marc... Il a commis une petite bêtise. Fallait-il le retirer de sa famille? Décapiter la bande? M. le Substitut était pour; Darrier (qui transforme la bande en Groupe Amical) plaidait contre. Je l'ai fait cependant; première erreur, sans doute. Fallait-il l'envoyer ici? Marc était-il devenu assez fort pour déteindre sur le Caïd?

— Ou bien le contraire se produira-t-il?

— Deuxième expérience!

— Et si elle rate? Si nous perdons sur les deux tableaux?

— Cela prouverait simplement que vos méthodes ne sont pas encore assez efficaces, répondit M. Lamy en riant, mais son front restait soucieux. Ne jamais être sûr de soi, Croc-Blanc! Avec nos gosses, tout est à recommencer chaque matin... Avec tout le monde d'ailleurs, ajouta-t-il en soupirant : c'est la définition de ce monde!

— Vraiment? dit le substitut non sans aigreur. Ainsi, tout peut donc être perdu chaque matin?

— Ou sauvé, monsieur! fit doucement Croc-Blanc.

Derniers baisers sonores qui vont par quatre, dernières recommandations qu'on n'écoute pas, derniers signes de la main. Les garçons regardent, de dos, s'éloigner ceux qu'ils aiment, boitillant, un peu ridicules, sur la route de la liberté. Ils leur en veulent; ils en veulent aux chefs qui les gardent ici, aux copains qui, peut-être, ne sont pas aussi malheureux qu'eux-mêmes en ce moment; ils en veulent au monde entier. Ils ont froid, tout d'un coup; et leurs parents, sur la route, ont mal aux pieds, tout d'un coup, et se mouchent un peu trop souvent.

A la cheftaine, il suffit de dévisager les garçons méconnaissables pour deviner la nuit qu'elle va passer, à l'écoute de tant de larmes, de gémissements, de cauchemars; nuit de rondes, de rebordages, de mains fraîches passées sur des fronts brûlants, des fronts ennemis... Allons! les visites du dimanche sont un remède nécessaire mais qui donne la fièvre...

Marc, que personne n'est venu voir (c'est la troisième fois), répète, ce soir encore : « Jojo doit être malade : il y a de la grippe à Paris », mais il y croit encore moins que dimanche dernier.

Olaf, qu'ont trahi, dans la même journée, ses deux seuls amis, Clemenceau et Alain Robert, est monté se coucher sans souper. Sous sa tente de papier imprimé, il laisse croire qu'il sommeille; il voudrait être mort.

Taka revient du fond du bois : il y a brisé, piétiné de rage, enterré le cerceau et la toupie que son père, qui lui promettait une « surprise » depuis tant d'années, vient enfin d'apporter aujourd'hui au petit garçon de huit ans dont il avait gardé le souvenir... Ce diable roux de quatorze ans, avec ses lunettes épaisses, son duvet sous le nez, son nez de grande personne, a intimidé le père Husson qui croit que lui, le pauvre vieux! n'a pas changé. Il est reparti par le premier car, maintenant, Taka en a pour des mois à se refaire l'image d'un père flatteur, d'un père auquel on puisse penser chaque soir, le cœur gros.

— Michel!... Qui a vu Michel? Personne n'a vu Michel?

Cheftaine Françoise réunit une petite troupe et la lance, à travers Terneray, à la recherche du garçon. Mais cette forme accroupie sur le montant de la grille d'entrée depuis le début de l'après-midi, c'est lui, Michel le Mal-aimé... Son cœur a battu à chaque silhouette nouvelle sur la route : « Et si ma mère viendrait... Si c'était aujourd'hui qu'elle viendrait... » Maintenant l'heure du dernier train est passée. Le jour tombe : encore une sale semaine interminable avec des courriers sans lettres! Avec, au bout, un sale dimanche où sa mère ira au cinéma, tandis qu'il l'attendra ici!

Voici Cheftaine Françoise à présent — « Qu'est-ce qu'elle me veut? » — entourée de ces types qu'on est venu visiter aujourd'hui, les mains pleines de paquets. Toutes! il les a toutes vues arriver et repartir, les mères des autres, du haut de son perchoir glacé!

Il s'y dresse soudain, les poings serrés, les yeux remplis de larmes. Le groupe s'arrête, interdit, mais, avant que la jeune fille ait pu prononcer une parole :

— Vos mères sont des salopes! hurle le petit garçon le plus malheureux de Terneray. Toutes les mères sont des salopes! Je me sauverai d'ici, j'irai chez moi, je casserai les carreaux, je mettrai le feu! Et il faudra bien qu'elle paye : elle sera ruinée, elle crèvera, la putain!... Oh, maman! maman!... oh maman!...

VI

INTERDIT AUX MOINS DE SEIZE ANS

Merlerin Pierre, dit le Caïd, arriva le lendemain. Terneray achevait de digérer son dimanche : visites, friandises et rancœurs. On se battait en récréation à coups de sucres d'orge sucés en pointu; on échangeait encore, dans les dortoirs, six bonbons violets (ceux que personne n'aime) contre deux rouges; Tonton Radar, dont on venait de baptiser une nièce, négociait à bas prix des dragées sucées seulement jusqu'à la l'amande. Dans les couloirs, on piétinait des pépins de raisins; et Cheftaine Françoise, enveloppée dans sa grande cape d'hiver, songeait aux mois tièdes où l'on écrase des noyaux de cerises en marchant dans les dortoirs.

Le Caïd arriva à Terneray en même temps que cet hiver auquel il ressemblait. Sa main aux doigts noueux n'en serra aucune autre, son regard glacé ne parut se poser sur personne, et sa bouche sans lèvres ne s'ouvrit que pour s'étonner devant Marc :

— Tiens, toi aussi tu es dans cette taule?

Il le savait très bien. Quand M. Lamy lui avait annoncé qu'il retrouverait là-bas son copain Marc :

— Marc?... Quel donc Marc?...

— Ne fais pas l'idiot, Merlerin! C'est ton système à toi : faire l'idiot. Seulement voilà! le dommage est que justement tu es très intelligent... Si, si, je sais ce que je dis... C'est même pour cela que je t'envoie à Terneray qui n'est pas du tout un endroit pour les imbéciles. La grille est toujours ouverte; mais il n'y a que les imbéciles qui chercheraient à s'en aller parce que, dans les huit jours, c'est sur Beaufort qu'ils seraient dirigés. Tu as entendu parler de Beaufort?... Bon! alors inutile d'en dire plus. Tiens tes promesses, et moi je tiendrai les miennes : dans deux ans, tu auras appris un métier, tu gagneras vraiment ta vie et tu auras engraissé de dix kilos!... Non? Combien paries-tu?... S'il y a quelque chose qui ne te plaît pas à Terneray, écris-le-moi. D'ailleurs, j'irai te voir là-bas... Et salue bien ton copain Marc de ma part!... Allez, au revoir, Merlerin!

Mais le Caïd avait joué la surprise : « Toi aussi, tu es dans cette taule? »

— Bâtiment 3. Et toi?

— Je ne sais plus. (Bâtiment 1, cela aussi il le savait très bien.) D'ailleurs, je n'ai pas l'intention de moisir ici...

— Comment vont les copains des Carrières : Lucien? Manuel? Dédé? Et le grand Jacques, dis donc?

— En sana : il est foutu.

— Mince! Et Darrier? Et la baraque?

— Tu dois t'emmerder drôlement ici pour me demander tout ça!

— Pas du tout, fit Marc en rougissant. Mais dis donc, tu n'as pas vu ma mère dans le quartier ces temps-ci?

— Pourquoi? Elle ne vient pas te voir?

Le nez court se couvrit de minuscules gouttes de sueur.

— Jojo est sûrement malade : il y a de la grippe à Paris...

— Jojo? dit le Caïd en feignant l'indifférence mais son œil froid observait le garçon, Jojo se porte comme un dudule! Je l'ai encore vu, il n'y a pas trois jours! Il m'a... Non! au fait, il ne m'a pas parlé de toi... Dis donc, reprit-il après un silence dont il n'était pas mécontent, qu'est-ce que c'est que tous ces « services » qu'on m'a collés?

— La vaisselle... les couloirs... les lavabos... dit Marc très faiblement.

Il ne pensait plus qu'à ces pattes d'oiseau affolé sur sa manche, à cette chemise de nuit trouée qui montrait des petites fesses maigres; il n'entendait plus que la voix enrouée qui réclamait : « La bise, Marc! la bise... » A peine perçut-il celle du Caïd :

— ... Ne m'ont pas regardé, sans blagues! Dis donc vieux, tu les feras pour moi, leurs « services »!

Etait-ce encore une prière ou déjà un ordre?

— Si tu veux, répondit Marc.

Les premiers jours, le Caïd feignit de trouver la nourriture ignoble. Quand le gars apportait le plat, il y jetait le regard sec du chien qui a déjà mangé toute la viande de sa soupe et n'y flaire plus que des nouilles froides, puis, comme le chien, il en détournait la tête avec une lente dignité. Quand il eut constaté que cela n'entamait l'appétit de personne, le Caïd adopta d'un coup la tactique opposée. Il se servait le premier double ration, et, d'un regard circulaire, prévenait toute protestation. Buffalo, qui ne le quittait pas des yeux, montrait ses dents en or, s'apprêtait à bondir : « Dis donc, Merlerin, tu n'es pas un peu... non? » Mais Croc-Blanc le retenait d'une main impérieuse. Il ne lui permit pas davantage d'intervenir pour empêcher les plus petits de faire les corvées à sa place, ou les autres apprentis de rattraper son retard à l'atelier. Il le laissa s'esquiver aux douches et, lorsque le Caïd refusa de se lever plusieurs jours de suite à cause de ses « migraines atroces », Croc-Blanc le laissa tièdement au lit et le bourra de cachets.

— Mais enfin, Croc-Blanc, qu'est-ce qu'on attend pour le mettre au pas? Il compromet tout notre boulot?

— Du calme, mon petit vieux. On joue une sacrée partie avec ce gars-là : attention à la fausse piste!... Apparemment, c'est une brute pour qui les autres ne sont que des instruments. On peut sévir, bien sûr. Mais il est prêt à tout pour se rendre intéressant. Si tu joues les flics avec lui, c'est aux yeux de tous les gosses que tu te déconsidères.

— Et fi ve le laiffe fairre fon caïd...

— Tu risques aussi de dégoûter les autres garçons, je le sais. Mais où est le plus grand risque, Buffalo? Ne nous trompons pas de danger. Je suis comme M. Lamy : je veux encore croire en ce pauvre gosse. Il y a deux semaines, sais-tu où j'ai passé ma journée de congé? A Sagny, à Saint-Ouen et à Montreuil... Je m'oblige de temps à autre, à aller respirer leur air dans leurs quartiers, leurs bistrots, leurs terrains vagues. Ah! mon petit vieux, à leur place, en arrivant ici, je serais dix fois plus dur! Et si l'on faisait le flic avec moi, cent fois plus!... Non, je veux jouer le jeu avec Merlerin.

— Quel veu? demanda Buffalo, le front plissé, les dents serrées sur sa pipe à la briser.

— Celui sur lequel nous avons tout bâti, mon petit vieux : le jeu de la confiance et de l'amitié.

— Fa peut coûter fer!

— Qu'est-ce qui ne coûte rien? Ce qui ne vaut rien? Voilà une vérité de La Palisse... Et lâcher quatre vingt-dix-neuf brebis pour partir à la recherche d'une seule, tu crois que ce n'était pas imprudent?

Buffalo fourra la pipe dans sa poche.

— Bref, pour Merlerin?

— Je cherche encore le moyen. S'il rate, je te laisserai faire, mais la mort dans l'âme! Il y a déjà trois semaines que j'aurai, dû vider Paulo, par exemple. Mais j'espère toujours!

— Il n'arrête pas de trafiquer ma vieille bagnole, Paulo! Et ve me demande...

— Bidule? Bonne nouvelle, mon petit vieux! cria l'autre en retrouvant enfin le sourire « croc-blanc ».

— Mais...

— Ça va me coûter cinq cents balles, mais c'est une très bonne nouvelle! Tu verras, Buffalo, on les sortira tous d'affaire, tous! Ce sont des lions!

Pour Merlerin (dit le Caïd), ce fut Mammy qui prit le risque et trouva le moyen. Elle le fit venir, asseoir, et lui dit de sa voix toujours un peu navrée :

— Je t'observe de ma fenêtre, puisque je ne peux plus sortir, et je vois bien que tu es le plus grand et probablement le plus fort de tous les garçons d'ici. Tu as beaucoup d'ascendant sur les plus jeunes; ils ont l'air de t'obéir. (Tu parles! il les « caïdait » à longueur de journée...) Alors, j'ai pensé à toi pour une mission de confiance, Pierre. (Il tressaillit : personne d'autre que ses parents ne l'appelait ainsi...) Tu le vois, j'attends un enfant; mais j'en ai déjà un : Thierry, quatre ans...

— Jamais vu, grogna le Caïd.

— Justement! Tu ne l'as jamais vu parce que je ne peux plus, comme avant, le promener, le faire jouer avec les autres petits. Or, il a besoin de sortir, de s'amuser, de vivre, tu comprends? Je te demande... — mais naturellement, si tu trouves cela ennuyeux, ou difficile... ou ridicule, ajouta-t-elle en baissant la voix, tu peux refuser. Je te demande de t'occuper de Thierry aux heures de récréation...

— Moi?

— Parce que tu es le plus grand et que je peux sûrement avoir confiance en toi.

Elle regardait ses mains osseuses, cette tête de mort tendue de peau blême, cette cicatrice blanche dans les cheveux si ras, pareille à un chemin crayeux dans un champ dévasté; Mammy voyait tout cela et frémissait. « Pourvu que Thierry l'accepte! », pensait-elle; car, de l'acceptation du Caïd, elle ne doutait pas un instant.

« Merde! », répétait Merlerin à chaque marche, en descendant l'escalier, « merde! merde! les autres vont se fendre la gueule et me traiter de nounou!... Evidemment, je peux refuser!... Mais ce serait dégueulasse : elle compte sur moi et, pour protéger son môme, je suis évidemment le plus costaud!... Mais pour l'amuser?... Ou alors mettre tous les gosses dans le coup, organiser des parties champions que je surveillerais de loin?... Marc va drôlement se marrer!... Si j'écrivais au juge de me changer de taule? — Bon! mais qui est-ce qui sortira ce gosse? Comment l'appelle-t-elle déjà? — Thierry!... Il n'y a pas de raison qu'il moisisse, sous prétexte que... Ah! merde! merde! merde! »

Thierry ne moisit pas. Dès le lendemain, les gars stupéfaits virent la terreur de Terneray, le caïd de l'atelier, le tyran des scolaires, promener à petits pas la mascotte du centre. On aurait dit un corps conduisant son âme en liberté. La petite main rose paraissait prise au piège d'une pieuvre grise. Mais non! Thierry souriait à son épouvantail, réclamait « A bras! », se faisait lourd et lui apprenait des chansons à l'oreille. Le Caïd s'aperçut avec contrariété qu'il prenait goût à cette petite voix, à cette haleine pure, à ces questions inattendues. Oui, brusquement, il en avait marre des insultes, des vantardises, des gestes sales! marre de vivre, lourd et fermé, comme un caillou parmi les cailloux! marre, drôlement marre!

Mais enfin, il était le caïd : il avait le besoin de commander, pour le meilleur ou pour le pire. Il organisa donc impérieusement des jeux dont Thierry fut le centre placide. Tous les petits voulurent en faire partie; on achetait, à coups de chewing-gum, des tours de faveur pour promener le gosse. Quelques grands, dont Croc-Blanc se servait comme moniteurs, vinrent se plaindre à Mammy : « Alors quoi, ils n'étaient plus dignes de confiance? Elle leur préférait le dernier venu, cette grande brute?... » Mammy, à son tour, leur expliqua la parabole de la brebis égarée; mais c'est une histoire que les brebis fidèles acceptent sans plaisir. Ils hochèrent la tête : « Evidemment... évidemment... » Mammy leur dédia un sourire fragile et ils sortirent, bien décidés à casser la gueule de Merlerin à la première occasion.

L'état de grâce du Caïd dura huit jours environ. Pourtant, après cette semaine de bonté, il ne retrouva ni ses habitudes passées ni ses anciennes victimes : la tyrannie était brisée, la servitude aussi. Croc-Blanc avait gagné.

Olaf non plus n'avait jamais retrouvé son paradis au jardin de Clemenceau. Tout semblait y avoir repris son cours; mais depuis l'horrible dimanche, plus rien n'était pareil. Olaf observait son ex-grand-père à la dérobée : la raideur de ses jambes, les taches sur ses mains, les veines à son front — un vieil homme! Comment compter sur un vieil homme qui vous trahissait, un dimanche, pour une chopine? D'Alain Robert non plus il n'avait reçu aucune explication pour son incompréhensible « Adieu ». Il en avait, le lendemain, quémandé une. L'orage était passé sur le visage de son copain et ses yeux fuligineux avaient lancé la foudre : « Si jamais tu m'en reparles, Olaf! si jamais tu m'en reparles!... » Le raton avait fui.

Non, Alain Robert n'avait pas besoin qu'on lui *en* parlât : il ne cessait pas d'y penser... Il avait reçu deux nouveaux illustrés dont il avait rangé les bandes dans son portefeuille. C'était le seul objet qu'il possédât (avec le petit flacon de parfum); et ce portefeuille ne contenait rien d'autre que ces bandes de papier gris, où se lisaient le faux nom et l'adresse anonyme d'un petit garçon de onze ans, absolument seul au monde et dont c'était le trésor. Il connaissait par cœur les deux écritures : celle de son père et celle de sa mère. En fermant les yeux, il les revoyait à volonté, blanc sur noir : comme les titres au cinéma. Tomawak, l'instituteur, s'était bien aperçu qu'il changeait d'écriture : « On dirait... c'est bizarre! on dirait une écriture *imitée*! » Bien sûr : celle de son père! et le garçon se travaillait une nouvelle signature digne de lui. Le dimanche, il s'obligeait à n'espérer aucune visite et, pour en être plus sûr, partait en forêt avec les autres garçons de l'Assistance. Tout le reste de la semaine, sauf à l'heure du courrier, rien ne les séparait des gars de Terneray; mais par la cruauté ou la légèreté des hommes, c'était le Jour du Seigneur qui devenait pour les A.P. jour de douleur et d'amertume. Longtemps ils avaient tourné cette hargne contre eux-mêmes, seuls disponibles ce jour-là pour l'injure et la bagarre! Mais, à présent, ils en venaient à haïr les copains d'hier, et leurs parents, et les chefs qui parlaient aux parents, et la terre entière! Ah! s'ils avaient pu mettre le feu à Terneray...

Ils prirent donc l'habitude de se réunir le dimanche, les sans-noms, les laissés-pour-compte! Ils s'aggloméraient, lourds, sombres, amers : pareils à la lie au fond d'une bouteille. Ils traînaient en silence dans les bois, échangeant leurs souvenirs désastreux ou mûrissaient les plans d'évasion impossibles. Car fuir de Terneray c'était facile! Mais comment s'évader de cette prison de papier, l'Assistance? Bons de couchage, d'habillement, de transport, de subsistance... Et qui donc les « prendrait en charge », dans ce monde inconnu et bâti sans eux, si les grosses mains des infirmières, des nourrices, des assistantes ne s'en occupaient plus? Des mains, et pas souvent des regards — c'étaient leurs seuls souvenirs. Avec des capes bleues, des trousseaux de clefs, des pancartes, des dortoirs blancs, des vêtements trop longs, des haricots, encore des haricots...

Au début, les orphelins de Terneray (auxquels personne non plus ne rendait visite) se joignaient, le dimanche, aux A.P.! mais ceux-ci les chassèrent vite. Ils étaient insupportables avec leurs souvenirs! « Je me rappelle que ma mère, chaque soir... » encore : « Il paraît que mon père, lorsqu'il était en colère... » — Assez! assez! qu'ils aillent ailleurs déposer leurs couronnes mortuaires! Nos parents, à nous, sont vivants! inconnus, perdus, mais vivants! Un jour, ils viendront nous chercher! Ou nous les retrouverons nous-mêmes! Mais que les orphelins nous foutent bien la paix avec leurs yeux rouges et leurs photos fanées!

En fait, ils enviaient les orphelins : ceux-là avaient eu une maison; on gardait leur place dans le monde; ils pouvaient aller dans un cimetière et voir leur nom de famille écrit sur une pierre... Ce n'était pas la faute des orphelins si leurs parents avaient disparu! Personne ne peut vous reprocher la malchance; au contraire! on vous considère, on vous plaint. Tandis que des parents qui vous ont abandonné, qui jamais n'ont cherché à vous revoir, à savoir à qui vous ressembliez... « Fallait-il qu'on n'eût pas su se faire aimer! ou qu'on eût été laid! »

De leurs parents, jamais ils ne parlaient entre eux ni à personne. Chacun bâtissait à l'écart son palais fragile. « Moi, pensait l'un, mon père est un docteur, un grand docteur. Sans ça, je n'aimerais pas tellement aller à l'infirmerie et respirer l'éther... — « Ma mère à moi, c'est une actrice de théâtre : l'instituteur a dit que j'avais un *don* pour la récitation. Un

« don », hein? Et de qui donc le tiendrai-je?... » —
« Mon père à moi, se répétait un troisième en regardant au miroir, chaque matin, son nez écrasé, c'est
sûrement un boxeur : le champion du monde! » Et
ils dérobaient, et ils dévoraient les journaux de
sport, les magazines de spectacle; et ils découpaient
les photos, les tiroirs de tables de nuit en débordaient. Et les annuaires de Croc-Blanc portaient des
traînées de doigts sales pareilles à des larmes : car les
enfants de personne cherchaient leurs homonymes et
copiaient les adresses. Tous les Robert de Paris, Alain
Robert en avait dressé la liste, et jamais elle ne le
quittait. Il avait même commencé à l'apprendre par
cœur : Robert A., chir.- dent., 23, rue Championnet;
Robert A., mode, 113, boulevard de Picpus; Robert A.,
coiff. pr dames, 7, place Daubencourt... Mais non! ils
étaient trop. Et heureusement! car si l'annuaire
n'avait livré qu'un seul Robert, ç'aurait été son père,
évidemment... Et alors, il n'aurait plus eu le droit de
l'attendre davantage à Terneray : il aurait fallu partir,
prendre le train, puis le métro, demander l'étage, sonner à la porte... quand Alain Robert pensait à cet instant *inévitable*, son cœur battait si dur qu'il l'entendait résonner dans tout son corps.

Ainsi les A.P. se promenaient-ils en silence dans les
bois morts de Terneray et, chaque dimanche, cons-
truisaient-ils un peu plus haut leurs fragiles édifi-
ces : une ville de cristal dans cet hiver noir et blanc
que remplissait seulement le cri nu d'un corbeau traversant la froide solitude.

Il suffisait d'un coup de pied pour démolir leurs
palais enfantins, d'une parole méchante pour disper-
ser cette armée de parents fantômes. Ce fut Merlerin
Pierre qui s'en chargea.

Parce que Marc, à présent, lui tenait tête et parce
qu'Alain Robert admirait Marc, le Caïd détestait le
garçon sauvage. Un mardi soir, il tomba sur un

groupe de gars de l'Assistance, assis en rond sur l'herbe, derrière la salle d'école, et qui chantaient gravement « Les yeux de ma mère ». Alain Robert avait entendu cette chanson à la radio, chez Clemenceau, et il l'avait apprise aux autres.

« *Les yeux de ma mère, les yeux de ma mie* (Ils croyaient qu'il s'agissait de Mammy.)

« *Les mains de ma mère, les mains de ma mie.*

« *Le cœur de ma mère, le cœur de ma mie*

« *Sont pour moi, plus que la vi-e...* »

Ils répétaient cette mélopée dix fois, vingt fois de suite, d'une voix éraillée par l'émotion et très bas, comme un secret, un mot de passe. *Les yeux de ma mère...* Chaque fois, ceux d'Alain Robert se remplissaient de larmes.

— On voudrait bien les voir une fois, les yeux de ta mère!

Merlerin Pierre, immense, se tenait debout contre l'arbre. Ils se levèrent tous, et Alain Robert s'avança vers le Caïd; ses poings serrés dépassaient à peine des manches de sa veste.

— Oui, reprit le grand, on aimerait bien voir comment ils sont faits, les yeux de ta mère!

— Qu'est-ce que tu crois? J'ai une mère comme tout le monde!

— Ne t'en vante pas! Si elle t'a laissé pour compte, c'est que...

— C'est qu'elle ne savait pas ce que c'était que la vie à l'Assistance, voilà tout!

— Penses-tu!

— Si elle a été obligée de... me laisser (il ne voulait pas prononcer le mot « abandonner », accuser sa mère), c'est à cause de la vacherie des autres!

— De la dégueulasserie de ton père, tu veux dire!

— Mon père, s'il était là, tu aurais déjà ta gueule farcie!

— Parce que c'est un athlète, ton père! et un milliardaire aussi, probablement!... Pauvre con, mais c'est un minable! Sans ça, tu en aurais entendu parler!... Un minable, un plein de poux, un traîne-savate! Tiens, tu l'as déjà peut-être croisé vingt fois, ton père, chez les clochards et les culs-terreux d'où tu viens!

— Il rigolerait bien en t'entendant, je te le dis! (Il rigolait lui-même, au bord des larmes.)

— Alors, tu peux m'expliquer pourquoi ce *gentleman* a laissé tomber ta mère?

— Qu'est-ce qui te dit qu'ils ne vivent pas ensemble?

— Alors tu peux m'expliquer pourquoi ils t'ont laissé tomber, toi? Pourquoi ils t'ont déposé, comme une ordure, dans une poubelle?

C'était l'expression même dont le gosse se servait en secret pour se meurtrir. Il répondit — mais déjà les autres ne reconnaissaient plus sa voix :

— C'est parce que j'étais trop moche pour eux, parce que j'étais pas supportable... Mais tes parents à toi, on les voit pas souvent!

Le grand tressaillit : aucune visite depuis son arrivée... Alain Robert, ayant enfin trouvé une blessure, s'acharna :

— Tu n'oses pas les montrer, tes parents! Ah! ils doivent être chouettes! C'est eux qui t'ont appris à voler, probablement?

Les autres A. P., soulagés, reprirent prudemment encore :

— Oui... c'est ça... à voler!... Sale voleur!... On n'a rien à voir avec les voleurs, nous autres!...

— Vous autres, c'est seulement à cause du bon air qu'on vous a placés ici, hein? demanda le Caïd en reculant d'un pas et en les regardant tour à tour. Bien sûr, vous n'aviez fait aucune connerie chez les pauvres mecs qui vous élèvent contre du fric? (Touchés! Il poussa son avantage.) Car vous nous coûtez cher! Personne ne voudrait de vous si on ne payait pas!...

Des types, on ne sait pas d'où ils viennent! Des types qui n'ont même pas de nom!... « Alain Robert », ça fait bien, je te jure!... Lequel des deux est ton nom de famille, on peut savoir?

— Celui-là! répond le gosse et il lui envoie son poing en plein visage.

Le Caïd chancelle : il ne s'attendait pas à ce que l'autre, deux fois moins haut que lui, l'attaquât. Mais encore moins à ce qu'à présent il ne se sauve pas! Car le gosse demeure là, en garde, les yeux luisants, la bouche entrouverte, les sourcils froncés, trop fier pour profiter, une seconde fois, de la surprise du grand. Mais les autres A. P. foncent à leur tour. Merlerin-Gulliver se voit assiégé et crie : « Goiraud!... Paulo!... En vitesse!... »

— Olaf, file chercher les autres! commande Alain Robert.

Les autres, ce sont tous les A. P. de Terneray. Olaf le comprend aussitôt. « C'est la bagarre générale! », pense-t-il en s'élançant à leur recherche, et cette idée lui point le ventre car il sait bien qu'il n'y pèsera pas lourd. (Le bruit des billes dans ses poches, on dirait que ses os légers s'entrechoquent...) Pourtant, Olaf est heureux parce que, grâce à la bagarre, il fait partie d'une vraie famille : celle que, derrière lui, il entend sourdement, lourdement taper sur Merlerin, Paulo l'Invincible et quelques autres... « La bagarre! pense-t-il, la grande bagarre! », et il commence à faire des signes de croix en courant.

Ils se battent, en silence, les dents serrées. On n'entend que le choc mat des coups, le *ahan* de ceux qui les donnent et parfois le *aïe* de ceux qui les reçoivent. Malgré les ténèbres, une sorte d'équilibre s'est vite établi entre les adversaires : on se bat à taille égale, à poids égal; ou bien deux petits contre un grand, deux maigres pour un lourd. On tape à la gueule ou au buffet! Chacun connaît d'instinct le point faible de l'autre : ils ont, dans les deux camps, si longtemps attendu, si souvent espéré, cette bagarre! Dans la nuit, ce n'est pas sur les copains que cognent les A. P., mais sur les visiteurs du dimanche, les familles nombreuses : sur tous ceux qui, hors des murs de Terneray, vont et viennent librement, et surtout portent un nom... Ils tapent sur le monde entier, aveuglément, et trouvent bien naturel de recevoir coup pour coup : ils en ont l'habitude!

Et les *enfants de justice*, en face, cognent sur ces témoins, ces types que les flics n'ont jamais tenus par le poignet, qui n'ont jamais attendu des heures derrière une porte cadenassée, jamais baissé la tête devant un juge! Sur ces spectres solitaires d'une malchance qu'ils craignent pour eux-mêmes, sur ces étrangers coalisés contre eux! Pouvoir briser une coalition, n'importe laquelle, même à coups de poing, quel soulagement! Tous respirent l'air de Valmy et d'Austerlitz dans la nuit fraîche de Terneray...

Un seul a changé de camp, brusquement : Marc. Il tapait joyeusement dans le tas des A.P. quand il a aperçu le Caïd rossant Alain Robert...

— Laisse-le! Tu es trop fort : c'est pas juste!

— Je me gênerais, dis donc!

— Laisse-le!

— Cause toujours! Tu m'intér...

Han!... C'est le deuxième coup de poing inattendu de la soirée. Le Caïd tourne sa fureur contre Marc, tandis qu'Alain Robert, libéré, vole au secours d'Olaf.

D'ailleurs, on ne sait déjà plus pourquoi on se tabasse : aux vengeances ont succédé les représailles — plus de raison que ça finisse! Des groupes roulent à terre, indiscernables, pareils aux grappes dans la hotte; et l'âcre vin de cette vendange nocturne coule des bouches et des nez : on voit luire, à l'écart, les mouchoirs des blessés. Contre l'arbre, une ombre vomit; deux combattants emportent un troisième hors du camp; un tout petit, roulé en boule sur l'herbe hostile, pleure doucement; un grand fait fonctionner sa jambe droite, puis la gauche, et, rassuré, retourne à la mêlée. Silence, silence et ténèbres : le sang est couleur de la nuit...

Mais voici un souffle nouveau, une ombre inhabituelle. Plus fort que les plus forts, plus neuf que les derniers arrivés, quelqu'un sépare rudement les combattants et leur chuchote une parole qui les fige sur place. Ce géant, c'est Tomawak l'instituteur; et sa phrase magique : « En classe, immédiatement, bande de couillons! » Ils s'y rendent, les poings encore fourmillants de coups à donner, le corps brusquement présent de douleur.

Tomawak, dans sa chambre au-dessus de la classe, lisait tranquillement l'*Humanité-Dimanche* en écoutant du Bach et en fumant sa pipe. Ce tumulte sourd, dehors... Il a arrêté la musique, éteint sa lumière, ouvert la fenêtre et vu, peu à peu, surgir des ténèbres les combattants silencieux. Il a fourré sa pipe dans sa poche, descendu l'escalier, foncé dans le tas, encaissé des horions et rendu seulement quelques gifles aveugles...

Voici les bagarreurs dans la salle d'école, clignotant leurs yeux aux lumières crues, ne sachant plus quoi faire de leurs mains lourdes et violettes, et tentant de réparer l'irréparable désordre de leur tenue : manches en berne, boutonnières éborgnées... Chacun voit le visage tuméfié des autres et les plaint (ou se réjouit) sans se douter qu'il offre le même spectacle. Tomawak entre le dernier, essuyant d'un mouchoir gris-blanc-rouge un visage aussi méconnaissable.

— Asseyez-vous!... Ah! vous êtes beaux à voir, mes compliments! Je n'ai pas alerté Croc-Blanc afin que vous ne soyez pas tous privés de cinéma demain soir!

Mais franchement... Et pourquoi cette bagarre? Allons, il suffit de regarder comment vous vous êtes groupés sur ces bancs pour le comprendre! Tous les gars de l'Assistance par ici, et les autres en face... C'est bien ça, n'est-ce pas?

— Oui, dit Alain Robert d'une voix aussi tremblante que ses jambes, nous n'avons rien à voir avec la justice!

— Et nous, répond le Caïd en reniflant (car il saigne du nez), on a une famille et un nom, comme tout le monde! Et on en a marre de...

— Vos gueules!

Le visage de Tomawak est devenu si dur, puis si douloureux, que les gosses se sentent tous coupables, brusquement. Quoi! ce maître fantasque, ce Peau-rouge souriant... Non! c'est le militant qui parle, cette nuit.

— Ce sera donc toujours la même chose? reprend Tomawak. Vous n'avez donc pas compris que, séparément, vous n'êtes que de pauvres gosses, et que vous ne pourrez vous en sortir que tous ensemble? Et que, si vous devez vous battre, c'est côte à côte? Vous battre un jour, pour sortir de votre crasse, de vos taudis, de votre prison? Nom ou pas nom, famille ou pas famille, vous n'êtes déjà que des matricules! Et vos places sont déjà marquées dans un monde où vous ne serez que des numéros d'Assurances Sociales, des servants de machine, des manœuvres légers! « La taule » : c'est le même mot qui désigne la prison et l'usine!... Le flic, fils d'ouvrier, cogne sur les ouvriers... La concierge, de sa loge sordide, tyrannise les locataires de ses piaules sordides... L'employé en col blanc, qui crève de misère, méprise et craint le type en casquette qui crève de misère... Ah! s'il pouvait se battre contre lui!... Le petit commerçant vole l'ouvrier, et l'ouvrier humilie le Nord-Africain... C'est ça, le monde : partout, le pauvre écrasant le pauvre sous le regard des autres qui viennent recruter leurs domestiques!... Ici, du moins, on pouvait croire que des gosses malheureux, malchanceux, allaient s'entendre! Les loups se dévorent entre eux — mais les moutons?... Eh bien, non! il faut que vous trouviez une raison de vous diviser, de vous battre! Nous faisons exprès de mêler les scolaires et les apprentis, les petits et les grands, dans chaque pavillon, pour vous donner l'habitude de protéger, de comprendre... Mais vous, vous avez trouvé autre chose : les délinquants contre les A. P... Demain, les orphelins de père casseront la gueule aux orphelins de mère! les blonds égorgeront les bruns!... Il n'y a pas de quoi rire!... Quand il y a deux hommes quelque part, il faut qu'ils se battent, ou qu'ils fassent alliance contre un troisième! Les malades dans une salle d'hôpital, les prisonniers dans leur cellule, se piétineraient pour plaire au gardien ou à l'infirmier, je le sais bien... Mais vous, vous!... Vous êtes donc déjà aussi bêtes que les hommes? Aussi lâches que les hommes?... « Oui, chef!... merci, chef! » J'aimerais mieux un peu moins de « Oui, chef! » et un peu plus de fraternité! Vous n'êtes donc capables que d'être des complices, pas des camarades?

La cloche du dîner sonne dehors; toutes les têtes baissées se relèvent et se tournent imperceptiblement vers la porte.

— Oui, reprend Tomawak d'une voix sourde, c'est l'heure : allez donc manger, puis dormir comme des bêtes, puisque vous vous conduisez comme des bêtes! puisqu'il n'y a pas d'espoir de faire de vous des hommes libres!... Ah! ce soir, ajoute-t-il comme pour lui seul, je comprends bien que nous ne servons à rien... que personne ne sert à rien... à rien... Allez-vous-en!

Les gosses n'ont pas compris grand-chose, sinon que l'orage passait au-dessus de leurs têtes pour tomber finalement ailleurs. Non, ça n'était pas une engueulade comme les autres; et les plus niais s'en réjouissent. Mais Tomawak semble vraiment affecté; il faudrait dire ou faire quelque chose : par exemple aller serrer la main de ces salauds d'en face. Alain Robert y songe un moment... Voyons! et la dignité, sans blagues? Sauf les plus abîmés, qui ont le cœur dans les dents, tous ressentent, depuis la cloche, un appétit sauvage; mais ils comprennent bien qu'il faut gagner la porte lentement. Toujours la dignité! Chacun prépare l'explication incroyable qu'il va fournir pour son nez croûteux, son œil de vieille actrice, son vêtement en loques...

Quand le dernier gars est sorti, Tomawak navré plonge la main dans sa poche à la recherche de sa consolation familière : il n'y trouve, après la bagarre, que des débris de son calumet de la paix.

Il y avait, dans chaque dortoir, plusieurs garçons punis ou mal portants qui ne pouvaient assister à la projection de TARZAN SAUVEUR DE LA JUNGLE, et quelqu'un devait les garder. Pour le bâtiment 3, Cheftaine Françoise se proposa. Marc en eut le cœur serré : « Manquer Tarzan! manquer le cinéma!... »

— Je resterai, moi, Fran... euh! Cheftaine... Et s'il y en a un seul qui bouge, je lui casse la gueule!

— Ce n'est pas le but de la manœuvre, répondit-elle en s'efforçant de ne pas rire. Va voir Tarzan, Marc!

Mais Alain Robert la prit à l'écart et, toujours aussi grave :

— Cheftaine, j'ai bien réfléchi. On ne peut pas m'obliger à aller au cinéma, n'est-ce pas?

— Non, pourquoi?

— Je resterai avec vous.

Françoise se rappela le conseil du Docteur Clérant : « Ne le préférez pas! Et ne le laissez pas s'attacher trop à vous... » N'était-ce pas l'occasion de parler au garçon?

— Ecoute : tu vas aller au cinéma... Chut! c'est moi qui te le demande... Et, après la première bobine, si tu t'ennuies, tu reviendras!

Tous les sièges disponibles de Terneray avaient été alignés dans le plus vaste réfectoire. Il y en avait de toutes les corpulences et de tous uniformes : on aurait dit un banquet d'officiers de réserve. Une bonne douzaine furent renversés par la ruée des garçons vers ce qu'ils croyaient les meilleures places, aux premiers rangs. Après avoir menacé plusieurs fois de remporter ses bobines, Croc-Blanc prit la seule décision capable de ramener le calme : il commença la projection. Les gars se stabilisèrent, face à l'écran, les mains à plat sur les genoux, droits comme des statues égyptiennes. La plupart, au temps de leur liberté, avaient été saturés de films : de trois à onze séances par semaine... Dans cette salle nue, sur cet écran si proche, dans le bruit irritant de l'appareil, ils retrouvaient leur poison familier avec une déception attendrie : pareils à des buveurs d'absinthe auxquels on ne permet plus qu'un verre de sirop d'anis, de temps à autre. Cette projection isolée faisait partie de la cure de désintoxication. Mais certains, dont Olaf, assistaient au cinéma pour la première fois de leur vie et demeuraient figés de stupeur. « Des espèces de photos qui bougent et qui parlent... », lui avait-on dit. Mais pas du tout! c'étaient de vrais arbres, de vrais animaux... Tarzan venait à lui, se retournait soudain vers la gauche, et Olaf regardait vite, comme lui, du côté de la cuisine. Il en venait un éléphant!... Tarzan se balançait au bout d'une liane... Pas si fort! il allait se fracasser contre le mur du réfectoire!... Hop! il plongeait dans une mare, Olaf levait les pieds pour ne pas recevoir d'éclaboussures!... Allons bon! deux tigres sortaient de la forêt, non, trois! quatre! pourvu que... Ça y est! ils tournaient la tête vers Olaf! ils...

— Dis donc, chuchota son voisin Alain Robert, lâche mon bras : je sens tes ongles!

Les images clapotèrent, plusieurs éclairs zébrèrent l'écran; Olaf crut au cyclone, au tremblement de terre : c'était seulement FIN DE LA PREMIÈRE PARTIE.

La lumière, revint, si morne d'habitude, aveuglante ce soir. Les gars s'étirèrent. Taka retrouva son chewing-gum sous le fauteuil; Velours sortit son harmonica et joua doucement : Radar referma enfin sa bouche qu'il tenait ouverte depuis le début et qui était complètement desséchée; Marc prit part aux discussions : « Pas mal... Ça ne casse rien... Si t'avais vu TARZAN A NEW YORK, pardon! Je te parie que la tribu sauvage va le faire prisonnier... » Mais Olaf demeurait muet, les yeux agrandis; puis il les ferma tout à coup, cacha son visage dans ses mains et rechercha de toutes ses forces, au fond de sa mémoire, des images à projeter dans le cinéma de ses ténèbres jusqu'à ce que l'autre reprenne. Il ne s'aperçut pas qu'Alain Robert, sorti en même temps que plusieurs gars, ne se trouvait plus à son côté quand Croc-Blanc — « Assis!... Hé! sans blagues, assis, quoi! » — éteignit enfin pour la seconde bobine.

Cheftaine Françoise entendit trois petits coups frappés à sa porte. Elle poussa un soupir dont elle ne savait pas s'il était satisfait ou résigné, ferma son livre, rejeta ses cheveux en arrière d'un double mouvement de tête, et alla ouvrir au petit garçon.

— Tu t'ennuyais donc?

— Oui... non!... Enfin j'aimais mieux revenir...

— Eh bien, on va mettre la radio en sourdine et bavarder.

— C'est ça, dit Alain Robert en souriant presque.
Je serai comme votre mari : un mari reste avec sa
femme, toujours!

— Non, reprit-elle doucement : pas mon mari mais
mon invité... Quand on invite quelqu'un, on lui offre
à boire : je vais préparer deux tasses de café.

Le gosse s'inclina cérémonieusement. C'était bien
cela, n'est-ce pas, qu'il fallait faire? Et ceci qu'il fallait dire :

— Je suis vraiment enchanté!

A son tour, elle s'inclina en révérence; et le rideau
blond des cheveux tomba juste à temps pour mas-
quer son sourire :

— Moi aussi, cher monsieur!

« *Monsieur* Alain Robert... » C'était aussi ce que
portaient les bandes des journaux illustrés. Ils étaient
donc trois dans le monde à l'appeler ainsi : son père,
sa mère et Cheftaine Françoise...

— Mais tu t'es parfumé, ma parole!

— Moi? Pensez-vous.

Parce qu'elle lui tournait le dos, accroupie près de
la bouillotte, elle ne le vit pas rougir jusqu'aux oreilles, mais le devina seulement. « Ne le laissez pas s'attacher trop à vous... »

— C'est drôlement bien chez vous, commença le
gosse pour changer de conversation. (Saloperie de
parfum! lui-même le sentait à présent...)

— Ce n'est pas « Chez moi », ici! dit doucement
Cheftaine Françoise.

— Comment ça?

— Chez moi, c'est une grande maison basse au
bord de la Loire, là où vivent mes parents.

— Mais vous, vous n'y vivez jamais? demanda-t-il
d'une voix un peu rauque.

Ainsi, le moment était venu... Quelques répliques
avaient suffi pour l'amener, comme dans les tragé-
dies.

— J'espère bien que si, j'y vivrai! dit-elle fermement.

Il se leva (à peine plus grand debout qu'assis), les sourcils froncés :

— Et nous, alors?

— Qui est-ce qui quitte l'autre?

— Mais...

— Rassieds-toi! Voici ta tasse. Ne te brûle pas!... Oui, qui est-ce qui passe et qui est-ce qui reste à Terneray?... A la fin de chaque année, le quart des garçons s'en va : semi-liberté, retour dans leur famille, ou...

— Mais vous, Cheftaine, vous resterez?

— Sans doute... Peut-être... Mais j'ai ma vie à faire, moi aussi!

— Qu'est-ce que c'est « faire sa vie »?

— Se marier, avoir des enfants...

— Comme Mammy et Croc-Blanc? Eh bien, si vous épousiez Buffalo...

— Je ne le crois pas.

— Pourquoi?

— Cela ne se commande pas! Toi aussi, le jour où tu te marieras, tu voudras choisir quelqu'un que tu aimes.

— Jamais! Moi, je n'aimerai jamais personne! Ah non!

La tasse tremblait entre ses doigts. Françoise la lui prit des mains, s'assit en face de lui et releva de force ce visage dont elle ne voyait plus que la toison bouclée. (Le parfum écœurant lustrait encore certaines mèches.) Elle fut presque effrayée par sa dureté, par ses rides d'homme encadrant une bouche enfantine.

— N'aimer jamais personne? Pourquoi?

L'homme de onze ans parla enfin d'une voix méchante — mais qui peut reconnaître un cri de douleur d'un cri de rage?

— *Chaque fois que j'ai aimé quelqu'un, il m'a abandonné!*

— Ecoute...

— Je ne veux plus être lâché, maintenant! C'est toujours moi qui quitterai le premier!

Elle crut que n'importe quelle réponse était préférable à ce silence; elle laissa parler son cœur, trop vite.

— Pourtant tu m'aimes bien, moi? Et tu sais que...

— Je sais maintenant que, vous aussi, vous m'abandonnerez un jour!

— Mais toi-même tu ne resteras pas à Terneray!

— Pourquoi pas? Clemenceau est bien resté lui... J'étais heureux, ajouta-t-il à voix basse.

— Heureux ici? Hier vous vous êtes bagarrés jusqu'au sang!

Il eut un geste qui signifiait : « Quelle importance? » et surtout « Quel rapport? »

— C'est Marc qui m'a sauvé, hier! Marc est mon ami à la mort : il ne me quittera jamais, lui.

De nouveau, un nuage effaça son regard :

— J'étais heureux, répéta-t-il en secouant la tête, heureux...

— Quand tu l'étais, tu ne le disais pas! fit la cheftaine non sans dureté, tu ne t'en doutais même pas! Est-ce vrai?

— C'est vrai.

— Moi, je vais te donner le seul moyen d'être heureux *en le sachant* : c'est justement d'aimer tout le monde au contraire!

— Alors, que les autres commencent!

— Si chacun dit ça, on ira loin!

— Ceux qui aiment tout le monde, fit-il sans la regarder, c'est comme s'ils n'aimaient personne!

— Tu voudrais, toi, qu'on te préfère... n'est-ce pas?

— Chacun son tour! cria-t-il. Les autres avaient leurs parents : tant pis pour eux! s'ils ont raté!... Oh! Cheftaine! Cheftaine!

Il avait caché son visage dans ses mains : emprisonné son visage derrière les barreaux de ses doigts maigres, gris, aux ongles ras, Françoise crut qu'il pleurait; elle l'espéra presque : la source allait-elle enfin jaillir de ce rocher? Mais il écarta ses mains, livrant un visage fermé, un regard exigeant : ceux du jour de son arrivée à Terneray.

— Je suis sûr que tu regrettes TARZAN, dit-elle très vite. (Il secoua la tête.) Veux-tu que nous lisions ensemble?... Quoi, par exemple?... « Le Petit Prince »... Mais tu l'as déjà lu!

— Justement! On peut ouvrir à n'importe quelle page...

Elle prit le mince volume où les gros doigts de Célestin *Ballon-Captif* avaient laissé des marques; elle l'ouvrit au hasard et lut.

« — S'il te plaît, apprivoise-moi, dit le renard...
« Si tu veux un ami, apprivoise-moi!

« — Que faut-il faire? dit le petit prince.

« — Il te faut être très patient, répondit le renard.
« Tu t'assoieras d'abord un peu loin de moi, comme
« ça dans l'herbe. Je te regarderai du coin de l'œil et
« tu ne diras rien... Mais, chaque jour, tu pourras
« t'asseoir plus près...

« Le lendemain revint le petit prince.

« — Il eût mieux valu revenir à la même heure,
« dit le renard. Si tu viens, par exemple à quatre heu-
« res de l'après-midi, dès trois heures, je commence-
« rai d'être heureux... »

Le gosse se leva pour venir s'asseoir contre la jeune fille. Pourtant il ne lisait pas en même temps qu'elle; ses yeux regardaient droit, très loin, par-delà les carreaux sombres de la croisée. Vues de haut, leurs têtes côte à côte, on aurait dit un champ de blé en lisière d'une forêt sauvage. Par instants, on entendait monter de la nuit spacieuse le cri de Tarzan, ou le crépitement patient de l'appareil de projection. Françoise poursuivait sa lecture, d'une voix un peu plus sourde d'instant en instant; elle pensait sans cesse à ce petit enfant assis à son côté, à ce petit prince, abandonné de tous, et qu'il avait fallu qu'elle aussi désolât, ce soir...

« Et quand l'heure du départ fut proche :

« — Ah! dit le renard... Je pleurerai.

« — C'est ta faute, dit le petit prince, je ne te « souhaitais point de mal, mais tu as voulu que je « t'apprivoise...

« — Bien sûr, dit le renard.

« — Mais tu vas pleurer! dit le petit prince.

— Bien sûr! répéta tout bas Alain Robert.

Cheftaine Françoise le regarda en silence. Elle percevait encore l'odeur tenace dans ses cheveux; elle sut, à ce moment, qu'un jour elle se rappellerait ce mauvais parfum et que, ce jour-là, peut-être, il la ferait pleurer.

« — Les hommes ont oublié cette vérité, dit le re- « nard. Mais tu ne dois pas l'oublier. Tu deviens res- « ponsable pour toujours de ce que tu as appri- « voisé... »

— Bien sûr! murmura Alain Robert.

Maintenant, Olaf ne voyait plus ni les murs, ni le plafond, ni ses voisins. Etait-il seulement assis sur une chaise? — Non! sur un tronc de baobab! un totem! un crâne d'hippopotame! Son univers entier mesurait deux mètres sur trois; ou plutôt, l'écran s'était agrandi à la mesure de l'univers. Olaf venait de comprendre que si tous les océans du monde ne formaient qu'une seule et même mer, toutes les forêts de la terre n'étaient aussi qu'une immense jungle où régnait Tarzan. Domaine enchanté de la Justice et de la Revanche, où nul n'est maigre, faible, humilié, car Tarzan veille! Un appel, et le voici, suivi de ses éléphants, de ses lions, de ses singes : escorté par toute la sagesse, la force et l'adresse du monde... Tarzan le

Juste, Tarzan le Sûr, Père des orphelins, Frère des opprimés... Ah! que son règne arrive! que sa volonté soit faite! et qu'il nous délivre du mal, des brutes, des caïds! Tarzan qui, en ce moment même, après un dernier regard vers Toto-la-fiente se retire dans sa forêt où l'on n'a jamais mal, jamais froid, jamais peur... Fin. — *Visa ministériel N° 12 763.*

Le col relevé, les mains au fond des poches, on retourne en silence vers le dortoir, à travers cette nuit sans mystères.

— Il va neiger, annonce un gars qui vient de la campagne.

Les autres s'en moquent bien! Est-ce qu'il neige dans la jungle?

L'escalier monté, on se couche au plus vite : « Eteignez, quoi, bon Dieu! » Qu'on puisse enfin retrouver les images, et reprendre ou poursuivre l'histoire de Tarzan, mais en se substituant à lui... Tarzan-Radar, Tarzan-Velours, Tarzan-Taka se jettent à poings fermés dans la jungle de la nuit. Plus d'un sous la couverture, lance à l'étouffée, le cri magique : *Haaa-hi-ha-hi-ha-hi-haaa-hi!* Alain Robert dort déjà depuis longtemps; et, sur le lit d'en face, Olaf a dressé la tente de papier journal sous laquelle il abrite son sommeil de clochard.

Onze heures. Cheftaine Françoise qui, de sa chambre, reconnaît chaque toux, fait une dernière ronde dans son royaume endormi. Le sommeil, telle une éruption volcanique, a pétrifié les garçons dans la dernière attitude de leurs démêlés avec les fauves ou les grands sorciers : c'est Tarzan a Pompéi...

Cheftaine Françoise rentre dans sa chambre où rôdent encore le parfum écœurant d'un petit garçon et le fantôme d'un petit prince. Elle éteint la lumière; les ténèbres changent de camp : dehors, la nuit luit faiblement. « Tiens, pense-t-elle, il va neiger... »

Non! il neige déjà. Légers, dépaysés, incertains, les

premiers flocons de l'hiver cherchent en flânant leur chemin. Voici la seule fenêtre ouverte de dortoir : ils s'y engouffrent... Cette brise de minuit fait lentement basculer jusqu'à terre le fragile édifice de papier qui protège Olaf. Mais le petit ne se réveillera pas : son lit est vide.

VII

HÔPITAL · SILENCE

La disparition du plus chétif de ses habitants bouleversa l'existence de Terneray. Impossible de garder secrète ou de camoufler cette fugue! Avant même que les garçons du bâtiment 3 aient pu répandre la nouvelle, on vit arriver la guimbarde de M. Provins (qui laissait, dans la neige intacte, une piste de Transsibérien); on vit, de loin, les grosses moustaches, plus noires que jamais parmi tant de blanc. Tous comprirent qu'il se passait quelque chose et, en chacun d'eux, se réveilla *l'autre garçon!* celui qu'à force d'amitié, de sport, de fenêtre ouverte, on espérait avoir évincé : le combinard, l'enfant des bistrots, le fureteur, à la fois chasseur, chien et gibier... M. Provins le savait bien :

— Tenez-les serré et lâche à la fois, Croc-Blanc! C'est un mauvais passage.

— F'est pourtant au printemps que, d'habitude...

— Justement, Buffalo : en plein hiver, c'est bien plus grave.

— Que craignez-vous exactement? demanda le chef Robert.

— La réaction en chaîne : une fugue en entraîne une autre, même lorsqu'elle tourne mal...

Cheftaine Françoise tressaillit en entendant formuler la pensée qui, depuis ce matin, la hantait. M. Provins ralluma une fois encore sa vieille cigarette.

— On le retrouvera, votre gosse, Françoise! lui dit-il à mi-voix.

— J'aurais dû...

— Rien de plus! Toutes les portes doivent rester ouvertes, c'est la règle. Si quelqu'un est responsable ici, c'est moi d'avoir instauré cette règle, pas vous!

— Mon garçon le plus débile... et la nuit la plus froide! murmura-t-elle en détournant la tête d'un geste brusque.

— Il n'y était plus, Françoise, dit doucement Mammy. On le retrouvera dans une salle d'attente, dans un café...

— C'est l'affaire des gendarmes, à présent, malheureusement.

— Ils ne sont pas encore venus? demanda étourdiment le chef Robert.

— Et ils ne viendront pas! Ni au Centre à cause des garçons ni au village à cause des racontars. Nous les avons alertés, ce matin, Croc-Blanc et moi; mais nous devons, nous aussi, faire notre enquête, ajouta M. Provins en battant son briquet. Venez, Françoise!

Silencieux et bourru, il ressemblait à un détective de roman tandis que ses larges souliers et les empreintes légères de la cheftaine inscrivaient côte à côte, dans la neige, le chemin de l'enquête : du dortoir au potager, à la classe, à la salle de projection, à la maison de Clemenceau...

Alain Robert y avait déjà porté la nouvelle.

— Qu'est-ce que tu me racontes là?

Le vieux s'était assis lourdement; ses moustaches tremblaient. Sans savoir pourquoi, le garçon avait pris dans les siennes sa grosse main tachetée de rousseur : toute froide!

— Mais, Clemenceau, on le retrouvera!

— Oui, avait répondu le vieux d'une voix bizarre, les gendarmes!

Il allait pleurer! Alain Robert en était sûr et, pris d'une sorte de panique, s'était enfui.

En chemin, il rencontra M. Provins et la cheftaine :

— Bonjour, vieux! C'était toi... Je veux dire : c'est toi le meilleur ami d'Albert Paul?

— De qui?

— D'Olaf, précisa la cheftaine.

— Je crois, oui.

— Est-ce que tu as ton idée sur les raisons de...

— Non! coupa le gosse.

M. Provins lui posa sur l'épaule une main très lourde.

— Je ne suis pas un gendarme, tu sais! Et ton copain, c'est un peu mon gosse. Alors, il faut que tu m'aides. Si nous pouvons le retrouver avant les flics... (Il plongea droit son regard dans ces yeux noirs qui ne cillaient point, jusqu'à ce qu'il les sentît amicaux.) Hier soir, après le cinéma, Alb... Olaf ne t'a rien dit?

— Celui-ci n'était pas au cinéma hier soir avec les autres, répondit Cheftaine Françoise.

— C'est une malchance, fit lentement M. Provins, une grande malchance... — Et il jeta sa cigarette qui se perdit dans la neige. Alain Robert s'éloignait déjà. — Continue de réfléchir! lui cria l'autre, et s'il te vient la moindre idée... Je suis plus inquiet que toi! ajouta-t-il durement.

Le garçon reçut cette parole comme une gifle.

Quand Clemenceau vit entrer M. Provins dans sa maison, il retira son béret terreux, le posa sur la table avec solennité et dit d'une voix sourde :

— Je voulais justement vous voir, monsieur Provins. J'ai l'honneur de vous demander la permission d'adopter le petit Albert Paul. J'ai le droit, n'est-ce pas? reprit-il précipitamment.

— Bien sûr, bougonna M. Provins, mais ce n'est pas du tout le moment, mon vieux!

— *Si, justement!*

L'autre regarda ces yeux trop brillants, ces moustaches qui tremblaient de nouveau et l'épaisse main qui tambourinait au hasard sur la table : cet enfant de quarante-cinq ans qui cherchait une contenance :

— Bien sûr! dit-il. Et maintenant, il faut qu'on le retrouve, votre fiston, et vite!

On frappait à la porte, Alain Robert entra tout rouge :

— Je voulais vous dire... Ça ne sert à rien, d'ailleurs!

— Va toujours!

— Eh bien, hier soir, c'était la première fois qu'Olaf allait au cinéma.

— De sa vie?

— De sa vie.

— Merci, vieux! dit M. Provins après un instant.

A onze heures, la brigade téléphona. Aucune trace du gosse à Melun; mais il avait pu monter sur Paris avec un camion routier : on alertait la P.J.

— Alors, en ce qui concerne la région?

— En ce qui concerne la région, c'est terminé.

Un peu avant midi, M. Provins vit arriver Clemenceau botté, houppelandé, sa canne à la main.

— Monsieur Provins, les gendarmes ont bien des chiens de police?

— Ici, non; mais à Melun, sûrement. Pourquoi?

— S'ils pouvaient nous en prêter un couple.

— Mais...

Aucun « mais » n'ébranla le vieux. Il fallut enfin téléphoner, partir chercher les chiens, les ramener.

— Si c'est pour suivre le gosse à la piste, inutile! Vous oubliez la neige... Et puis on ne possède aucun objet personnel qu'ils puissent flairer! (Olaf avait tout emporté; tout, c'est-à-dire rien : ce qu'il possédait...)

— J'ai, chez moi, un chandail que je lui enfilais quand il avait fini de travailler au jardin, dit le vieux en rougissant. Laissez-moi donc essayer! Qu'est-ce qu'ils ont de mieux à faire ces chiens? Et nous autres, qu'est-ce que nous avons de mieux à faire?

Ils partirent à quatre : le gendarme aux chiens, M. Provins, Croc-Blanc et le vieux, qui marchait en tête et, de son gourdin, battait les buissons. La neige avait recommencé de tomber, indifférente. Clemenceau, sous son capuchon, ressemblait à un bonhomme Noël. Aux chiens, désarmés par le froid, on faisait flairer le lainage troué; ils repartaient; ils revenaient bientôt, l'oreille basse. Clemenceau murmurait des paroles incompréhensibles; mais, peu à peu, oubliant la présence des autres, que l'anxiété rendait tout à fait silencieux, il se mit à parler haut puis à crier : « Fiston!... Fiston, où es-tu? Réponds-moi, mon petit!... C'est ton papa qui te cherche!... Je suis là, mon petit, je suis là!... »

Ses cris résonnaient d'une façon ridicule dans cette forêt morte. Parfois, un paquet de neige tombait mollement d'une branche; c'était la seule réponse à sa plainte et elle paraissait injurieuse : comme si les arbres crachaient sur ce promeneur insolite. Un immense cimetière, un musée recouvert de housses blanches, un piège bien camouflé... Quand Clemenceau se taisait, on n'entendait plus que le halètement des chiens. Le gendarme regarda sa montre : plus d'une heure perdue, déjà.

— J'ai bien peur... commença-t-il, mais Croc-Blanc lui fit signe de se taire.

Dix pas plus loin, le vieux reprenait sa mélopée : « Réponds-moi, Fiston!... Hou-ou, Fiston!... » On approchait de la mare. Croc-Blanc et M. Provins eurent la même pensée et leurs regards se croisèrent : « Il aurait mieux valu que la mare fût gelée... » Des branches mortes en émergeaient, pareilles à des bras implorant secours. « Mon petit! cria Clemenceau. Mon petit!... »

Et soudain, les deux chiens aboyèrent comme des bêtes blessées. On les vit se jeter dans un certain taillis, en faire voler la neige, y gratter le sol de leurs griffes, ressortir en se plaignant toujours, foncer de nouveau. Le vieil homme et Croc-Blanc se précipitèrent à leur suite, écartèrent des basses branches qui les giflaient au passage. « Maraud! Tarare! ici! » Le gendarme essayait de rappeler ses bêtes, en vain. Arrivées avant les hommes, elles reniflaient avec horreur et impatience une masse d'étoffe brune toute roide et quelque chose de violet sombre en forme de visage et qui était Olaf. Croc-Blanc voulut le saisir :

— Non! moi! commanda le vieux, et il l'emporta à bras le corps.

Il arracha de son oreille un coton qui y demeurait depuis des mois, et colla cette oreille contre la poitrine glacée.

L'angoisse et le froid lui avaient composé une face de pierre; mais les autres virent ce visage rajeunir d'un seul coup de vingt ans : la joie, une joie surhumaine qu'il n'avait jamais connue, qu'il ne connaîtrait plus jamais...

— Il vit! cria-t-il. Il vit!

Sans attendre personne, il partit à grandes enjambées, son fardeau bien au chaud contre lui. Les chiens accouplés geignaient et hâlaient. « Tarare, allons! Maraud! » Il ne neigeait plus, et le bois avait perdu son mystère : ce n'était plus qu'une forêt d'hiver, nue, fragile, désertée. Croc-Blanc et M. Provins, le cœur chaud, regardaient marcher devant eux le Père Noël et son paquet trop lourd. Et celui-ci entendait battre en lui un cœur dont il ne savait pas si c'était le sien seulement.

Un moment, il crut voir Olaf ouvrir ses yeux et sourire. Il pencha sur lui sa grosse tête chauve, et il lui sembla bien entendre murmurer un mot incompréhensible, quelque chose comme : *Tarzan*...

Tout ce que le froid, la terreur, la fatigue peuvent faire de mal à un corps humain, Olaf le souffrit : pneumonie double, crises nerveuses, troubles de circulation. Sondages, piqûres, transfusions : tout ce que la médecine pouvait leur opposer, on le fit; et puis on attendit. Les médecins de l'hôpital ne se prononçaient pas, ou pas tout haut. Clemenceau s'était installé au pied du grand lit blanc, sans un mot, et ne le quittait pas. Le soir, il délaçait ses bottines, déboutonnait son gilet de velours et se donnait permission d'allonger les jambes. Sa fameuse « barbe de trois jours » devint une barbe de quatre, de cinq jours. Il avait fermé sa maison, confié la basse-cour à *Ballon-Captif* et à quelques autres. Le jardin, sous la neige, avait moins besoin de lui, ces jours-ci, que le petit garçon sous son drap...

Quand Olaf reprit vraiment connaissance, il eut une expression d'effroi en voyant ce drap : croyait-il revivre le supplice de la neige? Puis il aperçut le vieil homme; alors son visage exprima une déception et un désespoir absolus : « Qui attendait-il d'autre? », se demanda Clemenceau qui toucha, à son tour, le fond de la tristesse.

A mots brefs et brûlants, le gosse lui raconta son aventure merveilleuse : la forêt familière, les bêtes accueillantes... C'était l'Iliade et l'Odyssée. Le vieil homme acquiesçait; le vieil homme admirait. Il garderait donc à jamais pour lui seul la vérité, le récit de la première nuit : quand le gosse, dans son délire, revivait sa lamentable épopée. Le corps glacé, l'eau qui s'infiltre dans ses chaussures, les pieds transis puis insensibles, la neige qui égare et qui aveugle, ce désir fou de rentrer, mais comment retrouver son chemin?

L'oreille engourdie de froid, tendue dans les ténèbres... La terreur des loups, des ours, des vautours, des brigands... La chute près de la mare, et impossible de se relever... Ainsi, le calvaire du petit garçon qui croyait à Tarzan, personne d'autre ne le connaîtrait que le seul habitant de Terneray qui ne connaissait pas Tarzan et ne pouvait rien y comprendre...

Le médecin autorisa les visites, à la condition qu'elles fussent silencieuses : c'était le seul moyen de relever le vieux de sa garde incessante... Cheftaine Françoise accourut aussitôt; Alain Robert avait obtenu de l'accompagner. En pénétrant dans la chambre étouffante, ils s'entre-regardèrent — défense de parler! — mettant dans cet échange silencieux toute la pitié, la curiosité, la réprobation, l'espoir qu'ils contenaient depuis des jours. On avait enfin coiffé le petit Olaf et, dans tout ce blanc : chambre, draps, visage, ses yeux, que cachait d'habitude une mèche obstinée, paraissaient d'un bleu inconnu. Cheftaine Françoise avait envie de pleurer, de prier, d'être seule pour mieux penser à son petit garçon perdu.

— J'ai des achats à faire en ville, souffla-t-elle à l'oreille d'Alain Robert. Toi, reste ici, mais pas un mot!

— J'y veillerai, murmura Clemenceau.

Mais, se sentant enfin relayé, il s'endormit aussitôt après son départ. Sur la pointe des pieds, le garçon s'approcha d'Olaf, recroquevillé comme une crevette dans un lit qui paraissait démesuré. Il se sentait intimidé.

— Alors? demanda-t-il.

— Viens plus près, dit Olaf avec une sorte de dépit, je ne suis *même pas* contagieux!

Il respirait à petits coups, comme on presse un soufflet pour raviver un feu, et il faisait le même bruit; l'atmosphère autour de lui était brûlante.

— Tu sais, j'ai failli avoir l'agonie. Dis-le bien aux autres!

— Qu'est-ce que c'est?

— La grande cinq minutes avant de mourir.

Alain Robert l'envia. Il le dévisageait avec une curiosité méfiante Il ne se rassasiait pas de ce copain inconnu : ses yeux brillants et les plages grises qui les cernaient, ses lèvres mauves, cette bouche que des tics tiraillaient sans cesse, comme un mors invisible.

— Regarde, reprit le gosse.

Il entrouvrit sa chemise de toile grisâtre et montra sa poitrine toute rouge.

— Du sang? s'écria Alain Robert.

— Chut!... Tu le diras aux autres? (Il savait très bien que c'était du mercurochrome.)

— Pourquoi tu as foutu le camp?

— La liberté... la liberté... Tu ne peux pas savoir!

— C'était... comment?

— Oh!

Il parut tomber en extase. Mais une quinte de toux le saisit comme l'eût fait un aigle : le secoua, le broya dans ses serres. « Il va cracher du sang! », pensa Alain Robert. Mais le petit se cacha brusquement sous ses couvertures pour ne pas réveiller Clemenceau qui s'agitait, remontait lentement des fonds de son sommeil. Alain Robert, les sourcils froncés, observait Olaf invisible : ce tas blanc qui se convulsait, ce tumulte profond, le Kilimandjaro en éruption...

Le gosse ressortit enfin, tout rouge.

— Quand tu retourneras là-bas... commença l'autre.

— Jamais! coupa le petit (et sa voix sifflait à présent). Jamais je n'y reviendrai! Terneray? Ah! là là, quand on a connu la liberté...

Il toussa de nouveau; ses yeux s'exorbitaient. Alain Robert avait la nausée. Il regarda par la fenêtre et vit des passants dans la rue. L'un d'eux regarda une devanture, hésita, entra dans la boutique; un autre s'assit sur un banc et tira de sa poche un journal; un autre encore allait traverser, se ravisa, revint sur ses pas. La liberté... Alain Robert aurait voulu casser la vitre! La liberté, c'était ces deux écoliers qui venaient d'abandonner leur cartable au pied d'un arbre et se poursuivaient, pèlerine au vent... La liberté des oiseaux, cette vitre seule l'en séparait! Tout à l'heure, Cheftaine Françoise allait revenir et le ramener dans le Temps, à Terneray. Toute grille, toutes portes ouvertes à Terneray, bien sûr! mais l'horloge ne s'y arrêtait jamais... Là, comme chez ses parents nourriciers, comme partout où il se souvenait avoir vécu, la vraie prison était l'Emploi du Temps. Mais pour ces deux garçons de la rue, dont les cris lui parvenaient aussi lointains que la toux d'Olaf sous ses draps, l'horloge s'était arrêtée. Ils allaient rentrer chez leurs parents : pas de cloche, pas de sifflet, de douches le mardi — la liberté... Comme pour cet autre garçon, qu'il avait vu le jour de son arrivée à Paris, allongé à l'arrière d'une péniche. Ah! qu'il l'avait détesté!

De nouveau, il serra les poings dans ses manches trop longues. La liberté...

— Approche-toi, murmura Olaf, je vais te dire un secret d'ici...

Alain Robert pénétra dans la zone de fièvre : le souffle du gosse lui chauffait le visage; il percevait un petit râle après chaque inspiration, cela sentait l'éther.

— Dans cet hôpital, ils gardent un chien prisonnier et ils font des expériences... Je l'entends crier!

— Crier! Qu'est-ce qu'on lui fait?

— Des greffes...

Ni l'un ni l'autre ne savait ce que c'était; ils échangèrent un regard horrifié.

— Il faut le délivrer, dit Alain Robert. Où est-il?

— Je crois que... Attends!

Il lui expliqua, salle après salle, un itinéraire compliqué. L'autre fronçait les sourcils et ouvrait la bouche pour mieux retenir.

— Si la cheftaine revient avant moi, tu lui diras que je suis aux cabinets, ordonna-t-il et il partit à la recherche du chien martyr.

Sur le seuil de la première salle, vingt regards ternes le fixèrent. Non! dix-neuf seulement, car l'un des malades avait ramené son drap sur sa tête. « Il est mort! pensa le garçon, il est sûrement mort... » et il marcha sur la pointe des pieds en passant près du lit mais il n'osa pas faire un signe de croix, parce que les autres le regardaient en silence. Comme il atteignait l'autre porte, le dernier malade poussa un grand cri, sortit de sous ses draps deux bras squelettiques et entreprit de chasser un chat noir qui s'était lentement lové sur sa couverture. Le chat le regarda sans colère, s'étira, bâilla, s'éloigna à pas comptés.

— Enlevez-le! cria le malade à l'infirmière qui survenait. Vite, vite! mais enlevez-le donc!

— Allons, calmez-vous, fit-elle en rebordant son lit. Cette bête ne vous a rien fait!

— Rien fait? Et le 13... Et le 17!... Chaque fois qu'il se couche sur un lit, on peut être sûr...

— Mais non, mais non.

— Qu'est-ce qui se passe? osa demander Alain Robert.

— Ils l'appellent « le chat des mourants », lui répondit-elle à voix basse. Ils se sont mis dans la tête que ce pauvre animal pressentait le décès des malades et que, chaque fois qu'il... Mais qu'est-ce que tu cherches ici, mon petit?

— Le... la salle suivante! fit-il très vite en poussant la porte. (« Elle ne me suit pas, au moins!... »)

Cette salle, il la traversa vivement sans regarder personne. Il descendit un escalier, puis longea un couloir obscur. Il lui semblait qu'il s'enfonçait dans un autre domaine : après la Douleur, le Silence... Qu'est-ce que cela signifiait? Que trouve-t-on au fond d'un hôpital?

Le couloir prenait le jour, sur la gauche, par une porte vitrée. Il y jeta machinalement un coup d'œil et s'arrêta interdit : le chien était là, tout seul, couché sur des couvertures, au pied d'un radiateur. Il avait flairé l'arrivant avant de le voir *et il avait peur*.

Il ressemblait un peu au chien perdu qu'Alain Robert avait rencontré, un matin, près du Palais de Justice : blanc, taché de roux, mais d'aucune race. Le garçon vit d'abord ces deux immenses cicatrices sur son dos; puis sa queue serrée entre ses jambes à demi fléchies et qui tremblaient, son regard fixe affolé, ses oreilles fanées. Alors, il lui fit un sourire, lui qui ne souriait jamais; et il vit le regard du chien se détendre, ses oreilles se dresser, et sa queue remuer doucement. La bête s'approcha péniblement de la porte, se mit debout devant elle et appuya sa truffe contre la vitre qui s'embuait. Alain Robert y colla ses lèvres et la baisa longuement. Le chien se mit à japper; c'était à la fois joyeux et plaintif.

— Tais-toi! commanda Alain Robert à voix basse. (L'autre n'entendit pas mais obéit.) Je reviendrai, reprit le garçon. Je reviendrai et... tu verras.

Par une autre porte vitrée, la claire prison du chien donnait sur une cour qui s'ouvrait vers la rue. « Pas de serrure! la porte n'a pas de serrure et son verrou n'est même pas tiré... C'est normal : les chiens n'ouvrent pas les verrous! Pour atteindre la cour et la rue, il suffit de passer par cette pièce au bout du couloir. Qu'est-ce qu'il y a d'écrit? Morque... Non, Morgue... Je retiendrai cela... »

Il sourit encore au chien : « Je reviendrai », et remonta rapidement jusqu'à la chambre d'Olaf. Clemenceau sommeillait toujours; mais Alain Robert s'arrêta, interdit, sur le seuil : le chat noir s'était couché sur le lit... Il voulut le chasser.

— Pourquoi? Laisse-le!... Alors, le chien?

— Quand Cheftaine Françoise sera de retour...

— Grouille! La voici!

— ... Demande-lui que je revienne, acheva le garçon dans un souffle.

Ils ne prononcèrent pas une parole dans l'autocar qui les ramenait vers Terneray. La jeune fille respectait un silence qu'elle croyait nourri des mêmes pensées que le sien : un mot, un seul mot aurait suffi à faire couler ses larmes. Cependant, comme ils arrivaient :

— Cheftaine, demanda le garçon brusquement, qu'est-ce que ça veut dire « Morgue »!... Mais... qu'est-ce que vous avez? Qu'est-ce que j'ai dit de mal?

— Rien, répondit-elle d'une voix altérée. « Morgue », c'est l'endroit... « Morgue », ça veut dire Orgueil, se reprit-elle très vite.

— Sûrement pas. C'est aussi autre chose, dites Cheftaine?

— L'endroit où l'on dépose ceux qui viennent de mourir, fit-elle lentement en regardant ailleurs.

Au fond du jardin de Terneray, il y avait une grille basse qui donnait sur le bois. Une glycine toute jeune s'était, autrefois, insinuée entre les barreaux de cette grille. A présent, la vieille et forte glycine avait arraché la grille de ses gonds et la maintenait, rouillée, au-dessus du sol, à bout de branches. Ce fut la même chose pour Alain Robert : sa détermination avait grandi, l'habitait tout entier et vivait à sa place.

Bien sûr, il écoutait les cours de Tomawak, les *explicafions* de Buffalo; il empruntait du chewing-gum à Taka, rendait à Radar son salut militaire, écoutait Velours jouer de l'harmonica, évitait le Caïd : rien ne paraissait changé. Mais un seul mot tournait dans sa tête, LIBERTÉ; et sa première pensée chaque matin : le chien de l'hôpital...

184

Pendant deux jours, il hésita à faire part à Marc de sa décision. Ce qui l'en retenait était la crainte inavouée que le grand se moquât de lui ou le dissuadât de partir. « Retrouver tes parents à l'aide de bandes de journaux? Tu parles! » Mais cela, il n'osait pas se le formuler; aussi fut-il bien soulagé de trouver cet autre prétexte : « Si j'en parle à Marc, il voudra partir avec moi puisqu'il est mon ami. Et, comme ce sont les flics qui l'ont amené à Terneray, il risque la prison... » Tandis que, pour lui-même, tout s'arrangerait : une fois ses parents retrouvés, il ne devrait de comptes à personne. La liberté...

La seule étape de son plan qu'il refusait d'imaginer était la Morgue, et la seule personne à qui il évitait de penser était Cheftaine Françoise. Le soir, il feignait de dormir quand elle passait près de son lit et, lorsqu'elle lui baisait la tempe, il avait envie de la battre. « Que dirait sa mère, en le voyant accepter ainsi l'affection d'une étrangère?... Quoi! l'embrasser comme son propre enfant? Alors qu'elle allait quitter Terneray et l'abandonner, elle-même l'avait dit?... »

— Tu fais semblant de dormir, je le sais.

— Si ça me plaît!

— Tu ne veux pas que je t'embrasse?

— Pourquoi m'embrasser?

— Parce que je t'aime bien?

— DE QUEL DROIT?

Cheftaine Françoise se redressa brusquement.

— Bonsoir à tous!

Les cinq derniers gosses de la rangée s'assirent dans leur lit : « Hé, Cheftaine!... Sans blagues?... Vous nous oubliez!... »

Elle ne répondit rien; pas même à Colombo, le petit nègre qui l'appelait d'une voix tragique : « E-ai-ne! E-ai-ne!... »

— Silence!...J'éteins...

Elle rentra dans sa chambre, juste à temps pour ca-

cher son visage dans ses mains et ses mains derrière
ses cheveux retombés. « Je ne peux plus... Ils sont
trop durs, trop durs... Le docteur a raison : ne pas
trop s'attacher à eux!... Mon plus petit à l'hôpital... Et
Alain Robert, à présent!... *De quel droit?* — Oh! de
quel ton m'a-t-il dit cela... En parler à Croc-Blanc? A
Mammy?... A quoi bon?... Non, je ne peux plus, je ne
peux plus... »

Si elle avait ouvert la porte, elle aurait trouvé, debout derrière, un Alain Robert indécis, malheureux,
prêt à demander pardon, à révéler son plan, à y re-
noncer. Mais si lui-même, un instant plus tard, avait
poussé cette porte, il aurait trouvé la jeune fille en
train d'écrire une lettre décisive à celui dont chaque
courrier lui apportait une enveloppe bleue.

Le trajet parut bien long à Cheftaine Françoise,
mais passa vite pour Alain Robert. Sans cesse il se
remémorait les objets essentiels dont ses poches
étaient bourrées : ficelle, sucre, le petit flacon de parfum... Et surtout, dans la poche près du cœur, les six
bandes de papier, écrites de la main de ses parents.
On étouffait dans ce car! Il est vrai qu'à la manière
des clochards, le gosse avait enfilé sur lui tous les vêtements qu'il possédait. Il projetait dans son esprit,
une fois de plus, le film de son évasion : « ... La
chambre... les deux salles... l'escalier... le couloir... la...
eh oui! la morgue... la cour... la... »

— Qu'est-ce que tu racontes?

Dans son ardeur, il parlait presque haut.

— Moi? Rien du tout.

Il se tourna de l'autre côté. Elle crut qu'il boudait
de nouveau. « J'aurai, ce soir, une explication avec
lui, décida-t-elle. Quoi! il n'y a pas huit jours, nous
lisions ensemble *Le Petit Prince*, et maintenant... —
Eh bien, je n'accepte pas! ce soir, je saurai. »

En effet ce soir même elle saurait...

Ils trouvèrent Olaf encore plus réduit, plus lointain, et Clemenceau plus vieux. La feuille de température, au pied du lit, ressemblait à une chaîne de pics, plus escarpés de jour en jour.

— Moi, je crois que c'est bon, dit Clemenceau : ça prouve qu'il lutte contre le mal... Vous ne croyez pas?

— Si, si, sûrement! fit la Cheftaine d'une voix un peu rauque.

Elle embrassa le petit garçon aux yeux brillants (les siens brillaient autant), puis sortit, comme l'autre fois, et le vieux tomba endormi. Alain Robert serra la main d'Olaf mais la lâcha aussitôt : elle le brûlait.

— Est-ce que tu as raconté mon histoire aux copains?

— Bien sûr!... Dis donc (il fouilla dans une poche), je t'ai apporté la ficelle que tu aimes : pour faire des nœuds...

— Oh! merci... Tu sais, hier il a aboyé toute la journée : ils ont dû lui faire mal...

— T'en fais plus pour lui!... Allez, au revoir, vieux!

— Mais, quand la cheftaine...

— Tu feras semblant de dormir.

— Bon. Attends!

Il sortit, de sous son traversin, la petite bouteille d'eau qui ne le quittait jamais et la glissa, tiède, dans la main d'Alain Robert : « Tu peux en avoir besoin... Si, si! on ne sait jamais! » Il fouilla plus profond encore et tira une liasse épaisse de billets de 100 francs, si neufs qu'ils semblaient faux.

— Mais...

— Prends-les! c'est grand-père qui me les avait donnés.

— Bon. Allez, adieu, Olaf!

Les deux salles, l'escalier, le couloir...

Le chien se tenait dressé contre la porte, la queue battante; ses yeux pleuraient tandis qu'un grand rire blanc lui fendait la gueule. Mais Alain Robert ne le regardait pas : il tenait les yeux fixés sur la porte MORGUE. « Un endroit où l'on dépose ceux qui viennent de mourir... » Il n'avait pas cessé d'y penser, pas cessé de redouter cet instant. Et si l'on venait, justement, d'y déposer un mort? Comment est-ce fait, un mort? Est-ce que vraiment ça ne bouge pas? Il paraît qu'ils ouvrent la bouche... Que leurs yeux quelquefois ne veulent pas se fermer... Que des vers... oui, des vers... — Ce serait si simple de rebrousser chemin, d'attendre Cheftaine Françoise, de retourner à Terneray! A cette heure-ci, les autres jouaient au football, là-bas... Rien! non rien ne l'obligeait à pénétrer dans un endroit où l'on dépose les morts!

Mais le chien jappa d'impatience ou de douleur; et le garçon, tournant les yeux vers lui, vit, à son flanc, une nouvelle cicatrice plus longue que les anciennes et toute rouge. Alain Robert serra les poings : « Les salauds!... Mais c'est toi, se dit-il, c'est toi le dernier des salauds! Allons, avance!... » Son cœur se mit à battre si fort que cela lui donna la nausée : c'est que sa décision était prise. D'une main qui ne lui appartenait plus, il poussa la porte de la Morgue; il osa regarder : la pièce était vide! Pourtant, une étrange odeur, comme une présence...

Il la traversa en courant. L'air de la cour lui parut délicieux...

Le chien l'attendait à la bonne porte. Alain Robert sortit une corde de sa poche et l'attacha au collier de la bête, qui le reniflait méticuleusement mais une fois pour toutes : bon! à présent, le chien ne l'oublierait plus. Le garçon lui parla à l'oreille : « Oui, mon vieux... oui, mon vieux... tous les deux... tu verras... » il eut le visage débarbouillé en trois passe-langues, puis les mains, puis les genoux. « Ne perdons pas de temps!... » La double porte de fer, qui donnait sur la rue, s'ouvrait sans peine de l'intérieur; l'instant d'après, le garçon et son chien marchaient côte à côte dans un autre monde, celui de la Liberté.

A la sortie de Melun, Alain Robert s'arrêta devant un restaurant de Routiers où stationnaient quatre camions. Les deux premiers chauffeurs sortirent, il ne leur parla pas : ils avaient des visages qui... — bref, il ne leur parla pas! Mais lorsque le troisième, aux cheveux gris, regagna son camion :

— Vous ne pourriez pas nous emmener sur Paris, mon chien et moi?

L'autre regarda Alain Robert comme un enfant en regarde un autre; cet instant lui parut très long.

— Monte!

Le vieux ne lui posa aucune question. Par moments, il chantonnait, assez faux et toujours le même air. Quand on croisait un autre routier, son visage s'éclairait et ses gros doigts pesaient sur le klaxon : *tac tagadac tac... Tsoin, tsoin,* répondait l'autre; le chien remuait la queue et léchait la main du gosse. Toute la fraternité des pauvres tenait dans ce signal absurde, cette joie sans raison, et surtout dans leur silence...

M. Provins non plus, en l'amenant à Terneray, ne lui avait posé aucune question. Terneray... Alain Robert poussa un tel soupir que le vieux, sans quitter des yeux la route, lui demanda tout de même...

— Dis donc, bonhomme, tu es bien sûr que tu ne fais pas une connerie?

— Je vais chercher mes parents!

— Dans ce cas... Tu as plus de veine que moi, reprit-il après un instant, moi, j'ai jamais eu de parents!

Plus tard, le garçon demanda ce que transportait le camion et d'où il venait : de Marseille; de l'huile et du savon. Tiens! ça existait donc pour de vrai ce que

Tomawak leur apprenait? Du savon et de l'huile, à Marseille : Alain Robert croyait que cela ne se trouvait que dans les livres de classe...

Comme ils arrivaient à Paris :

— Je passe d'abord au garage, dit l'homme au poil gris. Si jamais tu as besoin de moi, tu sauras m'y retrouver : Grancher, c'est mon nom.

De la bonne chaleur de la cabine, ils sortirent tout engourdis. On se serra la main, entre hommes; le gosse avait à la fois hâte de trancher ce dernier lien avec Terneray et peur de quitter le seul ami qui lui restât ici. Il se retourna encore une fois : l'autre le regardait aussi et lui fit, de ses gros doigts, un signe d'amitié. « Il m'envie peut-être parce que je vais retrouver mes parents! Retrouver mes parents... » Ces derniers mots, il n'aurait pas osé les prononcer tout haut.

Les voici, maître et chien, dans une rue de Paris comme il en existe bien six mille; mais cela, le garçon ne le sait pas : il regarde encore chaque maison, chaque passant, chaque visage... Il croit encore qu'un prodige va s'accomplir : qu'au tournant de cette rue, une femme très belle, un homme très fort vont le reconnaître et l'emporter dans leurs bras. Il l'espère et le craint, cet instant qui va couper en deux sa vie : avant, après... Mais non, selon ses déductions, c'est dans un autre quartier que son père et sa mère se promènent en ce moment même. Va-t-il s'y rendre? — Non, non, demain! Il a toujours prévu séparément sa fuite, puis son enquête. Tout s'est passé si vite depuis Terneray, depuis tout à l'heure... Assez pour aujourd'hui! Demain, demain... C'est que la nuit vient déjà et, avec elle, les compagnons familiers des petits garçons sauvages : le désespoir, la solitude, la certitude de tout rater... Demain!... Oh! qu'il ferait bon se cacher sous ses draps! entendre au loin, au chaud, l'harmonica de Velours, les « Tu parles! » de Marc, les « T'as qu'à » de Husson! sentir sur sa joue les cheveux de Cheft... — Il chasse cette pensée. Les yeux tendus, il continue de dévisager dans l'obscurité ces passants de plus en plus pressés de rentrer chez eux.

Les voici, maître et chien, étrangers au pas lent, marchant dans ces fourmilières que sont les rues, entre ces ruches que sont les maisons. Il est déjà saoul de façades, saoul de visages. Il ne sait pas que la plupart de ces passants sont indifférents les uns aux autres : il croit qu'il y a Paris tout entier, d'un côté, et lui de l'autre, tout seul. Pas tout seul! son chien le suit, ou plutôt l'accompagne : trois pas pour deux, bien exactement. Ce chien dont il ne sait pas le nom... Il a essayé sur lui tous ceux qu'il connaissait : Black, Tom, Pataud, huit ou dix en tout, sans succès. Alors il en a inventé : *Copain, Astrée, Biquet*... L'autre croyait que le garçon lui faisait la conversation et approuvait indistinctement chaque nom, d'un battement de queue. Toutes les fois qu'Alain Robert lui jette un coup d'œil, il croise son regard fidèle mais inquiet : son regard de soldat. « Oui, mon vieux... » La bête geint de temps à autre. Tout à l'heure, dans le camion, l'une de ses jambes est devenue toute raide puis s'est mise à trembler. « C'est peut-être *l'agonie!* », avait pensé le gosse. Maintenant, chaque fois que le chien pisse contre un arbre — et c'est souvent — il est pris de convulsions et se plaint si fort que les passants se retournent, avec moins de pitié que de crainte. Et chaque fois, Alain Robert songe à l'hôpital avec colère : « Les salauds! ah! les salauds!... Mais il a peut-être faim... ou soif? » se demande-t-il encore, et il entre dans une friterie. Les saucisses maigres et les pommes graisseuses lui paraissent un régal, et moutarde à volonté! Quant au chien sans nom, il en engloutit trois portions : depuis le temps que ses soupes sortent du laboratoire de pharmacie!... 370 francs... Alain Robert, les sourcils noirs, compte ses billets neufs : ça file drôlement! Heureusement que demain... demain...

Les voici, maître et chien, qui déambulent sur un grand boulevard, entre des cinémas éblouissants. Qui s'aviserait de les chercher dans cette nuit, parmi cette foule qui n'a plus de visage? Alain Robert pense avec fierté à l'affolement des salauds de l'hôpital : « Vous avez laissé s'enfuir notre chien avec toutes ses *greffes?* Je vous chasse! » Mais il évite bien de songer à Terneray, à Croc-Blanc, à Buffalo, à... — à elle, surtout.

Il est assis sur un banc juste en face du Moulin-Rouge. Au bout d'un instant, voici qu'un grand type s'installe contre lui, tout contre lui, et glisse sa main... — Mais qu'est-ce qui lui prend? Le petit garçon n'ose plus bouger, ni se lever. « Tu viens? » murmure le type. Venir où ça? Qu'est-ce qu'il...? Et sa main qui, maintenant... Le gosse hâle de désespoir la corde de son chien : la bête surgit soudain sous le banc, aboie rauque, se jette sur le type qui n'a que le temps de se lever, s'éloigner à doubles enjambées en criant au gosse :

— Mais alors, qu'est-ce que tu venais foutre ici?

— Rrrr... rrrr... rrrr... répondit le chien.

— Viens! lui souffle Alain Robert éperdu, partons vite!

Ils reprennent en courant leur chemin, le seul qu'ils connaissent. C'est le petit poucet qui retraverse, les dents serrées, les jambes molles, l'ignoble forêt de Paris : ses ogres, ses loups, ses putains des deux sexes, ses bistrots... Oh! Terneray, Terneray!... Au secours, Cheftaine, au secours!... — Eh! que veux-tu qu'elle fasse pour toi, petit garçon? Elle tourne, en ce moment même, étouffant d'angoisse et de remords, dans la prison de sa chambre. Elle ne s'en prend qu'à elle seule, comme tous les cœurs nobles. Elle t'a pardonné; elle t'appelle — elle vient d'ouvrir sa fenêtre

— elle t'appelle, dans la nuit pure, aussi désespérément que tu l'appelles : sans une parole! Le regard vert, le regard noir se croisent dans l'espace... Les gendarmes sont alertés; on a battu la forêt en tous sens, en souvenir d'Olaf; toutes les gares sont prévenues, et toutes les polices; des centaines d'hommes en uniforme relisent ce signalement : onze ans, cheveux noirs bouclés, des vêtements trop longs... Ils te guettent; et elle t'appelle en pleurant : elle ne peut rien pour toi.

Et moi je vous regarde aussi parce que je vous aime. Un enfant parmi les autres, un chien parmi les autres, mais perdus tous les deux. Je vous regarde et je ne peux rien pour vous, moi non plus. Nous ne pouvons rien pour vous. Nous sommes innocents : nous n'avons séduit, abandonné, réduit au désespoir personne. Ce n'est pas notre faute, s'il y a des enfants et des chiens perdus! et des filles enceintes qui se noient! et des pères qui tuent leur gosse à coups de talon! Ce n'est pas notre faute s'il y a des taudis, des bistrots, du chômage, et des gosses qui volent et qui se prostituent!

— Alors, si ce n'est *pas du tout* votre faute, pourquoi le criez-vous si fort? Si vous êtes *tout à fait* innocents, pourquoi cela vous empêche-t-il de dormir? Si vous ne pouvez *absolument rien* pour cet enfant sauvage et ce chien martyr, pour tous ces enfants perdus qui ne sont pas les vôtres, pourquoi n'avez-vous pas déjà fermé ce livre?

Alain Robert et son compagnon se faufilent dans le garage, se glissent dans le camion, s'étendent l'un contre l'autre et — c'est la seule grâce qu'il leur reste — s'endorment aussitôt.

Le lendemain matin, ils sortirent dans une ville presque tiède. Le soleil de mars prochain était venu faire un tour dans décembre. Les hommes et les oiseaux s'y laissaient prendre, mais pas les arbres. En passant dans la glace d'une vitrine, Alain Robert ne se reconnut pas : il souriait. L'Espoir! pour la première fois de sa vie, l'Espoir... Il pensa qu'à cette heure-ci, les copains étaient en classe, la tête tournée vers le soleil comme font les fleurs; tandis que lui s'arrêtait devant une boulangerie, traversait la rue, choisissait la boutique d'en face : simplement pour éprouver sa liberté! Tandis que lui achetait des croissants et s'asseyait sur un banc pour mieux... Non! à Paris il ne faut jamais s'asseoir sur un banc. En guise de toilette, il s'était versé trois gouttes de parfum : sur le front et derrière chaque oreille. Les yeux plissés par ce jeune soleil, Alain Robert pensait : « C'est aujourd'hui que je retrouve mes parents. J'ai mon plan... » Et l'autre Alain Robert (celui qu'il eût giflé s'il avait parlé haut) ajoutait : « ... Et si je n'y réussis pas cette fois-ci, je retourne à Terneray par un autre camion. Croc-Blanc m'engueulera, bon! mais la chef-taine finira par me pardonner. Marc et moi, on adoptera le chien; et les autres copains... »

Il s'était arrêté devant un plan de Paris, à une sortie de métro. Il ne pouvait se déplacer qu'à pied, à cause du chien : il étudiait donc son chemin et l'inscrivait à sa manière.

— ... Demandez l'Aurore, le Parisien, l'Huma!... *Le chien échappé de Melun*... Voyez l'Aurore!...

La phrase du crieur de journaux mit longtemps à lui parvenir : la flèche vola longuement mais elle s'enfonça d'un coup. Alain Robert pâlit, tendit d'une main tremblante un billet neuf au marchant — « T'as donc pas de monnaie? » — et entraîna le chien sous la porte cochère la plus profonde, la plus obscure; d'un seul coup ce fut de nouveau l'hiver.

UN CHIEN D'EXPÉRIENCE S'ÉCHAPPE
DE L'HOTEL-DIEU DE MELUN
On lui avait greffé plusieurs organes,
Notamment un troisième rein malade
QUI RETROUVERA CADDY?

Alain Robert se pencha vers le chien et murmura :
« Caddy! »... La bête frémit de joie, lui sauta au vi-
sage, se mit à lui lécher les genoux et les mains.
Comme il allait reprendre sa lecture, le garçon vit
tomber une goutte sur le journal et se demanda...
Elle venait de son front couvert de sueur.

La suite de l'article le réconforta un peu : on s'y
indignait de la cruauté de ces expériences; on espérait
bien que *Caddy* ne retournerait jamais à l'hôpital.

— Caddy!

Assis, la tête penchée, les oreilles droites, le chien
attendait ce nom comme un morceau de sucre et le
reçut encore avec des jappements de joie.

— Caddy, mon vieux, qu'est-ce qu'on va devenir?

Ces longues cicatrices au flanc du chien, le gosse ne
voyait plus qu'elles, à présent. Les cacher! les cacher
d'abord, à tout prix...

Comme un pêcheur qu'alerte sa ligne tendue, Alain
Robert s'aperçut que Caddy tirait sur sa corde à la
rompre. Il avait aperçut un gros copain sur le trottoir, un chien de l'espèce traversin, qui faisait seul
son tour de quartier en s'arrêtant aux bons réverbères, comme chaque matin, sans doute, depuis dix ans.
Un chien-saucisson, avec la face sérieuse et bornée du
retraité gros mangeur et qui ne badine pas sur les habitudes. Ainsi dès le 1er décembre, on devait lui enfiler, pour sortir, ce tricot marron qui sentait encore la
naphtaline... Dieu merci, son tour matinal passait
sous la voûte où Caddy et son maître l'attendaient.
Quand ils reparurent au coleil, Caddy était « ha-

billé ». Pendant quelque temps, un gros chien tout nu s'essouffla à les suivre; puis ses aboiements furieux s'éloignèrent; puis plus rien. « Faire vite, à présent! »... Ils remontèrent le boulevard, tournèrent dans vingt rues dont le garçon barrait à mesure le nom sur son papier. Ils arrivèrent enfin.

— Caddy, je t'attache à cette grille. Tu ne bougeras pas! Pas bouger!... pas bouger! lui cria-t-il encore avant de pénétrer sous la voûte.

TARZAN — *Rédaction et administration* — 3ᵉ droite.

Son cœur battait si fort qu'il dut s'arrêter à chaque palier. *Entrez sans frapper.*

— Qu'est-ce que vous désirez?

C'était le premier qui ne le tutoyait pas, ce vieil homme chauve dont les yeux le fixaient derrière d'énormes verres, comme deux bêtes prises sous la glace.

— Voilà. Je voudrais savoir qui m'envoie votre journal. J'ai les bandes... Regardez...

— Et comment voulez-vous que je le sache? Ce ne sont pas des bandes d'abonnés.

— Je comprends pas.

— On a acheté le journal dans un kiosque pour vous l'envoyer. N'importe qui peut acheter...

Le garçon fronça les sourcils :

— Ce n'est pas « n'importe qui », fit-il d'une voix enrouée : c'est mes parents!

— Alors vous devez connaître leur adresse!

— Je... Rendez-moi mes bandes!

— Les voilà! les voilà!

Alain Robert aurait bien voulu claquer la porte, mais le *blount* se chargeait de la fermer doucement. « Quel vieux con! J'aurais dû foutre ses lunettes en l'air! *N'importe qui...* Sans blagues? » La marée haute de la colère noyait encore son désespoir; celui-ci n'apparut qu'au milieu de l'escalier : le gosse dut se raccrocher à la rampe pour ne pas trébucher. Pourtant,

196

quand il retrouva Caddy jappant de solitude et aussi désespéré que lui-même une nouvelle idée lui était venue.

Des rues, des rues, des rues... Il calcula — O Tomawak! — le nombre de kilomètres parcourus depuis ce matin : cela lui fit passer un bon moment... « Nous y sommes! sainte Marie, mère de Dieu, priez pour nous, pauvres pécheurs... » De nouveau, il attacha le chien à un réverbère avant de pénétrer dans le bureau de poste. Il choisit, derrière les grillages, le visage le plus avenant, fit la queue très longtemps, pas assez, au gré de ses craintes...

— Madame, voilà : je voudrais savoir qui a écrit ces adresses... voyez!

— Mais, mon petit bonhomme, comment veux-tu que je le sache?

C'était donc leur phrase, à Paris : *Comment veux-tu que je le sache?*

— Mais à Tern... enfin, là où je suis d'habitude, la postière connaît très bien les...

— C'est un petit village? — Bien sûr! Tandis qu'ici, c'est impossible, impossible... Ecoute, reprit-elle en le voyant pâlir, tu possèdes bien une autre indication : un nom, un prénom?...

— Dites, c'est bientôt fini? fit une voix, derrière.

— Attendez votre tour! Vous voyez bien que je suis occupée avec Monsieur! (Cette phrase réchauffa un peu le cœur de « Monsieur ».) Consulte les annuaires, là-bas, sur l'étagère : cherche dans les rues du quartier... Tu sais bien te servir d'un annuaire.

— Oui, madame. Merci beaucoup, madame.

L'étagère était trop haute, et les annuaires attachés par des chaînes : le garçon perdit tout espoir. D'ailleurs, les ROBERT de Paris, il en portait sur lui la liste interminable. Peut-être qu'en cochant ceux qui habitaient le quartier... Mais soudain, il se rappela l'injure du Caïd : « Alain Robert... Lequel des deux est ton nom de famille, on peut savoir? » Non! lui-même ne le savait pas... Et si c'était ALAIN? Il parvint à saisir l'annuaire, l'ouvrit à la page des ALAIN : ils étaient aussi nombreux que les ROBERT.

Il demeura là, immobile, hors du temps, étranger à tous ceux qui l'entouraient : à ces employés qui transcrivaient des adresses, ces gens qui montraient des pièces d'identité, ces monceaux de colis, de lettres, d'archives qui tous portaient des noms, des noms...

Cette fois encore, ce fut Caddy qui le tira de son désert. Il l'entendit non pas aboyer mais crier. Il se précipita au-dehors : pris de convulsions, le chien se roulait sur le sol, et ses pattes raidies battaient l'air ridiculement. Des badauds avaient formés le cercle et le regardaient bouger; un gosse riait en le montrant du doigt. Le ventre de la bête se voyait, fragile, rose, *tout couturé* : il était impossible que tous ces gens ne devinent pas... D'ailleurs, certains portaient un journal dans les mains, dans leur poche. L'espace d'un instant, Alain Robert pensa à fuir tout seul... Et puis non! il fendit le cercle, détacha son copain, l'emporta dans ses bras en courant. Il avait l'impression de porter une bûche, une bûche qui se plaignait.

— Caddy, lui murmurait-il, mon vieux Caddy... Caddy, sans blagues?

Il n'osait pas penser : « Caddy va mourir », il avait peur que le chien le devinât...

Parce que des passants le regardaient, il se remit au pas. Quand on est habillé pauvrement, il vaut mieux ne pas courir : on a toujours l'air de fuir. Il se risqua à s'asseoir sur un banc, pour l'amour de Caddy, et se sentit très fatigué à partir de l'instant où il se donnait du repos. Il ôta son blouson, en langea le chien, et attendit en lui parlant très doucement. Après quelques minutes, une langue tiède sur sa joue et une patte rugueuse sur sa main le rassurèrent. Il mit Caddy sur pattes; l'autre s'ébroua et le regarda d'un œil qui signifiait : « On repart? » — On repartit.

« Il a mal, se disait le garçon, il n'y a plus que cela qui compte. D'un moment à l'autre, il peut avoir encore *l'agonie*. Que faire pour lui? Je sais! pensa-t-il soudain. Ce journaliste qui est contre les salauds de l'hôpital : j'ai son adresse sur le journal, dans ma poche. Et peut-être m'aidera-t-il aussi à retrouver mes parents... »

Cette fois, il n'attacha pas Caddy, mais le coucha bien au chaud dans son blouson, sur une crèche de feuilles mortes, au fond d'une cour.

Quand il eut annoncé que « c'était au sujet de Caddy », on le fit aussitôt monter, par un ascenseur écœurant de vitesse, au sommet de l'immeuble. Il traversa des bureaux où tout le monde parlait à la fois et le suivait des yeux sans le voir.

— Bonjour! Tu sais quelque chose sur Caddy?

C'était un grand type souriant, qui ressemblait à Croc-Blanc, mais en roux, et qui fumait la même pipe. Alain Robert reprit confiance.

— Je sais où il est.

— Raconte!

Le garçon entama son récit : L'A.P., Terneray, les bandes-adresses, l'hôpital, le camion, le journal, le bureau de poste... Le grand roux l'écoutait sans l'entendre (comme, tout à l'heure, on le regardait sans le voir). D'ailleurs, sur son bureau, des téléphones grésillaient, ronronnaient, crépitaient, sonnaient même parfois. Il décrochait d'un geste mou : « Ouais?... Appelle Marin!... — Ouais... 200 lignes pas plus!... — Ouais?... On arrangera ça au marbre!... » Chaque fois il revenait au gosse avec un « Alors? » gentil et ennuyé. « Mais Caddy? interrompait-il souvent. Parle-moi plutôt de Caddy! »

— J'avais pensé, fit Alain Robert, la bouche sèche,

que vous pourriez aussi m'aider à retrouver mes parents...

Puis il bossa du dos en attendant le : *Mais comment veux-tu que je sache?*

— Ce n'est pas mon rayon, mon pauvre vieux! Et puis, tu sais, il y a beaucoup de gosses dans ton cas...

— Qui connaissent l'écriture de leurs parents? Pensez-vous!

Le téléphone sonna très à propos, au moment où le journaliste haussait les épaules.

— Ouais?... Bon! bon! mais dans une minute : je suis sur une histoire... (Il raccrocha, toujours aussi mollement.) Alors, ne perdons plus de temps, vieux! Où est Caddy?

— Mais, pour mes parents...

— Ecoute, il faudrait commencer par s'adresser à la police. Tu n'y tiens pas, j'imagine!

— Pour Caddy, fit Alain Robert, en se levant, vous n'allez pas mettre la police dans le coup?

— Ben... je crois que si! Ce n'est pas un chenil ici! ni un orphelinat, d'ailleurs, ajouta-t-il à mi-voix.

— Mais ils le ramèneront à l'hôpital!

— Peut-être, oui...

— Mais sur le journal vous disiez...

— Ouais, ouais, fit l'autre en fourrageant dans sa pipe avec un crayon, mais notre boulot n'est pas d'aller contre la loi, tu comprends? Nous alertons le public : c'est à lui de se démerder!

— Qu'est-ce que c'est, le public?

— Quoi? Ben, mais, c'est le... c'est les gens dans la rue!

Alain Robert, debout, très pâle, le fixait des yeux sans ciller.

— Comment voulez-vous que les gens dans la rue empêchent Caddy de retourner...

Le téléphone appela de nouveau.

— Ouais?... Bon! j'arrive!... Toi, bonhomme, tu m'attends ici... Juste une minute!

Il avait déjà disparu, laissant la porte ouverte. Le garçon s'y glissa, traversa les bureaux en s'astreignant à ne pas courir, dévala un escalier, se retrouva dans une cave assourdissante, se perdit entre les machines de l'imprimerie comme une souris dans un grenier inconnu, découvrit enfin une simple porte vitrée gardée par une horloge et par un gros type qui lisait le journal. Il déboucha dans la cour même où il avait déposé Caddy. « Viens vite vieux! » Pour mieux brouiller leur piste, il choisit systématiquement les plus petites rues, il se retrouva bientôt devant l'immeuble du journal... Alors, il choisit de fuir droit devant lui — et il marcha durant des heures.

En passant près d'un éventaire, il vit que les journaux du soir parlaient de CADDY en lettres énormes. Il fallut éviter les marchands de journaux, comme les agents de police, comme les bancs... Heureusement, la nuit était tombée. Le petit chercha son chemin jusqu'au garage des Routiers.

— Hé! toi, là, le gosse! qu'est-ce que tu cherches?

— Grancher.

— Parti à midi pour Marseille... Tu n'entends pas, non? Allons, barre-toi!

Il repartit, épuisé, la tête vide, le ventre point. Par instants, Caddy se faisait lourd, se laissait traîner : « Alors, mon vieux? » — et le regardait avec un air de repro he. « On n'a pas le choix, Caddy!... Demain, tu verras! Demain... » Lui-même n'avait plus que cette pensée creuse : Demain... Demain... Et, d'instinct, il allait vers plus de lumière, plus de bruit et toujours plus de foule. D'avenue en avenue, d'enseigne en enseigne, cela le conduisit jusqu'à la Foire du Trône.

Il y pénétra avec soulagement : ici personne ne les

regardait, et le tumulte couvrait les plaintes de Caddy; lui-même ne les entendit plus. Il traversa en somnambule cette ville de toile peinte, de lumière crue, de cris enroués. « La véritable voiture de Hitler!... Ici, on casse tout! 10 francs la boule!... La Fusée Mondaine! sensation, sécurité, confort!... Abattez l'avion à la vraie mitrailleuse!... Le train fantôme!... Pique-Nougat! Pique-Nougat!... Le glass-labyrinthe, trajet changé tous les soirs! La voluptueuse Wanda! Le music-hall des phoques!... Films interdits aux enfants!... Pacha, auteur de l'accident du 8 mars, travaille à chaque séance!... Approchez, approchez! Venez voir nos Beautés dans leurs tableaux artistiques! Avec la célèbre Rita de Panama! Visions d'art et de réalisme! Approchez, approchez!... »

Rita de Panama... Le garçon approcha, se laissa volontiers entraîner par la foule. Un trouble bizarre s'emparait de lui; il sentait son cœur battre dans son ventre : c'était toujours, pour lui, le signal de l'aventure.

— T'as au moins seize ans, toi? fit la tenancière en évitant de le regarder. Pourtant, lorsqu'il tendit un billet neuf, elle le dévisagea, non sans méfiance.

Sous la tente crasseuse on se tenait debout; Alain Robert prit Caddy dans ses bras, de peur que les voisins ne le piétinent. Entre un coude et un béret, dans une odeur de sueur et de tabac, il apercevait une partie de l'estrade qu'un rideau bâillant dissimulait encore.

« Chair Ardente! », annonça une fille en peignoir. L'étoffe s'écarta sur le fil en grinçant; deux femmes nues, au maquillage lépreux, se tenaient immobiles dans une pose qui parut incompréhensible au garçon mais qui fit rigoler ses voisins. Le rideau se ferma. « L'Amour et ses victimes! » Cette fois, quatre filles nues composaient le *tableau artistique*. Hypnotisé, oubliant d'avaler sa salive, le gosse regardait ces cuisses, ces ventres, ces seins surtout qu'il n'avait jamais vus.

Il aurait tout donné pour, les toucher, rien qu'une fois. « Le Baiser mortel! »... « Les Désaxés dans leurs passions honteuses! »... Autour de lui, les types se marraient; les filles sur l'estrade leur jetaient, en s'en allant, un regard à la fois humble et méprisant. Puis le rideau s'ouvrit sur une femme vêtue d'une chemise noire. L'un des spectateurs monta sur la scène, le mégot à la bouche, et commença à la déshabiller. Il s'y prenait mal, et c'était la fille elle-même qui guidait ses gestes, d'un air morne et docile. Et soudain, Alain Robert s'aperçut qu'elle était blonde et que sa coiffure était celle de Cheftaine Françoise... La chemise noire venait de tomber, dévoilant des seins qui tremblaient à chaque geste. Le gosse poussa un cri étouffé et bataillant des coudes, se précipita vers la sortie. Il entendit un spectateur du fond qui murmurait, en rallumant sa cigarette : « 100 francs pour voir leur bordel, merde! »

Dehors, une brusque pluie froide et rageuse attendait le garçon. La tête renversée, il se livra à l'averse avec soulagement : comme si elle pouvait le laver de ces « Visions d'Art »; comme si les gouttes, sur ses joues, lui évitaient de s'apercevoir qu'il pleurait de fureur, de dégoût, de remords.

La pluie redoubla, lessivant la foire, pissant dans les tirs, ruisselant sur les chefs-d'œuvre de nougat blanc, noyant les réchauds de friture. La foule s'enfuyait en silence, le col relevé; les enfants criaient « Attendez-moi! », et les forains fermaient boutique en bougonnant.

Caddy se mit à trembler de froid; le garçon le coula dans son blouson et s'enfuit à son tour. Il passa en courant près de Léon de Cherbourg, seul parmi ses haltères luisants, au centre de son carré de craie délavé. Il tendait vers le ciel un poing au bracelet de cuir : « Beau temps pour les Athlètes! Ah! les vaches!... » Debout contre un platane nu dont le tronc pleurait, le taciturne artiste des trottoirs regardait l'eau vandale mutiler, puis effacer sa cathédrale de Chartres si ponctuellement dessinée aux pastels de couleur.

Alain Robert s'abrita contre la devanture d'un café « casse-croûte à toute heure ». Le patron sortit pour remonter son store.

— Je voudrais un gros casse-croûte pour mon chien et... et rien pour moi!

Le bistrot fronça un seul sourcil en inclinant la tête, tout comme Caddy. Alain Robert sortit alors un billet neuf et l'autre changea de visage. « Les billets neufs, ce sont les bonbons des grandes personnes! », se dit le gosse. Sur la palissade voisine, dans la lumière d'un réverbère, l'affiche d'une brillantine montrait une femme blonde qui ressemblait un peu à Cheftaine Françoise. « Oh! pardon, pardon... », murmura le garçon sauvage. La pluie faisait pleurer la fille aux longs cheveux.

L'averse cessa aussi brusquement qu'elle était venue, mais la foire désertée ne ralluma pas ses girandoles. Seules, les sages lumières de roulottes jalonnaient à présent le boulevard détrempé. Rita de Panama, le conducteur du Train Fantôme, le tigre Pacha et la Voluptueuse Wanda dormaient peut-être déjà...

— Viens, Caddy!

Alain Robert longea les décors méconnaissables; le chien se traînait parmi les écorces de marrons et de cacahuètes, les mégots, les frites écrasées. Arrivé près de la Fusée Mondaine (Sensation, sécurité, confort!), le garçon, après un rapide coup d'œil sur le désert luisant de la foire, gravit le marchepied du manège, souleva la *chenille* verte et jaune qui recouvrait les wagonnets et sous laquelle, une heure plus tôt, les couples s'embrassaient en plein vacarme. Il se glissa, avec Caddy, dans ce nid dur où flottait encore un parfum écœurant assez semblable au sien.

C'est là que l'inspecteur Marcel, de la Brigade Juvénile, le découvrit vers trois heures du matin, profondément endormi, son chien contre lui. Chaque nuit, comme une fermière fait le tour des cachettes où vont pondre ses poules, l'inspecteur Marcel allait, de square en salle d'attente, cueillir ses enfants fugitifs, si fiers de leurs refuges inventés. Où qu'elle fût installée, sa tournée s'achevait par la Foire.

Caddy n'aboya pas; il considéra d'un œil un peu vitreux l'homme à la torche électrique et ce grand type roux qui l'accompagnait.

— C'est Caddy, murmura le journaliste. Vous voyez, mon tuyau était bon!... Il a l'air mal en point, dites donc. Vous ne réveillez pas le garçon?

— Pas encore. Pauvre gosse!... Bricard?

— Oui, chef.

— Police-secours, pour emporter le chien!

— Où l'emmène-t-on? demanda le journaliste.

— A la Fourrière. Mais là, j'espère bien qu'on ne le rendra pas à l'hôpital de Melun.

— Je ne le quitte plus, en tout cas!

— Et le gosse? demanda sans sympathie l'inspecteur, ça ne vous intéresse pas de savoir ce qu'il va devenir?

— Le gosse... le gosse... Ce n'est pas une histoire, vous comprenez?

— Très bien. Mais s'il se suicidait, cette nuit, à la P.J., il deviendrait une « histoire »?

— Bien sûr! Passez-moi un coup de fil si jamais...

— Comptez sur moi! fit l'autre en lui tournant le dos.

VIII

LE MAUVAIS CÔTÉ DU COMPTOIR

Alain Robert n'opposa aucune résistance. Au contraire, il s'abandonnait avec soulagement aux mains
des grands : sa course était terminée. Terminée, mais
pas perdue! Un jour, il retrouverait ses parents; et
puis Caddy était sauvé : on allait le soigner et les
« hommes de la rue » empêcheraient qu'il retourne à
Melun. Quant à lui, cette voiture bleue l'emportait
sans doute à Terneray. Ah! la tête des copains quand
il leur raconterait tout (enfin, presque tout!) « Alors,
le directeur du grand journal me dit... »

Marc... Velours... Taka... Radar... Il revoyait leurs visages, de plus en plus flous, car il était en train de
s'endormir au fond de la voiture de police, dans
l'odeur fade des gabardines de ses voisins. Mais un
autre visage le chassa de son sommeil heureux.
D'abord, il ne parvenait plus à le retrouver : ceux de
l'affiche de la brillantine, de Rita de Panama, de la
Statue de la Vierge l'oblitéraient ensemble ou tour à
tour. Pourtant, comme des phares à travers le brouillard, les yeux verts traversèrent enfin son esprit em-
brumé. « Cheftaine, oh! Cheftaine... » Comment soutenir ce regard, après avoir payé cent francs pour voir

206

déshabiller Rita de Panama?... D'ailleurs, tout le mal était venu de là : c'était à cause de leur *bordel* qu'il avait été pris, que jamais plus il ne retrouverait ses parents, que Caddy retournerait à Melun, qu'Olaf allait mourir, Cheftaine Françoise ne plus lui parler, Marc choisir un autre ami...

Car, à présent, le garçon perdu faisait l'inventaire de son naufrage avec un orgueil amer : le pire, le pire seul, était digne de lui. Ah! retourner n'importe où, mais pas à Terneray!

— Dites, où m'emmenez-vous?

— Tu ne dors pas? soupira l'inspecteur. Eh bien, mon pauvre vieux, il faut que nous passions d'abord à la Police Judiciaire. Mais, tu sais...

Il craignait une crise de désespoir; le gosse lui sourit presque : « Ah bon! » et, rassuré, se rendormit. L'inspecteur Marcel le considéra avec stupeur; puis il regarda la nuque épaisse du chauffeur et le profil sauvage et pur du gosse : le bœuf et l'agneau. Et il pensa, une fois de plus, qu'il aurait dû choisir un autre métier. C'était un policier chrétien : il avait peu de chances de réussir, aucune d'être heureux.

Sa patte froide et grise dans la grande main chaude de l'inspecteur, Alain Robert ensommeillé monta les escaliers, longea des couloirs, franchit des portes grises. Personne! mais ce désert sentait encore l'homme : vieux papiers, tabac froid, haleines mêlées, et aussi quelque chose d'aigre, pareille à l'odeur des veuves. L'inspecteur Marcel assit le gosse sur une chaise.

— Montre-moi d'abord ce que tu as dans tes poches, bonhomme!

Bonhomme sortit le reste de son argent, le flacon de parfum, la ficelle, le sucre... Mais l'inspecteur, soucieux, ne regardait que les billets neufs.

— Maintenant, raconte-moi ton histoire.

Sans citer Terneray (de crainte, à présent, qu'on ne

l'y renvoie), ni Melun (pour ne pas nuire à Caddy), ni le banc, ni le garage, ni leur *bordel*, c'était commode de raconter son histoire! Alain Robert commença, puis mentit, vit que cela se voyait, et se tut. L'inspecteur Marcel faisait patiemment le tour de cette citadelle de silence. « Mais tu m'as dit, tout à l'heure... Mais écoute, vieux, ce n'est pas possible puisque... » Deux rides d'homme encadraient à présent la bouche serrée : deux sentinelles.

Un gros type dont l'haleine sentait la viande entra dans le bureau.

— Adieu, Marcel; j'attendais que tu sois rentré pour... Mais dis donc... (L'épaisse main prit le tas de billets neufs sur la table, les feuilleta.) Viens donc un moment par ici!

Et quand ils furent assez loin du gosse dont la toison bouclée dépassait seule du dossier de la chaise :

— Qu'est-ce que tu en as tiré?

— Rien. Des histoires.

— Pas étonnant! Je t'ai parlé de ce vol de banque à Compiègne. Le Parquet de là-bas m'a chargé d'enquêter à Paris; et il y a des gosses dans le coup...

— Les billets?

— Sûrement!

— Tu veux vraiment l'interroger? demanda lentement l'inspecteur Marcel.

— Pas de question!

Il alla s'installer en face du gosse qui, les sourcils froncés, ne le quittait plus des yeux et commença d'un ton paternel :

— Alors, ça te plaît, les voyages?

— J'ai sommeil, dit Alain Robert.

— Tout à l'heure! tu dormiras tout à l'heure : quand tu auras répondu à deux ou trois petits questions que je...

— Alors, vite!

Il détestait déjà ce type : son odeur lui donnait envie de vomir; et son visage... — mais voici justement qu'il changeait de visage!

— Tu veux aller vite? Moi aussi, figure-toi! seulement, c'est moi qui commande ici.

— Non, c'est lui, fit tranquillement le gosse en pointant un doigt sale vers l'autre policier qui soufflait dans son coin.

— Allons, bonhomme, réponds! dit l'inspecteur Marcel et il murmura à l'oreille de son collègue : — Vas-y doucement!

— D'où viennent ces billets?

— C'est Clemenceau qui nous les a donnés.

— Clemenceau? Tu vois bien qu'il se fout de nous! explosa le gros. Ah! tu veux jouer au petit soldat? (« Qu'est-ce qu'il veut dire, *jouer au petit soldat?* Moi je veux bien! ») Est-ce que tu connais... Compiègne?

Il avait lancé le nom de la ville comme un coup de poing : très fort et un peu au hasard.

« Compiègne? les petits soldats?... Tomawak leur en avait parlé... Ah! oui : Napoléon. »

— Bien sûr.

— Et tu es déjà allé à Compiègne, n'est-ce pas?

— Non.

— Si!

« Après tout, tant qu'on ne parlerait pas de Terneray... »

— Si vous voulez.

— Comment ça, « si je veux? » C'est oui, ou c'est non! Alors, Compiègne?

« Il avait dit qu'ensuite on pourrait dormir... Et puis, quand il parlait fort, il puait encore plus! »

— Oui.

— Avant-hier, à cinq heures du matin, place Gambetta, hein?

— Oui. Et après?

— « Et après? » Qui est-ce qui interroge l'autre, sans blagues?

— Je crois que tu te fous dedans, souffla l'inspecteur Marcel dans l'oreille rouge et poilue. Il a tellement sommeil qu'il répondra n'importe quoi. D'ailleurs, à présent, il écoute comme un gosse à qui on raconte une histoire.

— Laisse-moi faire!

Il fallut bien le laisser faire... A quatre heures du matin, Alain Robert, de oui en oui, se trouvait complice du vol à la banque; à neuf heures, le Parquet de Compiègne, alerté, donnait l'ordre d'amener le gosse qui, à trois heures de l'après-midi, lui était remis. Mais le Juge des Enfants résidait à Beauvais et ne pourrait interroger Alain Robert que le lendemain. Faute d'un Centre ou d'un Foyer, le Juge de Compiègne remit le garçon en *garde provisoire* à un Hospice de Vieillards, Infirmes et Incurables de la région. C'était un grand progrès! Quelques années plus tôt, on l'eût enfermé en prison : douze dans une cellule, occupés à la chasse au rat, aux récits exemplaires des grands ou à certains jeux... Ou bien on l'eût abrité derrière les hauts murs de l'Hôpital psychiatrique, dans la fosse aux fous.

Alain Robert, onze ans, eut donc la chance d'être seulement envoyé parmi les gâteux, dont une demi-douzaine se mouraient. Il y retrouva trois autres « prévenus » qui, enragés d'oisiveté, avaient déjà épuisé toutes les persécutions infligeables aux vieux et souffert toutes leurs représailles. On vivait, derrière ces fenêtres closes, dans la haine, l'injure, le vol, l'insomnie. Fernand, l'aîné des prisonniers en culottes courtes, fit visiter au nouveau leur royaume qui sentait l'urine et le vin rouge.

— Ceux qui vont crever, tu les reconnaîtras à leur mouchoir : ils ne le quittent plus jamais : ils s'essuient tout le temps la bouche. Tiens, celui-ci par exemple... Maintenant, je vais te montrer quelque chose de poilant : ce type-là, dans son lit, est pris de convulsions chaque fois qu'on s'approche! Regarde!... c'est pas marrant?... Autre chose, dis donc : ne fais pas de bruit et amène-toi... Dans le lit du coin, ce vieux qui ronfle avec un bandeau sur l'œil... Va soulever son bandeau, pour voir!... Mais si, puisqu'il ronfle...

Alain Robert, d'une main tremblante, souleva le bandeau du dormeur : un œil bleu, immobile et brillant tel un ciel d'été, le fixait.

— Un borgne! T'as été drôlement feinté, hein?... Hé, réveille-toi, grand-père, allons!

C'était le voisin du borgne qu'il secouait de toutes ses forces; le vieux sortit de son sommeil en suffoquant.

— Laisse-le donc dormir, dit Alain Robert révolté.

— Penses-tu! Ce vieux con-là roupille toute la journée et, la nuit, il fait le tour des salles : il visite les tiroirs des tables de chevet et pisse contre tous les lits, comme un clebs!... C'est pas vrai, vieux salaud?

— Tais-toi! Il pourrait être ton grand-père, dit le gosse qui pensait à Clemenceau.

— Regarde, il s'est déjà rendormi... Non, un vrai grand-père tu en trouveras un dans la salle au-dessus. Tu t'approches, tu lui dis : « Michel!... Jeanne!... » (Ce sont les noms de ses petits-enfants.) Alors il se met à chialer mais avec une telle grimace : on dirait qu'il se marre... Montons! tu vas essayer...

— Çe ne m'intéresse pas.

— Quand tu te seras emmerdé ici douze jours comme moi, on verra si ça ne t'intéressera pas!... Salut, Germaine!

Une fille robuste, jambes et bras nus, traversait la salle.

— Qui est-ce? demanda Alain Robert. On dirait un cheval.

— C'est Germaine. Heureusement qu'on l'a! Ecoute voir...

Il fit un cornet de ses deux mains pour souffler à l'oreille du gosse :

— Elle est toute nue sous sa blouse...

— Oh!

— Puisque je te le dis! Elle couche à côté de nous, là-haut, et quelquefois... Mais attends voir!

Il prit Alain Robert par la manche et l'entraîna sous l'escalier; puis il sortit un bout de craie de sa poche et traça gravement sur le mur un dessin obscène.

— Tu sais ce que c'est?

— Non. Euh... un canon?

— Pauvre cloche! dit Fernand avec un mépris de plomb. Démerde-toi tout seul, tiens!

Et il disparut dans la direction de Germaine.

« A qui ressemble Fernand? », se demanda le gosse. Ces mains noueuses, cet œil froid, et ces lèvres... Non, pas de lèvres!... Le Caïd! Il ressemble au Caïd... Oh! pourvu que Marc ne redevienne pas son ami!... Oh! pourvu qu'Olaf guérisse!... Et pourvu que Caddy... »

Il demeurait ainsi, planté devant l'incompréhensible graffiti et récitant cette litanie de « pourvu » qui constituait sa seule prière, lorsqu'il se sentit saisi aux épaules, durement et tendrement :

— C'est toi qui as dessiné ça, sur le mur?

Il se retourna et se trouva contre le visage de Germaine, si large : ses grosses lèvres humides, ses yeux qui riaient, une face d'ogre.

— Ce n'est pas moi.

— Petit voyou!

La fille l'attira contre elle, il sentit son corps chaud, Fernand avait dit vrai : nue sous sa blouse... Il pensa à Rita de Panama; et, de nouveau, son cœur battit au creux de son ventre et les jambes lui manquèrent. Il devint rouge; et ses deux mains...

212

— Qu'est-ce que tu cherches? murmura Germaine d'une voix sourde. Tu n'as qu'à demander! Tiens...

Elle tourna le dos au jour et déboutonna prestement le haut de sa blouse : ses seins parurent rouler jusqu'au visage du garçon, énormes, et si blancs... Il ne put se retenir d'y porter les mains, mais il les retira aussitôt :

— Pardon! dit-il en détournant la tête. Je vous demande pardon...

— De quoi? fit Germaine en riant. (Elle avait reboutonné sa blouse aussi vite.) Tu as bien le droit d'être précoce, toi! Tu es un enfant de l'amour!

— Qu'est-ce que ça veut dire?

— Que tes parents n'ont demandé l'avis de personne quand ça les a pris!

— Mes parents n'ont rien à voir avec vos histoires, répliqua le gosse noyé de honte.

— Pourquoi fais-tu l'idiot? demanda-t-elle en riant toujours. Ah tu es trop joli, tiens!

Elle plaqua sa bouche contre la sienne : impossible de se dégager! Le gosse étouffait; il sentait les grandes dents qui meurtrissaient ses lèvres et, comme un escargot, la langue de l'ogre — oui, ce ne pouvait être que sa langue — qui en forçait le passage. Il était écœuré, au bord des larmes. « Pourvu qu'elle se retire!... » Elle se retira enfin, haletante.

— Et maintenant, écoute-moi!

Elle lui raconta, avec toutes sortes de gestes, une histoire insensée : que les hommes et les femmes... mais non! c'était trop bête, trop sale, trop compliqué.

— Pourquoi me dites-vous ça?

— Parce qu'il faut bien que tu l'apprennes un jour!... Ecoute... (Elle approcha de nouveau son visage. « Pourvu que... », pensait-il déjà. Mais non : c'était seulement pour lui parler plus bas...) Ce soir, ne t'endors pas tout de suite : je viendrai te chercher... Je t'apprendrai...

213

— Non, dit Alain Robert, c'est infect!

— Infect?

Son visage se durcit, ses yeux devinrent fixes : elle ressemblait à une écolière prise en faute. Et le garçon eut soudain peur, ou pitié :

— Germaine... commença-t-il.

— Si on croit que c'est drôle, à mon âge, toute la journée de faire la domestique pour ces vieux dégoûtants!... Prendre un autre métier? ajouta-t-elle en inclinant la tête sur son épaule, comme si elle répondait à un partenaire invisible. Mais ce serait une autre qui ferait le mien, *puisqu'il en faut*... Et elle aurait aussi le droit de vivre, non? De vivre comme elle pourrait!

Germaine était partie depuis longtemps lorsqu'Alain Robert releva la tête, et la seule chose qu'il vit dans l'obscurité venue fut ce dessin obscène qui n'était plus un mystère pour lui. Il le frotta du revers de sa manche trop longue et cracha sur le mur pour mieux l'effacer. Ses yeux le brûlaient et il étouffait un peu : il ne sentit pas aussitôt qu'il allait pleurer, mais, dès qu'il l'eut compris, il courut au premier étage, y chercha le grand-père dont Fernand lui avait parlé, le trouva sans peine, et, lui prenant la main :

— Michel!... Jeanne! murmura-t-il.

Le vieux se mit aussitôt à pleurer en secouant la tête, et le gosse en fit autant, sans quitter sa main. C'était bon de se laisser aller sans honte, de croire qu'on s'attendrissait sur un grand-père et deux petits enfants! Par instants, le vieillard balbutiait, à travers ses larmes, des récits impossibles à comprendre. « Michel et Jeanne doivent être un petit peu morts », pensa le gosse et ses sanglots redoublèrent.

Ainsi demeurèrent-ils, miroirs de leur chagrin, jusqu'à la cloche du dîner. Alain Robert s'enfuit alors, sans explication. Parvenu à la porte, il se retourna toutefois pour saluer le grand-père. « C'est vrai qu'il a une drôle de bouille quand il pleure! » Mais cela ne lui donna pas envie de rire. Il ne descendit pas au réfectoire : il monta se coucher afin d'être sûr de dormir tout à l'heure! Mais ses pensées s'étaient seulement mises à l'abri durant cet orage de chagrin et ressortaient toutes ensemble à présent. « Ses parents avaient fait *ça*, comme les bêtes de la ferme Deroux!... Et c'est ainsi qu'il était venu au monde : par hasard!... Personne ne l'avait désiré, n'avait pensé à lui... Avant qu'il fût né, on devait déjà chercher comment on se débarrasserait de lui... Abandonné avant même de naître... »

Il pressentit qu'il allait pleurer de nouveau; alors il appela la haine au secours de son orgueil : il se mit à injurier sa mère et son père à mi-voix. Il arrêta ce sacrilège parce qu'il venait de penser à Mammy qui, en ce moment même, attendait son petit enfant. « Pourquoi ma mère ne m'aurait-elle pas aimé, elle aussi? C'est la misère, la méchanceté des autres qui l'ont forcée à m'abandonner! Mais elle le regrette. Et la preuve, c'est qu'elle songe à moi, qu'elle m'envoie des journaux... » Pourtant, la pensée que ses parents avaient fait *ça* ne le quittait pas; et son esprit ne cessait de lui présenter des détails honteux et tout imaginaires.

Les autres garçons montèrent bruyamment, se battirent, se couchèrent en s'injuriant encore. « Pourvu que je dorme... Pourvu... » Alain Robert fermait obstinément les yeux et serrait les poings. Mais il ne dormait toujours pas lorsqu'il entendit la porte s'ouvrir et quelqu'un s'approcher en traînant ses savates. Il se coucha sur le ventre et imita l'innocente respiration d'un enfant qui dort : avec une petite plainte à la fin de chaque exhalaison. On se pencha sur lui, on écouta, on appela doucement. Il sentit cette chair chaude, et son ventre se serra. Ses mains frémirent au souvenir de... — Allons! il serait si simple de se retourner, de « se réveiller », de suivre Germaine... Tout son corps le désirait. Mais il pensa à Mammy et à son petit enfant, et il continua sa respiration hypocrite. Il sentit qu'on s'éloignait; il entendit un conciliabule deux lits plus loin, entrouvrit un œil et vit passer Germaine suivie de Fernand en chemise. « Ils vont faire *ça* ! », se dit-il avec dégoût, mais son ventre le tourmentait plus que jamais. Il pensa se lever, aller écouter à la porte... Il se l'interdit. Heureusement! Quand on est seul au monde, il vaut mieux ne pas risquer de se mépriser entièrement... Mais son imagination ne quittait pas les deux fantômes de tout à l'heure.

Et soudain, comme il touchait le fond de la solitude, du regret, de la honte, une pensée s'empara de lui avec une telle force qu'il dut s'asseoir sur son lit et qu'il entendit distinctement son cœur battre (à sa place, cette fois! dans sa poitrine et plus dans son ventre) : *la sainte vierge*... C'était donc cela que signifiaient ces paroles jamais comprises! et sa robe blanche! Elle n'avait pas connu toutes ces saloperies : elle restait pure, elle pouvait vous regarder en face... Enfin, quelqu'un à qui se raccrocher, à qui demander pardon! Quelqu'un qui lui donnait raison contre Germaine, Fernand, Rita de Panama! Il se blottit dans son lit comme dans une crèche : c'était Noël pour le garçon perdu, et sa Mère veillait sur lui. « Je vous salue, Marie, pleine de grâce... » Il répétait ces paroles, soudain toutes neuves, inépuisables, et parfois se trompait : « Sainte *Mammy*, mère de Dieu... », disait-il. Il s'endormit bientôt et trouva vite la respiration d'un enfant heureux : avec une petite plainte à la fin de chaque exhalaison.

Il avait fallu dix minutes au gros inspecteur pour convaincre Alain Robert de complicité de vol; il en fallut moins au Juge des Enfants de Beauvais pour se convaincre qu'il n'en était rien.

— Je n'ai pas le droit de te renvoyer directement à Terneray, mon pauvre vieux. Il faut que tu repasses par Paris, mais ce ne sera pas long... D'ailleurs, ajouta-t-il, tout cela est un peu ta faute : pourquoi as-tu raconté à l'inspecteur?... Oui, je sais, je sais bien...

Alain Robert débarqua donc, de nouveau, dans Paris, immigrant sans bagages, avec son regard fuligineux de romanichel, avec ses vêtements trop longs et qui le seraient toujours, puisqu'à mesure qu'il grandissait, on lui en fournissait d'autres déjà démesurés. C'était, apparemment, le même petit garçon que cet autre matin où il découvrait le Palais de Justice dans la brume dorée d'octobre : le même! mais, entre-temps, lui qui ne possédait rien avait tout perdu.

Regardez passer, sur le quai désert, dans ce lucide matin de décembre, cette ruine en forme de petit garçon... Comme toujours, il marchait aux côtés d'un inconnu. Une fois dans sa vie il avait marché seul, seul avec Caddy, et ç'avait été le naufrage. A présent, il rentrait dans le rang : *on* le conduisait, *on* ferait de lui ce qu'*on* voudrait. De nouveau, c'était la chaîne : bon de transport, bon de transfert, bon d'hébergement, papiers, tampons, matricule... Tout rentrait dans l'ordre. D'ailleurs, il se retrouva chez lui à la Police Judiciaire : la même odeur, la même crasse, la même attente qu'à l'hôpital ou l'hospice. *Chez lui,* c'était cet immense bâtiment qui changeait de nom ou de lieu, mais jamais d'air; cette prison pour innocents, où se côtoyaient des gens en uniforme qui faisait métier, et des gens qui souffraient et leur rendaient la vie dure.

C'était dimanche. Château de la Belle au Bois dormant, le Palais de Justice ne contenait que des archives et, dans ses caves, quelques prisonniers et leurs gardes. Cœurs dérisoires, seules les horloges vivaient encore dans le désert des salles et des antichambres. Alain Robert fut confié à un gardien débonnaire, qui parvenait à rouler ses cigarettes avec une lenteur merveilleuse. Il aurait aussi bien gardé les tableaux d'un musée; on l'avait fait gardien d'hommes, bon! Lorsqu'il prendrait sa retraite, rien ne changerait : il serait toujours assis sans rien faire au bord du temps qui passe. Assis ailleurs, voilà tout.

Quand Alain Robert s'aperçut qu'ils étaient tous deux vêtus de la même étoffe, avec des manches trop longues, il prit peur sans savoir pourquoi.

— Et qu'est-ce que je vais devenir? demanda-t-il d'un ton abrupt. (C'était la première parole qu'il prononçait depuis Beauvais.)

— Ça dépend! As-tu un juge?

— Pourquoi un juge? Je n'ai rien fait de mal?

— Bien sûr, dit l'homme en léchant la cigarette qu'il venait d'achever : depuis trente ans que je suis ici, personne n'a jamais rien fait de mal. On se demande pourquoi il y a des juges!

Mais le garçon ne l'écoutait pas : les yeux fermés, les deux poings aux tempes, il traquait dans sa mémoire ce nom qui le fuyait, ce nom que Marc lui avait dit, ce nom... Ah oui!

— Si. J'ai un juge.

— Lequel donc?

— M. Lamy.

— Ah! c'est un bon.

— Qu'est-ce que ça change?

— Ecoute, dit le gardien, ce n'est pas réglementaire, mais... téléphone-lui donc! (Il feuilleta un cahier crasseux.) Voici son numéro...

Alain Robert le composa d'un doigt tremblant : c'était la première fois de sa vie qu'il téléphonait. Il répéta : « Allô! allô! » avec angoisse tout le temps de la sonnerie.

— Dites, on ne répond pas!... Ah si!... Allô! allô!

allô! M. Lamy? Voilà : c'est Alain Robert, vous savez?

Il se fit un long silence à l'autre extrémité du fil, à l'autre bout de Paris : M. Lamy passait son doigt sur sa mèche blanche et fermait les yeux à son tour, pour mieux chercher. « Alain Robert... Alain Robert... » Il repassait sa collection de visages. « Alain Robert... »

— Ah oui!

— Bonjour mon vieux. Tu sais téléphoner? C'est bien ça!... Mais d'où m'appelles-tu?

— Où c'est ici? demanda le gosse au gardien, d'un ton affolé.

— La Police Judiciaire.

— De la Police Judiciaire, monsieur Lamy.

— Mais qu'est-ce que tu fabriques là? Tu... tu n'as pas fait l'idiot?

— ...

— Tu es parti de Terneray?

— ...

— Quand ça?

— Il y a des jours.

— Ah!... Non, non! ne me raconte rien au téléphone... Mais tu as de la chance! J'ai une course à faire dans ton quartier : je vais passer te voir... Dis-moi donc, Marc allait bien? C'est ton copain, Marc : tu n'aurais pas dû le quitter... enfin!... Et Cheftaine Françoise?... Mais tu me raconteras tout cela. A tout à l'heure!

Alain Robert garda longtemps contre l'oreille ce récepteur qui bourdonnait comme l'été. En deux noms, M. Lamy venait de reconstruire Terneray... Le gardien observait en silence ce visage ravi.

— Il t'en raconte des choses, ton juge! dit-il enfin.

Alain Robert devint très rouge et raccrocha.

— Tu sors, Papa? demanda Gérard Lamy.

Il travaillait à côté de son père. Par instants, il

quittait des yeux son livre et regardait longtemps ce visage moins fatigué que d'habitude : il faisait en silence sa provision d'images pour toute la semaine. Il était heureux — jusqu'à cet instant, du moins.

— Tu sors, Papa.

— Il le faut, mon petit, répondit le juge très doucement.

Une fois de plus l'autre enfant, l'inconnu passait avant Gérard; une fois de plus M. Lamy en souffrit, mais trop tard.

— Est-ce que tu veux bien venir avec moi?

Ils partirent du même pas. Gérard aussi portait la tête inclinée sur l'épaule droite et marchait en regardant le sol. Quelquefois, son père le prenait par la main, comme au temps de son enfance. Gérard avait eu quinze ans avant-hier; mais M. Lamy l'avait oublié.

Alain Robert fixait la porte, tel un chien dont le maître s'absente trop longtemps. Lorsqu'elle s'ouvrit enfin devant le juge, il ne tressaillit pas car il ne le reconnut en rien : inconsciemment, il s'attendait à voir paraître Croc-Blanc, Buffalo ou Tomawak... M. Lamy, qui se faisait une joie de la joie de l'enfant, fut déçu. Mais aussitôt :

— Monsieur Lamy, dit Alain Robert en agrippant sa main, je vais tout vous raconter!

— Tout? demanda le juge en souriant et en fermant un œil. Mettons : tout ce qui te plaira!

— Tout ce qu'il faut.

— Tu sais, tu devras me le répéter après-demain dans mon cabinet. Alors, est-ce que tu crois bien nécessaire?...

— Tout et tout de suite! trancha le garçon d'une voix sourde.

M. Lamy fut enchanté de cette réponse à une question qui n'était qu'une épreuve.

220

— Vas-y, mon vieux.

Quand il eut achevé son récit, sans Rita ni Germaine (assez surpris et humilié que tant d'aventures, de risques, d'angoisse tiennent en si peu de mots), Alain Robert attendit le verdict. Il espérait que M. Lamy allait l'envoyer en prison, par exemple, pour quelques jours, mais sur-le-champ.

— Evidemment, dit le juge avec lenteur, tout cela est un peu bête, non? Qu'est-ce que tu en penses?... Remarque, tu as raison de rechercher tes parents. On t'y aidera et tu les retrouveras peut-être un jour. Seulement tu as un bon copain : Marc. Il est intelligent, Marc? Tu as Cheftaine Françoise, Croc-Blanc, Buffalo : un tas de gens épatants et plus malins que toi, forcément! Quel âge as-tu?

— Onze ans et demi.

— Ah! tu vieillis, toi aussi. Tu es comme moi... Tous ces braves gens de Terneray, ils en savent plus long que toi, tu es d'accord? Bon! eh bien, tu ne leur demandes même pas conseil... Au contraire, tu files comme un voleur!... Il y avait Caddy, je sais bien, mais... Dis donc, fit-il soudain en fronçant un sourcil, rends-moi un service. Il y a un kiosque à journaux, de l'autre côté du pont : va me chercher *France-Soir*. Voici mille francs, tu me feras de la monnaie... Merci!

— Monsieur le Juge, dit doucement le gardien quand le gosse fut parti, vous n'avez pas le droit de le laisser sortir. Et moi non plus... Et puis, ces mille francs, c'est bien imprudent!

Les trois rides verticales apparurent au milieu du front.

— Garnier, cela fait quinze ans que « je n'ai pas le droit »... Et quant à mes « imprudences », elles courent les rues : elles sont mariées et pères de famille, et elles m'écrivent au jour de l'An!

— Tout de même...

— L'imprudence, ce serait d'enfermer ce gosse : de

lui laisser croire, de nouveau, que le seul chemin de la liberté, c'est l'évasion... Et puis quoi, Garnier! les chiens, on leur fait faire un petit tour de promenade chaque jour : vous croyez que les gosses n'en ont pas autant besoin, sérieusement?

— Oui, dit Garnier mais je suis responsable s'il ne revient pas.

— Et s'il s'ouvre les veines cette nuit, comme le petit Roger, le mois dernier — vous vous rappelez! — vous ne serez pas responsable?

— Non, dit Garnier.

— Mais moi je le serai.

Ils se turent longtemps; le soir tombait, le gardien roula une cigarette et la rata.

— Il ne revient pas, fit-il.

— La confiance! Ce sont les seules menottes et les seuls barreaux qui retiennent les gosses : la confiance...

Alain Robert rentra tout d'un coup, le visage fermé, les yeux ailleurs. Son poing serré, il l'ouvrit dans la main de M. Lamy qui empocha, sans le compter, un fouillis de pièces et de billets froissés.

— Voici le journal. Au revoir, monsieur Lamy.

— Merci. Je... (Il le déplia lentement et feignit de sursauter.) Ah! mauvaise nouvelle, mon vieux. Caddy est mort. Regarde!

— Il était malade, fit le garçon d'une voix très sourde.

— Oui. Les médecins de Melun, eux, avaient une chance de le conserver vivant... Tu vois, tu as cru lui rendre service. Est-tu sûr d'avoir réussi? Qu'est-ce que tu en dis?

Il allongea sa main de marbre et caressa la toison noire : tout ce qui restait visible de la tête d'Alain Robert.

— Ah! c'est difficile, mon vieux, c'est difficile, ajouta-t-il encore, très bas. Puis changeant de ton :

Allons, au revoir! Demain je te ferai placer à Denfert-Rochereau : tu y seras mieux qu'ici, hein? C'est dommage de quitter Garnier avant qu'il t'ait appris à rouler une cigarette, mais enfin... Quoi! ça ne te plaît pas, Denfert-Rochereau? Tu connais du monde, là-bas? Le Docteur Clérant... Mlle Alice...

— Pourquoi pas... Terneray? demanda le gosse humblement.

— Comme tu y vas! Mais, mon vieux, tu as fait l'idiot : il faut le temps d'arranger ça!

— Alors, qu'on me mette en prison et que je paye!

— On pourrait aussi te couper la tête, qu'est-ce que tu en penses? Allez, à bientôt. Adieu, Garnier.

Il rejoignit Gérard qui avait tenu à l'attendre en regardant la Seine, ses remorqueurs criards, ses péniches enfoncées dans l'eau jusqu'au nez. Ils repartirent du même pas.

— C'est bizarre, fit Gérard après un moment : j'ai observé un garçon qui sortait en courant de la P. J. Au coin du boulevard, il a hésité très longtemps, puis il a traversé le pont pour acheter un journal du soir. En revenant, il s'est arrêté pas loin de moi, il a regardé la première page du journal et il s'est mis à pleurer.

— A pleurer? dit M. Lamy.

Le greffier, par-dessus sa machine à écrire, présente à M. Lamy un dossier rose :

— Berneville Andrée.

— Un instant, monsieur Prost... Mademoiselle, demande-t-il à l'assistante sociale assise à la table voisine, est-ce que vous me permettez d'ouvrir la fenêtre?

— Vous êtes fatigué, Monsieur le Juge?

— Un peu.

M. Lamy ferme les yeux. Privé de regard, son visage

est celui d'un gisant. L'audience de cabinet a commencé vers une heure et demie et il en est cinq. Il se rappelle...

Une grosse fille qui volait sa patronne : « Elle ne me payait pas, dites! Je me suis servie!... » Des parents tragédiens qui réclament la Correction Paternelle (afin que leurs gosses soient élevés aux frais de l'Etat)... Une enfant de seize ans, au visage de cire, qui a déjà tenté plusieurs suicides : « Et si ça réussissait, une bonne fois, hein?... » Un garçon, perdu pour la vie entière s'il reste chez ses parents; et le juge Lamy n'a pas hésité à voir, dans son escapade de quelques heures, la fugue qui permettra de l'étiqueter « vagabond » et de le sauver... Et celui qui remettait ponctuellement à son père une fausse paye, volée chaque semaine dans ses économies : « Faites-en ce que vous voulez, monsieur le Juge! Moi je ne veux plus le revoir... » Et la fille de Saint-Germain-des-Prés, qui se prostituait indistinctement aux hommes ou aux femmes et ne désire plus qu'une chose : aller en prison... « Pour épater les copines, n'est-ce pas? Pour jouer les Jean Genêt?... »

Depuis plus de trois heures, M. Lamy interroge, devine, impose, bataille : persuade ces enfants et surtout leurs parents. Il les reverra demain, après-demain, la semaine suivante : aussi souvent qu'il le faudra pour les rallier totalement à sa décision — sans quoi elle ne servira de rien! Après trois heures de combat souriant, M. Lamy s'accorde trois minutes d'air pur; puis il rouvre les yeux. Le dossier rose...

— Berneville Andrée... Ah! oui! cette pauvre gosse, trimbalée du père à la mère — divorcés naturellement! — et qui est partie en auto-stop avec une entremetteuse de Pigalle... Garde, faites entrer d'abord la marraine, Mme Rosier... Bon! Asseyez-vous, madame... Non, pas là : ici!... Alors?

Mme Rosier débite le couplet qu'elle répète depuis

si longtemps dans la salle des pas perdus — salle du temps perdu, des pleurs perdus...

M. Lamy la laisse parler. Arrivée au bout de son discours, et comme personne ne lui répond, elle le recommence en d'autres termes, avec moins d'assurance. M. Lamy fait toujours semblant de se recueillir. Mme Rosier tourne en rond, bafouille, s'arrête enfin, phonographe mal remonté. Alors le Juge se tourne vers elle, sûr désormais de n'être pas interrompu, et démonte calmement le mécanisme : « Voilà, vous vous êtes dit, etc. Vous avez demandé conseil à votre mari, et il vous a dit... Alors vous avez décidé... C'est cela, n'est-ce pas? » Elle acquiesce. Il lui dicte d'une voix douce sa décision, la seule raisonnable, le contraire même de ce qu'elle exigeait. « A l'autre, à présent! », se dit-il, et il fait monter Berneville Andrée, dix-sept ans, blonde au nez pointu. Elle entre en crânant, mais elle aperçoit sa marraine et tout le monde fond en larmes.

— Quand vous aurez fini de pleurer, dit doucement M. Lamy, je voudrais vous expliquer plusieurs choses... Oh! mais vous avez un joli béret... Et ce foulard!... Vous vous êtes dit : je vais voir le Juge, il faut que je mette tous les atouts de mon côté!... Non?... Allons, asseyez-vous!... Vos parents n'ont pas voulu venir : ils boudent...

— Qu'ils boudent dans leur coin!

— Dites donc, vous leur avez donné des raisons de bouder. Mais je sais que votre mère est allée vous voir à Fleury. Qu'est-ce qu'elle vous a apporté?

— Des oranges, des journaux... et une fleur.

— Alors?

— Alors, j'étais contente, dit la fille d'une voix qui tremble un peu.

— Des journaux, des journaux! J'espère que ce n'était pas *Rêves*, *Confidences* ou des imbécillités de ce genre?... Allons, allons, je sais très bien que vous lisez en cachette, malgré les braves Sœurs. Et vous croyez tout ce qu'ils racontent! Vous passerez toute votre vie à attendre un type habillé de gris, dans une grande voiture américaine! Et vous pensez que la seule façon de réussir, c'est d'épouser le fils du patron grâce à votre corsage et à vos talons hauts! La « Presse du Cœur »? ajouta-t-il à voix basse : c'est « Presse de la poitrine » qu'il faudrait dire... Alors, Andrée Berneville, regardez-moi un peu... (Elle garde sa tête baissée et serre si fort les dents qu'on voit remuer les os de ses tempes.) Elle est pleine de défauts, cette Andrée! Quels sont ses défauts? Elle est pimbêche...

— Oh!

— PIMBÊCHE : elle se vexe, et alors c'est fini!... Mais ses qualités? Car elle en a!... Quelles sont vos qualités?... Elle ne répond pas : elle se dit que c'est un traquenard!... Eh bien, je vais vous les dire, moi! reprend-il d'un autre ton en tournant vers elle son profil de seigneur. Vous êtes une jeune fille, très sensible, très intelligente, très dévouée. (Elle a relevé la tête, insensiblement.) C'est pour cela que je n'arrive pas encore à m'expliquer cette histoire d'auto-stop avec cette femme impossible... Sérieusement!

— Réponds! fait la marraine en lui secouant le bras. Mais réponds?

— Laissez-la donc! Elle est bien capable de me répondre!... D'ailleurs, cette histoire, on ne va pas s'en occuper jusqu'à la fin du monde! J'ai fait promettre à vos parents de ne plus vous en parler. Parce que, depuis, on la raconte un peu trop, hein? ajoute-t-il en se tournant vers la marraine qui baisse la tête à son tour. On en parle tous les soirs, ça remplace la radio!... Ah! vous souriez, Andrée Berneville! C'est la première fois que je vous vois sourire... Si vous saviez comme ça vous va bien, vous souririez plus souvent!... Dites-moi, j'ai vu votre père, l'autre jour... Ça y est, la voici qui se renfrogne... Il vous aime bien votre père. Vous savez ce qu'il m'a dit? — Je peux bien vous le répéter : « Ce serait à ma fille de faire les premiers pas, mais comme je l'aime... » Voilà ce qu'il m'a dit. (Silence. Reniflements.) Allez, en sortant, vous combinerez toutes les deux quand et comment il viendra vous voir. Ce n'est tout de même pas à moi d'arranger ça, hein?

— Parler derrière une grille, vous savez! bougonne Andrée Berneville pour dire quelque chose.

— Ta ta ta! C'est bien plus commode. Ça fait cinéma. Et quand il n'y a plus de grille, on ne sait plus quoi se dire, vous verrez!... Bon, mais parlons de vous. Quelle est la meilleure solution pour vous? Qu'est-ce que vous en pensez?

— A quoi bon? C'est trop tard!

— Ah non! ne me récitez pas *Confidences!* Vous n'êtes pas une couverture de magazine : vous êtes une très gentille jeune fille, et je suis décidé à ce que vous soyez heureuse. Mais vous connaissez la vieille histoire : « Aide-toi, le ciel t'aidera... » Bon! qu'est-ce que vous aimeriez comme métier?

— Le... la couture.

— La couture? C'est bien. Moi je n'aimerais pas cela! mais chacun son goût... Eh bien, on va arranger ça : dans un an, Christian Dior n'aura qu'à bien se tenir!... Mademoiselle, où allons-nous la placer?

— Au centre Edgar Malet? suggère l'Assistante.

— Bordeaux? C'est une idée! Qu'est-ce que ça vous dit, Bordeaux?... Bon! Alors monsieur Prost, s'il vous plaît...

Le greffier sursaute et glisse un papier dans sa machine.

« — J'ai été contente de recevoir la visite de ma mère. J'espère que mon père viendra me voir. » C'est vrai?... Bon... « Je promets de ne plus lire de magazines idiots. » Soulignez idiots!... « J'accepte d'aller à Bordeaux apprendre le métier de couturière. » Bien. Dans quinze jours, vous allez revenir me voir.

227

— Ah non! s'écrie la jeune fille en se levant. Vous me dites de me tenir tranquille en attendant, vous me promettez que ce ne sera pas long, je fais attention — et ça va encore durer quinze jours? Non! Je ne me tiendrai pas tranquille!

— Dans huit jours... Rasseyez-vous!... Dans huit jours, reprend patiemment M. Lamy, vous reviendrez me voir. Il faut le temps de vous trouver une place là-bas, comprenez-le!... Est-ce que huit jours suffiront, mademoiselle? — Bon. Et puis qu'est-ce que c'est que huit jours de plus, ajoute-t-il à mi-voix, tant que Marcel n'est pas là... Il va bien, Marcel?

A ce nom, un sourire d'enfant passe sur ce visage de femme triste; elle paraît ses dix-sept ans pour la première fois.

— Il vous écrit toujours? Quand revient-il d'Indochine.

— En avril.

— Il ira vous voir à Bordeaux. Et c'est à moi qu'il viendra vous demander en mariage! Allez, au revoir, Andrée Berneville... Et avant de faire de l'auto-stop à Bordeaux, il faudra m'écrire, hein?

Poignées de main. Elles sortent, suivies du garde. On frappe à la porte :

— On peut?...

Le rire entre parenthèses, le nez busqué, les cheveux fous; c'est Darrier, l'avocat de Marc.

— Entrez, entrez!... Alors? Comment marche le Groupe Amical des Carrières sans Marc, et surtout sans le Caïd?

— « Eclaté » en deux bandes.

— Rivales?

— Non. Ils sont vingt-sept en tout à présent. Il nous faudrait une seconde baraque...

— Bien! Et les parents de Marc?

— Je suis sur la piste d'un autre logement pour eux.

— Ah! Darrier, tout se ramène à une question de

lits en nombre suffisant. Si chaque gosse avait son lit, dans une chambre distincte de celle des parents, notre « clientèle » diminuerait de moitié!... Est-ce qu'ils sont allés voir Marc à Terneray?

— Non. Et, comme il en souffre, il ne leur écrit pas. Et, comme ils ne reçoivent rien de lui, ils n'écrivent pas non plus.

— Vous devriez passer à Terneray, Darrier?

L'avocat cesse de sourire, lève au ciel les vastes manches de sa robe :

— Je sais bien, mais...

— Y passer vite!

— J'essaierai.

— Alain Robert, le copain de Marc dont je vous ai parlé, est à Denfert-Rochereau.

— A-t-il besoin d'un avocat?

— Non, merci. Je veux le renvoyer à Terneray, sans histoires. Mais voilà! ce n'est pas auprès du Juge, c'est auprès du Substitut qu'il lui faudrait un avocat...

— M. Doublet ne... s'apprivoise pas?

— Si, mais doucement, doucement... Tout se fait si doucement ici!

Ils rient tous les deux, mais sans joie. Darrier remonte ses lunettes d'un doigt maigre.

— Et votre promotion, monsieur le Juge? demande-t-il à voix basse.

— Quitter le tribunal des enfants, vous appelez cela une promotion? dit amèrement M. Lamy.

— Vous ne pouvez tout de même pas briser votre carrière et *plafonner*, parce qu'on ne se décide pas à promulguer un statut du juge des enfants qui permette à celui-ci...

— Qu'est-ce que vous feriez à ma place, Darrier? demande M. Lamy en tournant vers lui un visage dont la bouche seule sourit. (Puis, sans attendre la réponse :) Alors, alors, vous voyez bien!

L'avocat lui serre la main, plus longuement que d'habitude, et sort, sa robe noire volant derrière lui.

Il croise un visiteur cauteleux. « On peut entrer, monsieur Lamy ? Oh ! juste un instant... » C'est Marcel l'Albinos, le tapeur. En attendant dans l'antichambre, il a déjà soutiré cent francs par-ci, par-là : l'huissier, deux avocats, un garde même...

— Voilà, monsieur Lamy : j'ai un gros ennui...

Il sort en s'excusant beaucoup; et, tandis qu'il range tristement le gros billet que M. Lamy, trop pressé pour discuter, vient de lui « avancer », l'albinos cherche déjà d'un regard vague une nouvelle proie.

M. Prost, qui regarde l'heure à son poignet, tend un nouveau dossier au juge : « Martial et Rigaurie. »

— Ah ! qu'est-ce qu'ils deviennent, ceux-là, fait M. Lamy avec une sorte de tendresse.

Le garde fait entrer les deux garçons : un blond aux yeux rieurs, et qui paraît trop grand pour ses habits, pour son regard et pour sa voix, un petit au front dur, au menton proéminent, au regard étroit.

— Alors, mes garçons, comment ça va ? Asseyez-vous.

Il les contemple en souriant; Rigaurie (le grand) lui rend son sourire et étend ses jambes; Martial se renfrogne, se méfie, ramène ses pieds sous sa chaise.

— C'est chien et chat, Martial et Rigaurie ! Et vous vous entendez bien ? (Assentiment enthousiaste de l'un, réservé de l'autre.) Surtout pour faire les idiots, hein ?... A Savigny, vous n'êtes pas dans le même pavillon.

— Justement, monsieur Lamy...

— C'est beaucoup mieux ainsi ! Dans quel pavillon es-tu, Rigaurie ?

— Savoie.

— Et toi ?

— Bourgogne.

— Tu y es bien?

— Pas trop mal, mais...

— Mais, c'est fermé!

— Oui, dit Martial, le regard fixe.

— A Fresnes, ça l'est encore beaucoup plus, crois-moi. Si tu avais deux ans de plus, Martial, tu y serais, à Fresnes! et je ne pourrais plus rien pour toi...

— Je le sais.

— Tandis que, dans deux ans, tu posséderas un métier, un vrai. Parce que piquer des objets dans les magasins ou de l'argent chez son patron, tu n'appelles pas ça un métier?

— Non, monsieur Lamy.

— Tout cela, remarque, n'a aucune importance à partir du moment où tu te rends compte que c'étaient des bêtises. Ce que tu as fait, j'ai bien été obligé de te le faire raconter, mais, au fond, cela m'est égal. Ce qui m'intéresse, c'est ce que tu feras. On est content de toi à Savigny...

— Je crois.

— Moi, je le sais. Ecoute... heu... « Bon camarade, toujours prêt à rendre sercice... » C'est vrai?... Tu vois : tu fais le dur, je me demande pourquoi! Tu es un brave type : il n'y a pas de honte à ça! Et puis : « Très habile à l'atelier... »

— Oui, mais l'apprentissage, ça me dit rien, monsieur Lamy.

— Qu'est-ce que tu voudrais?

— M'engager pour l'Indochine.

— Sûrement que je vais te laisser aller te faire tuer!... Et puis, ton copain Rigaurie n'a pas du tout envie d'aller à la bagarre! Qu'est-ce que tu en penses, Rigaurie?

— Ben... non, monsieur Lamy.

— Et toi, tu ne veux pas quitter Rigaurie, hein?

— Ben... non, monsieur Lamy.

— Alors, tu vois! Je vais tâcher de vous mettre ensemble à Saint-Maurice.

— On avait pensé, dit Rigaurie en rougissant, qu'à Poitiers...

— Oh non! je ne vous renverrai pas à Poitiers. Vous vous y êtes acquis une réputation de durs : si vous y retournez, vous serez obligés d'y faire honneur!

— Alors, hasarde Martial, le regard ailleurs, Paris peut-être...

— Paris? Le cinéma six fois par semaine, le *footing* dans les bistrots, la foire à la Bastille?

— Elle y est pas toute l'année, monsieur Lamy, quand même!

— Quand elle n'est pas à la Bastille, elle est à la Nation, ou à la République. On la trouve toujours!... Non, non : Saint-Maurice!

— Ensemble? fait Martial d'une voix rugueuse d'anxiété.

— Voilà la difficulté! Toi, Rigaurie, comme simple fugueur, tu ne peux pas aller à Saint-Maurice, en principe. Mais écoute-moi bien : quand tu es parti de chez toi...

— La dernière fois?

— Oui. Tu es parti comment?

— En train, monsieur Lamy.

— Et tu avais pris un billet?

— Oui, monsieur Lamy.

— Tu en es sûr?

— Oui, monsieur Lamy.

— Tant pis! Et tu n'as pas fait l'imbécile en route? Piqué quelque chose? Cassé des carreaux. Je ne sais pas, moi!

— Non, monsieur Lamy.

— Réfléchis bien!

— Et le sac de figues, Rigaurie! lui souffle Martial qui, le front plissé, recherche de toutes ses for-

232

ces les conneries que son copain a pu commettre.

— Ta gueule!

— Au contraire, laisse-le dire! Alors, tu as volé un sac de figues? Bon! Je vais pouvoir te placer à Saint-Maurice avec Martial.

— Mon père pensait...

— Ecoute, Rigaurie, tu n'es plus un bébé : il faut que je te parle sérieusement. Tu ne peux pas compter sur ton père dans l'existence... C'est triste pour moi de te le dire; encore plus triste pour toi de l'entendre... Mais tu as un copain, Dieu merci! Il faut que ce soit un copain solide... Tu entends, Martial? C'est exprès que je vous ai séparés à Savigny. Maintenant je veux que vous compreniez bien ceci. Si, séparément, vous vous comportez comme des types bien, et ensemble comme des voyous, vous n'êtes pas dignes d'être des copains!

Rigaurie et Martial échangent un coup d'œil et baissent la tête.

— M. Prost!... « Je reconnaîs qu'avec Rigaurie nous avons fait les imbéciles plus souvent qu'à notre tour... »

— Oh! tout de même!

— Quoi, tout de même?... « Mais à présent, c'est fini. Nous acceptons d'aller ensemble à Saint-Maurice. »

— Quand ça, monsieur Lamy?

— On va téléphoner tout de suite. Quinze jours, trois semaines, je ne sais pas...

— Ça va bien au ralenti ici!

— Le voilà pressé d'y aller maintenant! s'écrie M. Lamy en prenant à témoin l'Assistante sociale. Est-ce que ta mère est là?... Va la chercher!... Non, laissez-le aller seul, commande-t-il au garde.

Mme Martial, le portrait du garçon, en plus petit, s'écroule sur une chaise.

— Monsieur le Juge! 45 000 francs volés à son patron! 45 000 francs!

— Eh bien, eh bien! il y en avait 250 000, il a laissé le reste : c'est ça qui est important!

— Tu aurais pu te tenir, tout de même! Tu as seize ans, tu es l'aîné de mes enfants!

— Je le sais, bougonne Martial.

— Ah! si tu écoutais ta mère! Au lieu de fréquenter n'importe qui!... Quelle peine tu me fais!... Monsieur le Juge, faites-lui peur : que ça lui serve de leçon. (Elle se mouche.) Quand nous le rendez-vous?

— Quand il aura appris un métier dans un bon centre où je vais l'envoyer.

— Encore! Ah! vous êtes entêté!

— C'est la loi qui est entêtée, madame, pas les juges, répond doucement M. Lamy.

— Tout de même, la condamnation est trop dure!

— Nous ne sommes pas là pour condamner, madame, mais pour tout remettre d'aplomb. Il n'y a qu'une chose qui m'intéresse : l'avenir de votre garçon. Je ne le punis pas : j'essaie d'en faire un homme. Vous n'y avez pas très bien réussi, vous : laissez-moi essayer!... Revenez me voir demain, madame, à cette heure-ci. Nous parlerons tous les deux, tout seuls... Et puis, ne lui faites pas la tête, à votre fils! Vous vous ressemblez, tous les deux! C'est vrai qu'ils se ressemblent! Garde, vous ne trouvez pas?... (Le garde rit.) Allons, embrassez-vous!

Ils s'embrassent cinq fois. Elle sort de son sac deux paquets de cigarettes; il en donne un à Rigaurie.

— Le garde n'a rien vu, n'est-ce pas? Eh oui, eh oui, c'est défendu les cigarettes! Personne ne sait pourquoi, d'ailleurs. Bon! et serrez la main de Rigaurie : c'est le meilleur copain de votre fils... Allez, bonsoir!

Ils sortent. Le greffier demande :

— Les frais au Trésor, monsieur le Juge?

— Nous verrons cela à l'audience. Mme Martial est veuve... cinq enfants... Nous lui mettrons 500 F par mois pour le principe, et le reste au Trésor.

L'assistante appelle Saint-Maurice au téléphone :

— Deux places... Seize et dix-sept ans... Dans quinze jours?... Bon!... » Le greffier range ses papiers, couvre sa machine, ferme les classeurs. Bonsoir, monsieur le Juge!

Sept heures. M. Lamy se lève lourdement, ouvre grand la croisée et, les yeux clos, respire. La plupart des fenêtres du Palais sont obscures et, derrière les autres, des lampes se sont allumées. M. Lamy revoit tous ces gosses. « Oui, M. Lamy... Oui, M. Lamy... — Ils disent oui pour me faire plaisir, mais qu'est-ce qu'ils pensent *en ce moment?* Ils sont si seuls, si seuls... » Il dresse le bilan de l'après-midi; il s'interdit d'espérer trop vite : tant de rechutes, depuis quinze ans! Autant de triomphes faciles pour certains autres magistrats : ceux qui appellent encore « Juges minus » les Juges des mineurs... On frappe.

— Je ne vous dérange pas?

— Doublet! Mais au contraire... Attendez que je ferme la fenêtre.

— Je viens d'examiner les dossiers de notre audience de demain, dit le substitut. Elle est assez chargée...

— Beaucoup trop! C'est un désastre pour la moitié de ces gosses que de comparaître.

— Vraiment? Voyez donc l'étalage complaisant que certains font de leurs délits! Ils en rajoutent même...

— Oui, pour quelques-uns c'est un film dont ils ne sont plus seulement les spectateurs : alors ils jouent à la vedette... N'oubliez jamais que ce sont des *gosses-cinéma* et des *gosses-radio!*... Mais, pour la plupart, quel choc inutile, tout cet apparat : ces gardes, ces caves où on les fait attendre, ce « banc d'infamie » (comme disent les journaux), et nous-mêmes, solennels et méconnaissables...

« Méconnaissables! » M. Doublet pense à la photo de son père, au portrait de son grand-père; il leur demande pardon.

— C'est pourtant la seule façon de leur faire peur, monsieur le Juge! à eux et à tous ceux qui...

— Vous croyez à la « Valeur de l'Exemple » Doublet? Moi aussi, mais pas dans le même sens... Ecoutez! Vous envoyez un garçon à Fresnes. Admettons qu'il y arrive honteux et repentant. Il découvre là une nouvelle société, fort bien organisée, qui a son code, son *honneur*, ses héros. Une société tout à fait cohérente, et fort contagieuse; et dans laquelle il fait figure de pauvre petit type avec son vol de vélo! Alors, sa décision est vite prise : sortir d'ici et réaliser un « coup fumant » afin d'y revenir, la tête haute, digne de ses nouveaux copains... Voilà la valeur de l'exemple!... A leur âge, Doublet, on est prêt à l'héroïsme comme à la turpitude : c'est pile ou face!

— Raison de plus pour mettre la société à l'abri de ses ennemis, quel que soit leur âge!

— Le château fort? demande M. Lamy en souriant. (Mais il tourne brusquement vers le magistrat son profil impérieux :) Avant de défendre à mort leur château fort, les seigneurs, du moins, y faisaient rentrer tout leur monde à l'abri. Agissons de même : réintégrons-les dans la Société, Doublet, par tous les moyens!

— Mais la Société repose justement sur un certain nombre de bases, et l'une d'elles est la Justice.

— Vous voulez dire : l'Organisation Judiciaire?

— Et celle-ci, à son tour, est fondée sur quelques principes qu'il a fallu des siècles pour dégager et qui s'appellent la Responsabilité, l'Autorité de la Chose Jugée, etc. Or, c'est tout cela qu'on est en train de mettre en cause au Tribunal pour Enfants!

— Responsabilité, Responsabilité... répète M. Lamy

en suivant, d'un doigt aveugle, sa mèche blanche. Nos gosses sont responsables de leur conduite, ça oui! mais de leur délit, hein? A quoi tient, si souvent, la différence entre un enfant délinquant et un pré-délinquant, Doublet? — *A l'occasion* : c'est-à-dire à la Société, à nous autres, nous tous...

Les cils blonds battent plus vite devant le regard froid; M. Doublet se trouble.

— De toutes manières, reprend-il, c'est l'affaire des psychiatres que d'apprécier...

— Quoi? Les psychiatres nous précisant le degré de responsabilité d'un prévenu, comme les médecins le taux d'incapacité de travail d'un accidenté? Quelle comédie, Doublet! Les psychiatres de la vieille école sont des botanistes, qui classent les bonshommes dans leurs herbiers. Ils ont oublié qu'ils sont médecins : ils savent déceler, mais plus guérir!

— En tout cas, l'Autorité de la Chose Jugée...

— ... est bien pratique! On ferme la porte sur le cas et on s'en lave les mains. « Qu'est-ce que la vérité? »... Malheureusement, un pauvre gosse resterait coincé dans la porte... Dieu merci! pour les petits, nous pouvons à tout moment réviser notre décision.

— D'où ces retouches incessantes, ce travail jamais achevé!

— Oui, c'est ce qu'on appelle « rectifier le tir », dit doucement M. Lamy.

— Vous n'agissez jamais que par petites touches!

— Et comment font les instituteurs? Comment font les maîtres?

— Mais nous sommes des juges! s'écrie M. Doublet en frappant sur la table.

— ET DE QUEL DROIT?

Le substitut dévisage avec stupeur M. Lamy : jamais il ne l'a entendu parler avec une telle violence. Mais, presque aussitôt, le sourire vient reprendre sa place entre les rides profondes.

— Vous ne savez pas ce qu'un gosse m'a dit, en voyant passer l'un de nos collègues qui portait, sur la tête, cette toque assez ridicule dont nous sommes gratifiés? « Oh! *Un Juge-Roi!* »... Non, ce n'est pas une couronne, Doublet; et nous ne sommes pas sacrés. Notre seule justification est d'essayer de sauver les coupables : d'essayer *humblement* de sauver ceux que nous pensons coupables...

— Pourtant, reprend M. Doublet non sans perfidie, vous avez joué mon rôle autrefois...

— Vous jouerez peut-être le mien, un jour!

— Et comme Procureur de la République, vous avez requis la peine de mort, est-ce vrai?

M. Lamy passe sa main blanche devant ses yeux; on y voit briller un instant les deux alliances.

— Oui, Doublet, une fois; et cet homme a été exécuté; et je me demande encore... Ah! chaque fois que je tire d'affaire un gosse, il me semble que j'équilibre un peu plus la balance.

— Nos pères et nos grands-pères ne se posaient pas tant de questions!

— Ils ont vécu sans partage et sans modestie, dit lentement M. Lamy. Au début de leur carrière, on avait procédé à leur installation; c'est le terme. Eh bien, ils étaient « installés »; et le reste du monde se trouvait de l'autre côté : *du mauvais côté du comptoir*... C'est la même chose pour les professeurs, les bistrots, les banquiers, les fonctionnaires, les commerçants : il y a le bon et le mauvais côté du comptoir... Quelle triste société, Doublet!

— Il y faut bien des juges!

— Oui, mais paternels; oui, mais modestes : qui ne tiennent pas leur autorité de leur fonction, mais d'un certain amour. Qui considèrent l'homme, et non le fait... Je dis souvent qu'il faudrait que le Tribunal pour Enfants ne se trouvât plus dans le Palais de Justice. Oui, ce serait bien préférable pour les enfants;

mais je me demande ce soir, s'il ne faut pas pourtant qu'il y demeure, *pour les juges* : afin que nous restions, au milieu de vous, comme un laboratoire, comme le germe d'une nouvelle justice, plus humaine...

— Comme une épine dans notre corps! dit le substitut en s'obligeant à sourire.

Tout d'un coup, la lampe leur parut pâlir comme si l'aube se levait : on venait, ainsi que chaque soir à cette heure, d'illuminer la Sainte-Chapelle.

— Regardez! fit M. Lamy.

Et, saisissant le bras de son collègue, il l'entraîna jusqu'à la fenêtre : la flèche dorée, translucide, jaillissait hors des murs, ténébreux, transperçait le ciel mort.

— Savez-vous, demanda le juge, pourquoi Saint Louis l'a bâtie?

— Je ne suis pas pratiquant, répondit l'autre un peu sèchement.

— Pour abriter la vraie Couronne d'Epines. Le Christ, Doublet : voilà un bel exemple de l'Autorité de la Chose Jugée, vous ne trouvez pas?

De nouveau, il regarda la Sainte-Chapelle. Il pensait : « Maintenant, la voici prisonnière parmi nos pierres noires, nos archives rancunières, nos grands mots. Seule éclairée, au centre du Palais de Justice, comme un cœur veillant dans un corps endormi... C'est un otage : elle est là pour témoigner, pour crier qu'il n'y a pas de justice sans Amour. »

IX

« F'EST L'HEURE FOLENNELLE... »

Tout était gris : les trottoirs, les murs, le ciel et
même le blanc du drapeau; tout, sauf ce petit homme
en blouse blanche qui se tenait, comme en octobre
dernier, sur le seuil de l'hôpital-hospice lorsqu'Alain
Robert, accompagné du garde, y pénétra. L'homme lui
fit un sourire et un signe amical. « Il me reconnaît,
pensa amèrement le garçon. Rien n'a changé, rien ne
change : jamais je n'en sortirai... »

— Voilà, dit seulement le garde en le remettant à
la Division des Garçons.

Il ouvrit sa sacoche, en sortit des papiers qu'il fit
signer (tel un facteur qui livre un colis), reboucla la
sacoche, salua et partit. Depuis le Dépôt, il n'avait pas
jeté un regard sur le gosse, ni prononcé une seule parole avant ce « Voilà ». Cette fade senteur de cuir,
qui donnait la nausée au petit s'éloigna avec lui et
Alain Robert pénétra, de nouveau, dans l'odeur d'eau
de Javel, de réfectoire et de linge sale : dans l'univers
des enfants perdus. A Denfert-Rochereau, il retrouva
le dortoir, la classe, la récréation : une caricature de
Terneray mais avec des arbres mort-nés, des pelouses
de ciment et des horloges partout. Car, dans ces lieux

où, jour après jour, chaque enfant attendait en vain il ne savait quoi, le temps, présent partout, le regardait de haut. Alain se mit donc à attendre comme les autres. Il se plantait dans l'allée centrale, le col relevé, les mains dans les poches, le regard tourné vers la porte d'entrée toujours grand ouverte; il lui semblait qu'elle n'engouffrait que des enfants, qu'elle ne rendait que des grandes personnes : un immense piège... Les infirmières portant des nourrissons dans leur cape bleue, les voitures à bras ballottant du linge, des gosses cachés à deux sous la même pèlerine (et l'on voyait quatre jambes maigres trotter sous l'étoffe), des hommes de peine se colletant avec des poubelles plus larges qu'eux, les brancardiers escortant des amas de couvertures d'où pendait une main — Alain Robert ne voyait rien de tout cela. Il regardait dans l'avenue, au delà de la porte, cet arbre, ce platane *libre;* il écoutait s'approcher, freiner — ding! — repartir chaque autobus et guettait son bref passage. La route de Terneray...

Tant d'heures et tant de pas l'en séparaient à présent, que, par instants, il lui semblait que Terneray se trouvait à l'autre bout de la terre, dans une autre saison. Mais, parfois aussi, son cœur se serrait à la pensée qu'en ce moment même, à quelques heures d'ici, Cheftaine Françoise parlait, marchait, pensait à lui, peut-être...

Le lendemain matin, le Docteur Clérant le fit appeler.

« Lui aussi va m'interroger », pensa le gosse sans déplaisir. Il possédait à fond sa version, l'avait enjolivée et finissait par la croire.

L'assistante du docteur, Mlle Alice, lui sourit en plissant ses yeux, passa sa main dans la broussaille luisante de ses cheveux et ne lui demanda rien.

— Le Docteur est occupé. Dessine donc en l'attendant...

C'était leur manie! Alain Robert prit la feuille et dessina une femme, de profil. Crayon vert pour les yeux, jaunes pour les cheveux... Quand il s'aperçut qu'il avait représenté Cheftaine Françoise, il saisit les crayons marron, brun, noir et maquilla le jeune visage en celui d'une mégère à qui il ajouta une poitrine énorme.

— Le docteur t'attend.

Il entra, son dessin à la main. On avait tout repeint et pendu au mur un tableau très gai qui représentait des régates. Il retrouva le docteur avec plaisir, son regard de chien, son sérieux de chat : l'homme qui l'avait envoyé à Terneray...

— Bonjour, mon vieux! J'ai appris que tu étais dans la maison : j'ai voulu te serrer la main.

Ce ton si tranquille, ce regard absent et qui brusquement — mais quand? — allait se planter dans le sien : tout cela mettait le garçon à la fois en confiance et mal à l'aise. « S'il m'interroge, je finirai par tout lui dire... Rita... Germaine... Il ne le faut pas! »

Alain Robert commença son récit, version expurgée. Le docteur gardait ses paupières baissées, les sourcils hauts : soudain, l'aveugle retrouva un regard impitoyable :

— Tu me racontes une histoire fabriquée, hein?... Alors, ça ne m'intéresse pas!... Montre-moi plutôt ton dessin.

Il le regarda sans parler, puis l'éleva au jour, afin de le voir en transparence.

— Tu penses quelquefois à Cheftaine Françoise?

— Oui, dit le gosse et, presque aussitôt, d'une voix dure : Non!

— Tu... as rencontré quelqu'un qui lui ressemblait?

Alain Robert ne répondit rien, mais devint si rouge que le docteur poursuivit tranquillement :

— C'était à Paris ou... aïlleurs ? (Il avait failli dire : « A Beauvais », car le juge Lamy lui avait téléphoné.)

— Paris, murmura le gosse.

— Dans la rue? Au café?... A la foire? A la foire, c'est ça?... Eh bien quoi! ce n'est pas la faute de Cheftaine Françoise si d'autres femmes lui ressemblent, hein? Même si ces femmes... Mais où vas-tu? Reste assis, mon vieux!... Tu vois, la pièce a changé depuis la dernière fois. Il te plaît ce tableau?... Mais toi aussi tu as changé, j'ai l'impression... Je me trompe?... Tu n'as rencontré personne à Paris ou ailleurs? On ne t'a rien raconté?... Regarde! (Il lui montra la poitrine de la bonne femme sur la feuille.) Tu n'avais pas dessiné cela en octobre... Pourquoi?

— Je la déteste! fit le petit d'une voix sourde.

— Qui ça?... La fille brune?

— Oui, Germaine.

— Ecoute, tu as peut-être des raisons de détester Germaine, ou de te détester toi-même; mais avoue que ce serait idiot d'en vouloir à Cheftaine Françoise! (Il se pencha vers lui, les yeux dans les yeux.) *Et encore plus d'en vouloir à ta mère!*... Ta maman à toi, elle existe. Elle t'a porté, elle t'a mis au monde, elle t'a aimé... Mais elle n'a pas eu la chance de pouvoir te garder, de pouvoir être heureuse comme les autres mamans... Sans doute était-elle très pauvre, ou malade, ou toute seule... Peut-être n'avait-elle pas de logement... Nous ne le savons pas, ni toi ni moi. Et, ce qu'on ne sait pas, il ne faut pas se mêler de le juger — tu es d'accord?... Mais si tu la retrouves un jour, ta maman, il faudra *d'abord* penser à cela : au chagrin qu'elle a eu de ne pas pouvoir te garder... Ce ne sont pas des histoires de foire ou de Germaine, ça!... Donne-moi ta main... (Le petit cœur battait, battait, battait au poignet fragile.) Ecoute, mon vieux, il faut tout de même être raisonnable. Quelqu'un t'a raconté comment font le papa et la maman pour avoir un petit enfant, n'est-ce pas?

— Oui, Germaine, murmura le gosse, et c'est dégoûtant!

— Tu trouves ça « dégoûtant » parce que tu n'aimes pas Germaine. Le jour où tu seras un homme et où tu aimeras une femme, tu voudras avoir un petit enfant qui sera votre petit enfant à tous les deux. Alors, tu ne trouveras plus cela dégoûtant...

Il resta un long moment à regarder le garçon, sans ciller, comme s'il ne le voyait pas; puis, se levant :

— Réfléchis à ce que je t'ai dit, mon vieux et reviens me voir si tu n'es pas d'accord... Ah! j'y pense, il y a un petit qui boite dans ton dortoir.

— Adrien?

— Oui. Il est tout à fait désorienté ici, et j'ai peur que les autres le chahutent. Toi, tu connais la maison; et puis tu sais te défendre : alors, occupe-toi de lui... Je compte sur toi?

— Mais... je retournerai à Terneray?

— Cela ne dépend pas de moi, cette fois.

— M. Lamy m'a dit...

— Alors tu y retourneras. Mais quand on a tellement envie de retourner quelque part, c'est un peu idiot de commencer par en partir, tu ne trouves pas? En attendant ton départ, occupe-toi d'Adrien : ça me paraît plus astucieux que de penser toujours à toi et à... et à la même chose, non?... Au revoir, mon vieux.

Mlle Alice l'attendait dans l'entrée :

— Devine qui vient de me téléphoner?

— Cheftaine Françoise, répondit-il sans hésiter.

— Oui! C'est demain son jour de congé : elle va venir te voir ici. Tu es content?... Tiens, je ne t'avais jamais vu sourire, je crois bien!... Et, comme un bonheur n'arrive jamais seul, voici des journaux illustrés que j'ai achetés pour toi.

— Oh! merci.

— Pas du tout : cela m'évitera de te 'les envoyer à Terneray, comme d'habitude.

— Qu'est-ce que vous venez de dire?

Alain Robert était devenu si blanc qu'instinctivement elle tendit les bras vers lui; il recula d'un pas.

— Qu'est-ce que vous avez dit?

— La vérité : que le docteur ou moi nous envoyons chaque semaine, à ton nom, à Terneray... Mais ramasse donc ces journaux. Pourquoi les jeter par terre?

D'une main tremblante, il sortit de sa poche près du cœur les précieuses bandes : tout ce qui surnageait de son naufrage...

— C'est... c'est vous qui avez écrit ces adresses?

— Le docteur et moi, oui.

Elle ne comprit pas, jamais elle ne comprendrait pourquoi le gosse déchira ces papiers et les lui jeta au visage en criant d'une voix enrouée de larmes :

— Et dites à Cheftaine Françoise de ne pas venir demain! Si elle vient, je me cacherai! je me sauverai! Je ne veux pas la voir! pas la voir!

Dans les caves du Palais de Justice, Alain Robert attend. Assis sur des bancs de pierre, le dos et la nuque appuyés au mur de pierre, statues de la Résignation, de la Peur, de la Solitude, huit ou dix gosses, dont Alain Robert, attendent. Les gardes fument en silence; il y a quinze ans qu'il n'ont plus rien à s'entre-dire que Bonjour et Bonsoir. De l'autre côté du mur aveugle et sourd, attendent autant de filles; et plus loin, des hommes et des femmes. Sur leurs têtes, on marche, on parle, on vit. Mais si l'on rasait le Palais de Justice à fleur de sol, on trouverait, dans leur caveau provisioire, tous les crimes incarnés : depuis les parents qui ont tué leur enfant jusqu'au petit garçon qui s'est sauvé pour retrouver les siens, jusqu'à Alain Robert.

Hier, M. Lamy l'a convoqué de nouveau :

— Voilà, je ne peux pas te renvoyer à Terneray de mon propre chef : tu as tout de même volé un chien, mon pauvre vieux. Tu dois comparaître devant le Tribunal : c'est la loi — et ce n'est pas moi qui l'ai faite... Mais, au tribunal, c'est moi que tu retrouveras. J'aurai une robe, on se lèvera quand j'entrerai, mais ce sera tout de même moi, ton ami... Alors, je t'ai fait venir d'abord parce que ça me fait toujours plaisir de te voir, et ensuite, pour te dire ceci : ne te laisse pas impressionner par le spectacle, les gardes, les avocats, le substitut! Dis-toi que c'est une formalité et qu'il n'y a aucune différence — tu m'entends bien? — aucune différence avec aujourd'hui, avec ce bureau où nous parlons tranquillement... Et, à la condition que tu ne fasses plus de bêtises, personne, jamais, n'aura le droit de te reprocher d'être passé en justice. Ce ne sera inscrit nulle part!... Alors, à demain, Alain Robert, et ne t'en fais pas!

Il ne s'en fait pas; mais il n'a presque pas dormi cette nuit. Et les autres garçons non plus ne s'en font pas; mais l'un est blanc-vert et ronge ses ongles; et un autre s'est retourné, la joue contre le mur froid, et il pleure; et le plus grand revient pour la troisième fois des cabinets. « Ne te laisse pas impressionner par le spectacle... », se répète Alain Robert. Cependant, il se joue au-dessus de sa tête, et juste avant l'audience, un tableau non prévu au programme.

— Je dois vous prévenir, monsieur le Juge, que dans l'affaire Alain Robert, je requerrai le placement dans un autre Internat de Rééducation plus sévère.

— Doublet, dit M. Lamy, en boutonnant sa robe, je connais bien Terneray : je vous assure que vous commettriez une erreur. D'ailleurs, le Docteur Clérant vient de m'écrire et il pense, lui aussi...

— Je vous ai déjà confié, l'autre soir, mon sincère regret de voir les principes judiciaires les plus essentiels mis de côté au tribunal pour enfants...

M. Lamy l'interrompt en souriant; mais ses yeux inquiets démentent ce sourire.

— Nous y respectons, du moins, la Collégialité, Doublet! Pour de graves délits d'adulte, pour des affaires de sang, mes collègues peuvent encore siéger seuls; mais pour un petit garçon qui courait après ses parents : pour les chiens perdus, je siège entre mes deux assesseurs!

— Je veux parler de la Progression des Peines, reprend le substitut qui ne se laisse pas désarmer. Alain Robert a commis une faute nouvelle, il n'est pas logique de le laisser dans le même centre.

— Une faute nouvelle? Mais non : *sa première*... sottise! Ce n'est pas nous qui l'avions placé à Terneray : c'est le médecin de Denfert-Rochereau.

— Parce qu'il était insupportable, dit M. Doublet avec une envolée de manches. Je connais le dossier.

— Et moi, je connais l'enfant, répond doucement le juge. Insupportable? Oui, parce qu'on le changeait sans cesse de « parents »...

— Vous prenez la cause pour l'effet! Vous auriez fait un bon avocat...

« Je ne tirerai plus rien de lui, pense M. Lamy : c'est sa robe qui parle à sa place... » Il demande brusquement :

— Madame votre mère vit-elle encore?

— Mais... oui! (L'espace d'un instant une expression enfantine a ensoleillé son visage.)

— Alors, vous ne pouvez déjà pas comprendre ce que c'est que de n'avoir *plus* de mère. Mais ne *pas* en avoir, Doublet, n'en avoir *jamais* eu, aucun de nous ne peut le comprendre! C'est un peu comme si nous cherchions à savoir quelle notion un aveugle peut avoir de la lumière...

— Je ne vois pas le rapport!

— Il est simple : ce gosse est infirme pour la vie. Comment le pénaliser d'avoir voulu rechercher ses parents? Et comment, au moment même où il se désespère d'avoir échoué, lui ôter les seules affections qui le soutiennent, en le retirant de Terneray?

— On nous attend pour l'audience, dit sèchement le substitut.

Lorsque, dans la cave, le garde appela « Alain Robert! » le gosse se leva mais retomba assis : ses jambes lui manquaient. « Ne te laisse pas impressionner... Ce n'est qu'une formalité... » Il serra les dents et suivit l'uniforme. L'escalier de pierre lui parut interminable; il respirait mal et son cœur battait de plus en plus brutal, comme s'il gravissait une montagne.

En débouchant dans l'antichambre remplie de monde, il reçut à la fois tous ces regards curieux, indiscrets ou pitoyables : le regard indifférent des avocats, celui buté des témoins, anxieux des parents. Et soudain, il pensa que ses propres parents se trouvaient peut-être parmi tous ceux-là! et qu'ils le verraient donc, *pour la première fois*, devant des juges, entre des gardes...

Il demeura interdit, comme si les flèches de tant de regards le fixaient là. Le garde le prit par le bras sans rudesse, poussa la porte et le fit entrer devant en pénétrant dans l'arène. Alain Robert reconnut bien les lieux, tels que Marc les lui avait décrits, et pourtant... C'était cela et pas tout à fait cela, comme dans les cauchemars. Il marcha jusqu'à la paroi qui fermait le box et s'y agrippa de ses deux mains que les manches recouvraient : un passager, penché sur le bastingage et qui ne sait pas s'il pourra s'empêcher de vomir... Il voyait, très loin, M. Lamy qui lui souriait, le front plissé. La lampe dissimulait son rabat et il avait l'air d'un prêtre. A sa droite, un vieux monsieur, la main en cornet contre l'oreille; à sa gauche, un barbu qui essuyait ses lunettes. Juste en face du box, le substitut, immobile et le regard fixe, tel un oiseau de nuit. Alain Robert, la bouche entrouverte, les sourcils froncés, demeurait fasciné par ses yeux verts.

— Allons, répéta le greffier, votre identité!

Il la savait par cœur, depuis le temps! et la débita d'un trait.

« C'est un idiot », pensa M. Doublet.

— Plus lentement, voyons! fit le greffier.

Alain Robert s'aperçut que parler lui donnait la nausée; il resserra encore ses griffes sur la paroi de bois : tout commençait à tourner devant ses yeux. La porte du fond n'arrêtait presque pas de battre; des avocats entraient en coup de vent, chuchotaient à l'oreille de leurs collègues, regardaient l'heure, repartaient. M. Lamy expliquait l'affaire à ses assesseurs : « Voici un brave garçon — il est Pupille de l'Assistance, onze ans — qui s'est dit, etc. Tout le monde l'aimait bien à Terneray... Et puis il y a aussi une malheureuse histoire de chien, ou plutôt une histoire de chien malheureux... » Mais Alain Robert n'écoutait pas : son regard allait sans cesse du banc des parents (juste devant le tribunal) à cette porte par où l'on continuait d'aller et venir comme dans un hall. « *Ils* vont entrer, se disait-il : *ils* vont s'asseoir ici... Oh! je vais vomir!... Et si je vomis, on me condamnera... »

— Eh bien, lui dit le juge d'une voix forte, tu m'entends, Alain Robert? Que guettes-tu là-bas? De quoi as-tu peur? Personne ne peut entrer par cette porte, personne! Regarde-nous, mon petit!

Il se fit un silence. Le gosse tourna lentement ses yeux vers ceux de M. Lamy et tressaillit parce qu'ils lui rappelaient un autre regard, mais lequel? Tant de confiance, d'amitié, d'insistance aussi... — Ah oui! le regard de Caddy.

Le juge se retourna à son tour vers le Ministère public et le silence se fit plus lourd encore.

— Je voudrais, dit M. Doublet, poser une seule question au jeune prévenu.

— Alain Robert, regarde M. le Procureur! ordonna M. Lamy d'une voix un peu altérée.

— Est-ce que vous tenez beaucoup à retourner à Terneray?

« Oh, non! », pensa le gosse. Et si M. Lamy le lui avait demandé, il eût dit : Non! Mais ce type aux yeux verts ne l'aimait pas : il était plus prudent de répondre le contraire de ce qu'on pensait...

— Oh oui! Monsieur, fit « le jeune prévenu ».

— Le Tribunal prendra ses responsabilités, murmura M. Doublet.

D'un signe de manche, il fit connaître qu'il n'avait rien d'autre à demander et se désintéressait de la suite. M. Lamy parut soupirer : il reprenait sa respiration suspendue depuis que le substitut parlait... Le vieux monsieur et le barbu se penchèrent vers lui avec une déférence de diacres. Pourtant, leur conciliabule chuchoté paraissait celui de trois gamins complotant une farce.

Au fond de la salle, parmi les rares spectateurs, se trouvait un tout petit enfant qui s'agitait d'impatience et répétait d'une voix de chat : « Partir!... partir!... » Cela ne semblait pas gêner M. Lamy; mais le substitut fit très haut « Tss... tss... tss... », et le greffier adressa au chef des gardes un geste de tragédien. L'autre se leva, vint parler à l'oreille de la mère qui emporta l'enfant hors de la salle.

D'une voix terne et sans intonations, M. Lamy lut alors un texte auquel Alain Robert ne comprit rien. Il suivait des yeux un vol de pigeons gris, puis blancs, puis bleus qui tournaient dans la cour.

— Cela signifie, mon garçon, reprit M. Lamy d'une voix naturelle — Tu m'écoutes? — (« Il est sûrement idiot », pensa le substitut.) Cela signifie que nous te renvoyons à Terneray, comme si rien ne s'était passé. Le Tribunal pense que tu es un type en qui on peut avoir confiance, et que tu n'en profiteras pas pour raconter des histoires absurdes aux copains et pour recommencer... Allez, au revoir, Alain Robert!

Terneray! Quel coup de vent!... Marc, Mammy, Croc-Blanc, Velours, Taka, Radar, Clemenceau, Tomawak s'engouffraient tous ensemble par la porte qu'on venait d'ouvrir! Et l'étroit regard vert du substitut se noyait dans le vaste regard vert de Cheftaine Françoise, comme un fleuve dans l'océan... Alain Robert ne se demandait pas si, la minute d'avant, il pensait le contraire : l'*Instant* l'emportait, comme toujours dans l'univers des enfants... Terneray! Les pigeons s'étaient posés; le garçon s'envolait. Il adressa au juge Lamy son premier sourire et courut devant le garde. En passant dans l'antichambre, il aperçut le petit enfant indésirable; il lui sourit aussi et lui souffla : « Partir... partir... »

La veille de ce jour, Cheftaine Françoise, sa valise à la main, frappe à la porte de Mammy. « Entrez. » Mammy regarde d'un œil neuf ces épaules carrées, ces longs cheveux amis du vent, ces yeux de biche : tout cela dont elle sait déjà qu'après le départ de Françoise elle s'en souviendra douloureusement.

— Je viens passer près de vous mon dernier quart d'heure à Terneray...

— Pas le dernier, Françoise. Vous nous revenez dans huit jours, Dieu merci!

Françoise chasse ses cheveux d'un revers de tête, à gauche puis à droite, qui semble dire non.

— Mais, entre-temps, je me serai définitivement engagée, répond-elle presque durement. Rien ne sera plus semblable. (Un silence. Un insupportable silence.) Buffalo n'aura pas d'ennuis : tout est en ordre au 3.

— Tout, sauf vous-même, Françoise! Vous êtes malheureuse...

— Malheureuse, non; mauvaise conscience, oui. Et c'est irritant! J'ai mille raisons de partir...

— Vous aimeriez mieux n'en avoir qu'une seule, mais décisive, n'est-ce pas? demande Mammy avec son sourire navré.

— Le petit Alain Robert...

— Le petit Robert a été, à son insu, la goutte d'eau qui fait déborder le vase. Mais cette goutte-là ne pèse jamais plus que les autres; elle est la dernière voilà tout. Ce n'est pas de sa faute...

Françoise joint si fort ses mains qu'elles en deviennent toutes blanches.

— Vous avez raison, Mammy. C'est donc moi qui n'étais pas assez solide pour ce métier.

— Vingt fois plus solide et plus douée que moi! Mais j'ai franchi la passe dangereuse, et vous y arrivez, au contraire...

— Il faut choisir entre ce métier et le mariage, dit Françoise trop fort (comme pour se convaincre elle-même). Choisir entre ce métier et une vie normale!

— C'est le seul vrai problème sur la terre : *choisir entre deux amours*... A moins qu'on puisse les concilier, ajoute-t-elle à mi-voix.

— Comme vous?

— Comme moi.

— Vous en êtes sûre?

— Je le crois, répond Mammy humblement. Pourquoi me dites-vous cela?

— Parce que je suis malheureuse et que cela me rend méchante, dit Françoise en prenant dans les siennes la petite main blanche et en la portant à sa joue.

252

— Vous ne voudriez pas de mon bonheur? demande Mammy avec effort, après un silence.

— Non. Non, Mammy, je ne voudrais pas, quand je dirai « mes gosses », que mon mari ne sache jamais s'il s'agit des nôtres ou de ceux du Bâtiment 3! Je ne voudrais pas (comme je l'ai vu dans le Centre où j'étais avant Terneray) qu'entre un pupille malade à l'infirmerie et son enfant malade chez lui, mon mari choisisse de passer la nuit à veiller *l'autre!*... Je ne voudrais pas — je vous demande pardon, Mammy! — que mes enfants à moi risquent d'être moins bien élevés, moins bien suivis que ceux des autres!

— Mais, Françoise, si vous êtes obligée de travailler, vous donnerez sept heures par jour à la vente de textiles ou à la fabrication de poutrelles, et non à l'éducation de vos enfants! Les gosses des autres valent mieux que les poutrelles!... C'est une grande cause, ajouta-t-elle à mi-voix.

— On n'épouse pas une grande cause : on épouse un homme. On épouse celui qu'on aime; et malheureusement ce n'est pas Buffalo, ce n'est pas Tomawak, ce n'est pas le chef Robert... Tant pis! Que feriez-vous à ma place, Mammy?

— Je ne sais pas. Je sais seulement que vous nous manquerez, Françoise. Et que beaucoup de nos gosses vont perdre leur mère pour la seconde fois... Et aussi qu'il est essentiel, pour leur avenir, qu'ils aient, dans le Centre même, l'image d'un vrai foyer, d'un ménage heureux... Ce petit enfant, reprend-elle en baissant la voix, ce tout petit enfant qui va naître cette nuit ou demain...

— Ou la nuit de Noël!

— ... Vous ne savez pas quelle place immense il va tenir ici.

— Soixante frères d'un seul coup!

— Il sera le plus fragile, le seul sans défense, le seul absolument innocent : comment ne pas l'aimer?

— Ils en seront tous jaloux, Mammy!

— Au début. Mais ce n'est pas si mauvais : être jaloux c'est prendre conscience de son amour.

— Est-ce que vous ne croyez pas, demande Françoise avec irritation, que nous mettons beaucoup trop *d'amour* dant tout cela? Le Docteur Clérant, dont c'est aussi bien le métier de sauver des gosses, fonde seulement son action sur la *sympathie*.

— Et Tomawak sur *l'amitié* : chacun donne de ce dont il possède le plus. Et les gosses ont besoin des trois, croyez-moi!

— Mais notre « méthode » à nous est épuisante.

— Essayez d'en changer! fait Mammy en secouant le casque gris de ses cheveux. Allons, Françoise, ce qui est épuisant, c'est d'être chrétien.

— D'essayer de l'être! car, si on y parvenait entièrement...

— Non chrétienne, vous avez raison de partir; chrétienne, vous avez mauvaise conscience... Ça ne regarde que vous, mais vous n'y pouvez rien!

Françoise se lève et marche, à trop grands pas, dans la pièce tiède.

— Les gosses sont mon prochain, bien sûr; mais mon fiancé, Mammy, mon fiancé est mon prochain le plus proche, à présent!

— Attention que votre « prochain le plus proche » ne soit pas vous-même! C'est le grand piège...

Les deux visages se tournent ensemble vers la croisée.

— Voici le car, Françoise. Embrassez-moi vite!

— Oh! Mammy, vous quitter en ce moment...

— Cela, du moins, vous n'y pouvez rien : ce n'est ni vous ni moi qui fixons la date des permissions militaires, ni celle de la venue au monde des petits enfants... Embrassez-moi!

Elle sent, sur ses joues, la soie des longs cheveux, mais aussi une trace humide.

— Et maintenant, n'y pensez plus, Françoise!

— Comptez sur moi pour ne penser qu'à cela, au contraire.

— Jusqu'à ce que vous *le* retrouviez!

Françoise a déjà franchi la porte; elle hésite, se retourne enfin :

— Mammy, vous... vous embrasserez Alain Robert pour moi!

Tous les garçons du Bâtiment 3 attendent, à la grille, près de l'autocar qui tremble, gronde et fume, comme une grosse bête prise.

— Au revoir, Frangine, dit Marc en lui serrant la main trop fort; (Et il ajoute tout bas :) Qu'est-ce qu'il fait comme métier?

— Officier de marine.

— Moi aussi, répond Marc avec une logique très particulière, je serai aviateur!

Taka mâche en silence; Célestin (dit *Ballon-Captif*) boude un peu : Cheftaine Françoise a refusé le pigeon dont il voulait lui faire cadeau.

— Mais puisqu'il reviendra tout seul ensuite!

— Moi aussi, je reviens dans huit jours! En mon absence, demande à Buffalo de te prêter « Le Petit Prince »... Michel, viens ici : j'ai quelque chose à te dire. Lave-toi derrière les oreilles, bien que je ne sois pas là, lui souffle-t-elle.

Elle passa sa main sur la brosse de cheveux de Velours. Il sort de sa poche son harmonica tout poisseux de sucre (si bon à jouer pendant les premières mesures) : « *Ce n'est qu'un au revoir mes frères...* » Colombo, le petit nègre, tire un mouchoir un peu sale mais qui, contre ses paupières, paraît tout blanc... « Que le car parte vite, vite! », pense Françoise, dont le sourire devient fragile.

Il part! A travers la vitre embuée, elle voit encore Marc rejeter ses cheveux du même geste qu'elle... Radar faire le salut militaire... Colombo s'essuyer les yeux... Puis rien que les arbres morts : la route a tourné.

Les gosses retrouvent l'hiver, d'un seul coup. Chacun s'en retourne, amer, un peu jaloux de voir les autres aussi sombres que lui. On s'allonge des coups de póing, on se traite de con sans raison mais non sans hargne. Au bout de l'allée, parmi les arbres maigres et noirs, le chef Robert noir et maigre s'inquiète déjà à grands gestes.

En passant devant le garage, Buffalo croit rêver : sa vieille bagnole, entièrement remontée! Et le moulin tourne, ses ailes relevées! La tête dans le moteur et les bras graisseux jusqu'aux coudes, deux garçons se penchent sur le miracle avec tant d'attention qu'ils n'entendent pas Buffalo. Celui-ci les reconnaît aux chaussures, aux fesses, à la nuque : le Caïd et Paulo (l'Invincible). « Ils l'ont remontée! Ce sont des lions! »... Le cœur gonflé de fierté mais aussi de nostalgie (« Sacrée Bidule! »), Buffalo va porter la nouvelle à Croc-Blanc qui mande Paulo.

— Tu as réparé la voiture, mon petit vieux. Tu vois bien qu'un jour tu seras un mécanicien champion! Voici les cinq cents francs convenus...

— J'en veux pas, chef.

— Pourquoi, Paulo?

— Y'a pas de raison, je... je l'ai remontée pour me marrer!

Croc-Blanc le regarde avec inquiétude. Comprend pas!... L'autre soutient ce regard. Son destin se joue à un battement de cil... Non! il ne cillera pas. « Comme tu voudras, mon petit vieux! » Croc-Blanc range son billet neuf, qui lui paraît désormais sans valeur : « Qu'est-ce que ce gosse peut lui préférer? Son orgueil? Le sentiment de réparer un ancien vol? Ou bien... »

Mais le téléphone sonne. C'est la clinique d'accouchement : Entendu! on attend Mammy demain, 24 décembre... Nouvelle sonnerie : Denfert-Rochereau annonce, pour demain, le retour d'Alain Robert... Allons bon! cela sonne encore... Allô!... Cette fois, c'est M. Provins bien soucieux : le cabinet du Ministre s'obstine sur un projet de Statut des Educateurs qui exige d'eux le baccalauréat...

— Quelle idiotie! Mais alors, Buffalo?...

— Buffalo et cent autres qui sont faits pour ce métier et qu'on remplacera par... par des chefs Robert!

— C'est un brave type, vous savez...

— Je le sais. Mais nous jouons une partie trop serrée pour nous attendrir, Croc-Blanc! Il ne s'agit pas, chaque fois, d'*un* brave type mais de *vingt* gosses qui seront ou ne seront pas perdus... D'ailleurs, c'est la journée des mauvaises nouvelles : le Juge Lamy...

— ... quitte le tribunal pour enfants?

— Je crois que, cette fois, c'est décidé : il va être nommé conseiller à la Cour d'appel.

— Pourtant, s'il demandait à rester...

— Il a déjà dix ans de retard sur sa carrière normale! Il ne peut tout de même pas... Non! ce qui serait logique, efficace, équitable, serait un avancement sur place, comme pour certains fonctionnaires. Mais le statut de la Magistrature ne le prévoit pas.

— Les statuts, toujours les statuts!

Buffalo, que le téléphone inquiète toujours ces temps-ci, vient aux nouvelles puis, consterné, s'en va tout raconter à Tomawak.

— Ne t'en fais pas! Il y aura sûrement une équivalence...

— Une équivalenfe?

— Un examen qui tiendra lieu de bachot pour les gars comme toi, et je t'y préparerai, moi.

— Ah! mon pauvre vieux, fi tu favais quel cancre ve peut être!

Tomawak allume son calumet et, pour éclairer ce pauvre visage de boxeur vaincu :

— Dis donc, tu vas à la messe de minuit demain soir?

La recette est bonne : appeler, au secours de l'homme, l'enfant qu'il était...

— Tu parles!

— Je ne te comprends pas : tu n'y vas jamais le dimanche... Au fond, tu es comme moi, Buffalo, tu n'y crois plus!

— A moitié.

— Seulement toi, tu ne crois à rien d'autre.

— Fous-moi la paix, vieux père : v'ai pus envie de difcuter auvourd'hui...

— Au fond, c'est ton enfance et elle seule que tu vas retrouver demain soir.

— Et puis après?

Tomawak, les yeux clos, tire une longue bouffée; puis son profil d'Indien se durcit.

— Je n'aime pas les gestes vides.

— Et moi, ve n'aime pas les emmerdeurs. Paffe-moi du tabac!

24 décembre. Aucun gosse ne s'y trompe : Noël est ce soir, pas demain. Et chacun prépare, à sa manière, cette fête discrète, qui n'a le même sens pour aucun d'eux. Marc se fait beau pour la messe de minuit : il sait que Cheftaine Françoise y assistera aussi quelque part ailleurs, mais *au même moment*, et c'est un peu comme s'il allait la revoir... Radar a acheté une carte postale « fantaisie » : une église molletonnée de neige sous un ciel constellé. Lorsqu'il la regarde, il croit entendre sonner les cloches... Il se demande s'il va écrire « Mon cher Ernest » ou plutôt « Cher beau-frère » (afin que le facteur de Terneray, qui se moque de ses oreilles, sache bien qu'il est le beau-frère de

quelqu'un). Taka déchire son cinquième menu de réveillon; le sixième (Dinde-faisan, foie gras de chevreuil, etc, etc.), il le transcrira en lettres gothiques sur son « Carnet de Festins ». Le gros Célestin pense que demain son jumeau lui rendra visite : ils se promèneront, des heures durant, sans dire un seul mot; ce sera drôlement chouette! « Et demain Odette va venir, se dit Velours. Pour Noël, elle ne pourra pas refuser de m'embrasser!... Odette... Odette... » Et le petit Michel, à l'aide d'une combinaison de miroirs, vérifie que le derrière de ses oreilles est bien propre pour la visite de sa mère — qui, demain non plus, ne viendra pas...

C'est au milieu de ces préparatifs que tombe Alain Robert. Depuis Melun, l'Enfant Prodigue n'est guère à son aise : il espère, et il craint, que tous les gars l'attendent à la grille; que Cheftaine Françoise l'embrasse devant tout le monde; que Marc soit un peu jaloux; qu'Olaf... Il espère et il craint, et il a mal au ventre. Avant le bois de Terneray, le car croise la voiture du Centre (qui transporte Mammy à la clinique) : dans l'éclair de la rencontre, Alain Robert a très bien reconnu Croc-Blanc au volant et Mammy près de lui, le visage douloureux. Pourquoi donc vers Melun, à l'heure même où il arrive? « Ils vont me chercher sûrement! », pense-t-il (car le monde entier, bien sûr, gravite autour de son arrivée). « Enfin, pourvu que Cheftaine Françoise soit là! Et pourvu que Marc... Et pourvu qu'Olaf... » De *pourvu* en *pourvu*, le car parvient à Terneray; et le premier garçon que rencontre le fugitif est son ennemi Merlerin Pierre, dit le Caïd :

— Tiens, te voilà, couillon! Ils t'ont donc pas gardé?

— Où est Marc?

— Ta nounou? Elle doit être au dortoir... Ah! dis donc, tu pues drôlement!

Oui, pour se faire pardonner par la cheftaine, le gosse a vidé sur ses cheveux le reste de son petit flacon de parfum. Il court au Bâtiment 3.

— Alain Robert!... Hé, les gars! c'est Alain Robert!... Alors?... Raconte voir!... Oh! tu sens drôle!... Dis donc, c'est l'odeur de Paris?... Ben, raconte, quoi!...

— Foutez-moi la paix!

Il fonce, tête basse, tel un chien inquiet. Non... Non, il ne *flaire* Cheftaine Françoise nulle part...

— Bonjour, Marc!

L'autre ne se lève pas de son lit, ne rouvre même pas les yeux. (« Ce gosse, qui s'est barré, *sans me prévenir*, il ne faudrait tout de même pas qu'il se croie indispensable! ») Il tend, au hasard, une main molle :

— Bonjour, vieux.

— Marc, je te raconterai tout, à toi, mais...

— Je ne te demande rien!

— Mais où est Cheftaine Françoise?

— Barrée! Comme toi... C'est la mode!

— Partie où? demande le gosse d'une voix si enrouée que Marc se retourne vers lui.

Les boucles noires, le regard neuf, les lèvres entrouvertes et qui tremblaient un peu — allons, tout cela lui manquait! Il est heureux de retrouver son copain, plus heureux qu'il ne l'aurait cru.

— Elle est partie rejoindre son fiancé qui est officier de marine.

— Elle reviendra?

— Quelques jours, et puis elle s'en ira se marier tout à fait.

« C'est ma faute! pensa Alain Robert. Si je n'étais pas parti, si je l'avais attendue, l'autre jour, à Denfert-Rochereau... Oh! Cheftaine Françoise... » Mammy avait raison : il vient de perdre sa mère, mais pour la *troisième* fois.

Il ne veut pas pleurer devant Marc; d'ailleurs, il ne veut pas pleurer du tout : ce sera de rage et de remords, pas de chagrin. Les autres sont retournés à leur lit. Alain Robert traverse ce dortoir auquel il a tant rêvé, mais qui, à présent, lui paraît un musée de cire.

— Dis donc vieux, lui dit Radar au passage, j'ai trois cartes postales pour ta collection...

— Fous-moi la paix!

— I on ieu... commence Colombo.

— Fous-moi la paix!

— Tu sais, le noyau de datte que tu avais planté, on dirait qu'il pousse...

— Je m'en fous!

Il passe devant le lit d'Olaf : carré blanc, comme un tombeau neuf. « Olaf... » Le garçon descend l'escalier et, d'une traite, court à travers le jardin immobile jusqu'à la maison de Clemenceau. Il va frapper à la porte, hésite, n'ose plus : regarde par la fenêtre et voit, assis sur sa chaise, le vieil homme, sans un geste et de noir vêtu.

« Olaf... Caddy... Qu'est-ce que la liberté?... » Comme il fait froid! comme il fait sombre!... Alain Robert, la tête basse, revient s'inscrire à la Maison des Chefs : « Ah! te voilà! on se demandait justement... » S'inscrire et signer, signer tout ce qu'on voudra, sans un sourire, sans un mot.

Il s'en retourne ensuite vers les copains, avide de récits, de chaleur, ou seulement de présence; mais le courrier de Noël est arrivé entre-temps, et chacun se moque bien d'Alain Robert.

— Et toi, Marc, tu n'as pas de paquet?

— Rien, pas une visite de mes parents, pas une lettre depuis... depuis l'arrivée de Merlerin, tiens!

— Les vaches!

— Bah! tu parles si on s'y habitue!

— Mais ton petit frère Jojo...

Marc serre les dents; son nez court se couvre un instant d'une sueur très fine.

— Ta gueule!

On appelle Marc par la fenêtre : c'est le Caïd, justement, accompagné de Paulo l'Invincible. « Descends voir! » Marc les rejoint; Alain frotte la vitre du revers de sa manche : il voit, de haut, les trois discuter à voix basse. Marc fait non de la tête; le Caïd le saisit par le bras et lui parle de près; Paulo surveille les alentours... Plus d'haleines dans l'air : ils se taisent longtemps, tous les trois... Puis Marc acquiesce, et les autres s'éloignent; le Caïd frotte ses mains noueuses.

Quand Marc rentre dans le dortoir, il est très pâle; il porte sur Alain Robert un regard bleu d'aveugle qui semble le traverser; il s'assied — non! il tombe assis sur son lit.

— Marc, murmure l'autre, qu'est-ce qui s'est passé? Je vous ai regardés par le carreau. J'ai failli descendre : j'ai cru qu'ils allaient t'attaquer...

— T'en fais pas pour moi!

— Dis-moi ce qui se passe.

— Et toi, tu m'as bien tenu au courant de tes projets, sans blagues!

— J'aurais dû, Marc. C'est pas parce que j'ai fait une connerie qu'il faut...

— Eh bien, écoute!... Non, approche-toi... On va foutre le camp cette nuit.

— Qui?

— Moins fort!... Merlerin, Paulo, moi et un quatrième : toi, si tu veux!

— Viens dehors qu'on discute! répond Alain Robert, la gorge serrée.

Et quand ils sont dans le froid, loin des autres :

— Partir comment?

— Paulo a réparé la vieille bagnole de Buffalo. Il y a plein d'essence dans l'atelier.

— Laisse-les partir, Marc. Mais pas toi!

— D'abord on revient demain : c'est seulement une

virée. Et puis, ils ne savent pas conduire : ils ont besoin de moi.

— Laisse-les tomber : c'est des sales voleurs!

— Moi aussi. Sans ça je ne serais pas ici!

— Tu rigoles? Un sac de pommes, merde! Eux, c'est des vrais voleurs. Laisse-les tomber!

— Je ne peux pas, répond Marc après un silence où le cœur de l'autre battait d'espoir. J'ai fait un serment au Caïd, autrefois...

— Ça compte pas! c'est un salaud.

— Pas moi! Et un serment, c'est un serment. Tu ne peux pas comprendre!

— Si Cheftaine Françoise était là, tu ne le ferais pas, Marc!

— Elle n'est pas là! Croc-Blanc et Mammy couchent à Melun, à cause du petit gosse; et Buffalo va à la messe de minuit.

— C'est lâche!

— Et de laisser la Frangine te chercher à travers tout un hôpital, c'était pas lâche?

— Ecoute, Marc, Olaf a fait l'idiot et il est mort. Il est mort, n'est-ce pas?... J'ai fait l'idiot et Caddy est mort... Ne pars pas, Marc!

— A Paris, chuchote Marc en regardant ailleurs : cette nuit — cette nuit même, tu te rends compte? — je serai à la maison et je saurai pourquoi ils me laissent tomber...

— Marc je n'ai plus que toi... Reste!

— Tu t'es occupé de moi, quand tu t'es barré?... D'ailleurs, tu n'as qu'à venir avec nous!

Repartir avec eux? — Caddy, le banc, les rues, les rues, les rues... Rita de Panama, l'inspecteur, Germaine, Denfert, le tribunal... Des murs gris, toujours des murs gris. Ah non! Il frissonne.

— Non, je ne partirai pas : c'est trop bête, c'est trop bête!... Rentrons, Marc, j'ai froid.

Il essaya de persuader Paulo et se fit rire au nez, de persuader le Caïd et se fit gifler. Il essaya de détraquer Bidule; mais Buffalo survint, le punit et lui ferma au nez la porte du garage.

Alain Robert aperçut alors, pour la première fois, contre le mur de ce bâtiment et prisonnière de la vigne vierge, une cloche désaffectée. « Si j'attache sa chaîne, à la porte du garage, pensa-t-il, la cloche sonnera quand ils voudront l'ouvrir; et comme le chef Robert couche juste au-dessus... »

Il attendit que tout le monde fût au réfectoire, accrocha la chaîne, essaya d'ouvrir... Parfait! Il arriva en retard pour le dîner et Buffalo le punit une seconde fois, mais il s'en moquait bien!

— C'est le petit Michel qui part avec nous, lui souffla Marc : il veut revoir sa mère...

« Il n'ira pas loin non plus! », pensa Alain Robert, et il détourna la tête afin que Marc ne le voie pas rire.

— Dis donc, tu vas à la messe de minuit?

— Bien sûr. Moi, ce n'est pas parce que Cheftaine Françoise n'est pas là que...

— Ta gueule! Voilà vingt balles : tu mettras un cierge pour qu'on réussisse...

« Je les lui rendrai demain, se dit le gosse en les empochant. Oh puis non! je mettrai tout de même le cierge : pour Olaf et pour Caddy... »

— Les garçons, fit Tomawak en se levant et tapant sur son verre pour obtenir le silence, ce n'est pas une nuit de Noël comme les autres... Vous savez que Mammy est à la clinique de Melun où elle attend un petit enfant; et Croc-Blanc est resté avec elle, bien sûr... Cheftaine Françoise n'est plus là... Et puis surtout, ajoute-t-il en baissant la voix, le petit Albert Paul, votre camarade, est mort il y a juste huit jours, et notre vieux Clemenceau, qui voulait l'adopter, a beaucoup de chagrin... C'est pourquoi nous n'avons pas préparé la veillée, cette année. Il y avait seulement de la dinde...

— C'était vachement bon! dit un dés gars.

— ... et du mousseux à volonté. Maintenant vous allez vous rendre dans les dortoirs et vous coucher tranquillement. Buffalo conduira à l'église ceux qui veulent assister à la messe de minuit; les autres... eh bien! les autres dormiront, voilà tout!

Les garçons applaudirent. En vérité, ils auraient applaudi n'importe qui, n'importe quoi, à cause du mousseux. Tomawak frappa de nouveau sur son verre et ajouta d'une voix un peu altérée :

— Mammy m'a bien recommandé de vous souhaiter un bon Noël... Je suis sûr que chacun de vous pensera un peu à elle, ce soir, pour que... pour que tout se passe bien... Bonsoir, les garçons!

Vers onze heures et demie, Buffalo rassemble le petit troupeau frileux des *curetons*. Certains ont commis l'imprudence de « dormir un coup » en attendant le départ. Bouffis, titubants, ils marchent entre veille et rêve. La lune haute casque et cuirasse les sapins. Tout est vaste, vacant, immobile; tout est attente... Le petit troupeau traverse cette nuit d'acier, froide et bleue. Plus d'un préférerait faire le Jésus dans sa crèche, au dortoir, que d'aller à l'église. Leurs ombres sages les suivent sur le sol dur.

De l'autre côté de la grille, la même lune éclaire, sous les mêmes sapins, les quatre fugitifs. Matelassés, couverts comme des oignons, ils rasent les murs, puis la lisière du bois. C'est Marc qui ferme la marche en se racontant les « Quatre Plumes Blanches », les « Démons de Minuit », et divers autres films. Devant lui, le petit Michel, écrasé par cette nuit immense, s'avance, le dos rond. Comme ils approchent du garage :

— Maintenant, vos gueules! commande le Caïd. (Comme si quelqu'un avait envie de parler!) Le chef Robert crèche juste au-dessus. Nous entrerons par l'atelier. Une fois dans le garage, Michel et Marc ouvriront la porte — en douce, hein! Paulo et moi, on pousse la voiture dehors. Marc saute au volant et on continue de pousser, tous les trois... Tu mettras le moteur en route à la grille, pas avant!

Sous les verrières de l'atelier, à la lumière livide, les machines accroupies montrent des dents luisantes. Sur la pointe des pieds, les gars traversent la pièce où flotte l'odeur fade du métal, et les voici dans le garage.

— Ote le frein en passant! chuchote Paulo.

Michel pousse déjà le lourd vantail, la voiture s'ébranle... Tout va bien, lorsque soudain — Merde! — une espèce de cloche se met à tinter.

— Quel est le con qui?...

— Il y a quelque chose qui coince la porte!

— Force, bon dieu!

Michel force : ça sonne de plus belle... Le Caïd et Marc le rejoignent dehors.

Un pas dans l'escalier, tout proche, une petite porte qui s'ouvre au fond du garage : le chef Robert, en pyjama, apparaît sur le seuil, écarquille les yeux derrière ses lunettes, esquisse un geste... Mais Paulo a déjà saisi un manche d'outil.

— Non! murmure le chef en étendant les mains devant lui.

Bang! en plein crâne. L'autre s'effondre, disloqué. Paulo le repousse dans un coin. Les gars ont enfin cassé la chaîne et grand ouvert la porte. « Hé, le gosse, va pousser derrière, avec Paulo! » Michel y court, aperçoit le grand corps par terre, demeure interdit un instant, puis s'enfuit sans un cri, en bousculant Paulo, Marc, le Caïd.

— Qu'est-ce qui lui prend, à ce con-là?

266

Ce con-là galope dans la nuit blême, en ligne droite, vers le Bâtiment 3. Il a peur des arbres, peur des ombres, peur du silence et peur du bruit de ses pas, il a dix ans.

— T'aurais jamais dû le mettre dans le coup, souffla à Marc le Caïd. Si le chef Robert ne se met pas à sa fenêtre, c'est qu'on est des vernis... Pousse, Paulo!

Non, le chef Robert ne se mettra pas à sa fenêtre : il gît parmi les bidons vides et des chiffons graisseux. Et Paulo pousse de toutes ses forces, de toutes ses forces — mais ses mains tremblent et ses jambes sont molles. Plus mou encore et plus tremblant, le petit Michel pénètre dans le dortoir placide qui cuve son mousseux en ronflant.

— D'où que tu viens? demande le voisin de lit dans son demi-sommeil.

— Des ca... des ca...bi... binets... répond Michel, en claquant des dents.

— T'as pas tiré la chaîne : on n'a rien entendu, fait l'autre en se retournant.

Franchie la grille et passé le tournant, Bidule file dans la nuit fraîche. Le moteur tourne rond; et les trois gars ont le sourire silencieux des évadés après le premier quart d'heure.

— Fallait-il qu'il en écrase, le chef Robert! qu'est-ce que tu en penses, Paulo?

Paulo ne dit pas ce qu'il en pense. « Dès cette nuit, songe-t-il, je me mets à la recherche de Fredo et on file au Havre avec la bagnole. Là-bas, on retrouve la bande : on est sauvé! » La bande, c'est Dédé, Albert le Marseillais, et ce Mimile qui, ce matin encore, lui écrivait : « Vite, ton retour, qu'on se fende la gueule! »

— Dites donc, les gars, demande soudain Marc, le

rancard pour demain, c'est bien d'accord? On se taille de Paris à trois heures pile : à cinq, au plus tard on sera à Terneray?

— D'ac! affirme Paulo avec une chaleur hypocrite.

— D'ac! fait le Caïd à son tour.

Et il pense : « Compte là-dessus! La famille et les copains sauront bien me planquer. On se marrera. Ça durera ce que ça durera... Et puis quoi! ils ne me tueront pas : je les intéresse trop! I!s sont tous après moi : *mon* assistante sociale, *mon* juge, *mon* éducateur... C'est drôlement bien organisé, leur truc! Un peu trop emmerdant à mon goût, mais vachement au point. Il n'y a que les flics qui sont indécrottables : toujours les mêmes! Ils ne se rendent pas compte qu'on est des *cas!*... Enfin, ils ne me trouveront pas de sitôt... » Et il passe en revue dans sa tête étroite (comme chaque soir depuis son arrivée à Terneray), toutes ses cachettes introuvables dans Paris... Malheureux! c'est à peu près la tournée de ramassage que l'inspecteur Marcel, de la Brigade Juvénile, fait justement chaque nuit, lui aussi.

Dans les premiers villages traversés, les gars ont rencontré des groupes noirs qui se rendaient frileusement à l'église. Puis plus personne dans les rues, mais les vitraux illuminés. Puis des gens qui sortent joyeux, et les maisons qui s'allument à leur tour. A travers certaines fenêtres, on voit l'arbre, ses bougies, ses guirlandes, ses paquets colorés... En ce moment, dans l'église de Terneray, Buffalo chante de tout son cœur d'enfant « *Minuit, chrétiens! f'est l'heure folennelle...* » et ses yeux sont brouillés de larmes. Marc, au volant, vient de se jouer le film le plus passionnant de sa vie; mais maintenant, il ne pense plus qu'à sa mère, à Jojo, à son père. Chaque virage, chaque croisement, chaque hameau franchi, le rapproche d'eux... « Demain, quand on reviendra d'escapade, Croc-Blanc nous punira; mais Mammy lèvera peut-

268

être la punition... Et puis, ça valait le coup! »
Mammy... En traversant Melun, aucun d'eux n'a pensé
qu'en ce moment même, dans l'une de ces maisons...
Faux Rois Mages, les trois ont tourné le dos à la
mère et à l'enfant.

Voici Paris... La nuit de Noël, rien à craindre des
agents! On arrive aux Carrières sans encombres; on
remise Bidule sous un hangar connu. « Alors, à demain trois heures, les gars, ici même!... Salut, Paulo!...
Salut! Pierre!... » Marc serre la main de Judas, deux
fois. A présent, le front haut, un sourire aux lèvres, il
marche vers *chez nous*, et son cœur bat. Il voudrait
déjà y être rendu, pousser la porte, jouir de leur surprise. Quel instant!... Est-ce qu'il réveillera Jojo? Oh
oui! Oh Jojo! mon Jojo... Il ne peut s'empêcher de
courir; il pleure un peu : il croit que c'est le vent.
Vous autres, vous savez que son père boit et que sa
mère couche ici et là; vous connaissez de vraies familles, vous autres, de vrais bonheurs... Mais, pour lui,
c'est la seule famille au monde! et comment trou-
verait-il mieux, puisque c'est la sienne? Pour lui, c'est
la Sainte Famille. Si vous lui disiez que son père boit
et que sa mère... Il vous casserait la gueule, et il aurait bien raison. Et il vous répondrait que c'est la
même chose dans toutes les familles : que c'est *ça*,
une famille! et qu'on ne peut pas vivre ailleurs... Et
aussi qu'on a bien le droit de piquer une vieille bagnole pour partir dans la nuit glacée : de fausser
compagnie à tous ces braves types que leur famille
vient voir le dimanche, lorsqu'on ne sait plus rien de
la sienne, depuis des semaines... Oh! maman! Oh!
Jojo, mon petit gosse!... Oh! pourquoi m'avez-vous
laissé tomber?...
Ne cours pas, Marc! Garde ton souffle! garde ton
cœur... Tu approches : déjà monte l'odeur immonde

du dépôt d'ordures auprès duquel tu as grandi, auprès duquel grandit Jojo... C'est, pour toi, l'odeur même du bonheur! Noël, c'est Noël!... Ah! pleure un bon coup, Marc immobile dans les ténèbres! pleure devant cette porte fermée sous laquelle passe un mince rais de lumière qui est toute ta joie sur la terre...

X

VOUS DORMIREZ DEMAIN!...

Le conte ne dit pas ce qu'il advint, à minuit, de Cendrillon, retour du bal. Retrouva-t-elle d'un coup la cendre et la hargne? — Non, elle tomba endormie...

La grâce de Cendrillon, Marc la reçut : quand son bonheur commença à se faner, cette nuit-là, il s'endormit en souriant encore.

Il avait trouvé son père, plus maigre, plus gris, sa mère plus grave. Il ne savait pas que ceux qu'on aime vieillissent, dès qu'on a le dos tourné, et il en était encore à souhaiter que le temps passe plus vite. Jojo avait grandi. Par instants, Marc voyait en lui le garçon qu'il serait, et cela l'intimidait; il n'osait plus le chatouiller en l'embrassant... « Il n'y a donc que moi qui ne change pas! », se disait-il, lui que les autres reconnaissaient mal et dévisageaient à la dérobée. Pourquoi n'était-on pas venu le voir à Terneray? Pas une lettre, pourquoi? Son père avait été malade, pour de vrai. « Il est davantage à la maison, maintenant », lui chuchota sa mère; ce qui signifiait : il boit moins. Et le père : « Elle reste chez nous », lui souffla-t-il. Cela signifiait...

Darrier les avait visités plus d'une fois. « Mais, à

Terneray, il n'est jamais venu! », pensa Marc amèrement. Darrier savait bien où son travail était le plus utile à Marc, et demain, à Jojo... Il avait presque découvert un autre logement pour la famille, un peu plus grand, un peu plus sain.

— Dans le même quartier? demanda Marc inquiet.

— Ben tiens!

Ils tenaient à leur quartier comme on tient à sa peau, même grise ou vultueuse, même si elle vous gratte. Le monde, pour eux, c'était Paris; et Paris, les Carrières.

Quand on eut mangé et bu très au delà de sa faim et de sa soif, quand toute la vaisselle fut sale, Jojo dormait depuis longtemps, les bras posés en faisceau sur la table (comme des fusils au bivouac) et son visage rond au creux de ses mains. Marc le montrait du doigt, mais lui-même dodelinait la tête. Les yeux des autres se fermaient; et, chaque fois qu'ils se rouvraient et voyaient Marc, les visages s'éclairaient encore.

Le lendemain matin, les engueulades commencèrent, Jojo pleura aigu, le père gronda, la mère lui jeta au visage des bassines de vieilles rancœurs. Marc tournait en rond dans l'unique pièce; à la fin, il sortit et traîna de bistrot en bistrot à la recherche des anciens copains.

— Marc!... Tiens, c'est Marc!... T'es donc libéré?

— Qu'est-ce que tu crois! je *me* suis libéré...

— Allez, on boit un coup en l'honneur de ta perm!

Le pernod et les autres liquides lui parurent infects. « C'est sûrement pas les mêmes... » Décidément, tout changeait dans son dos! Il n'osait même plus commander un viandox.

— Mince! il est presque trois heures...

— Et alors?

— Il faut que je... J'ai un rancard.

Il courut embrasser Jojo et ses parents. « Vous m'écrirez? Et puis tâchez de venir, sans blagues?... Et amenez le gosse! »

Etrangement heureux, il gagna le hangar, poussa la porte disloquée. Plus de voiture! mais un papier tout raide d'humidité et de froid : *J'avais besoin de la bagnole. Retournez là-bas si ça vous dit : moi je me tire. Salut aux copains.* Signé : *Paulo.*

Marc explora en tous sens le terrain vague : il ne pouvait pas croire à... « D'abord, c'est un vol : la voiture appartenait à Buffalo! » (Cette évidence ne l'avait pas frappé la veille...) Puis il attendit longtemps. Quoi? Le retour de Paulo, peut-être; en tout cas l'arrivée du Caïd. « Il est vachement en retard, ce con-là! » Il se sentait furieux; dans le second épisode du *film*, il commençait à jouer un rôle idiot, et cela l'enrageait. « Et s'il s'était tiré, lui aussi? » Marc empocha le papier et courut à la recherche du Caïd. Les parents Merlerin cuvaient une nuit blanche et rouge :

— On ne l'a pas vu, affirma le frère aîné d'une bouche hypocrite. Quoi?... Hier soir? Qu'est-ce que tu racontes?... Il est à Terneray, Terneray, je ne sais quoi! *Il ne peut pas* être ici!... Oh! et puis merde, hein? Barre-toi, on ne t'a pas vu!

Rentrer chez lui? Gâcher son souvenir fragile par une nouvelle discussion? Marc n'en eut pas le cœur et tourna jusqu'à la nuit dans les rues désertes. Les Carrières montraient un visage désenchanté d'après fête. Une seule devanture demeurait allumée, pareille au veilleur de nuit dans un dock gris et glacé. C'était la boutique où Marc avait volé puis remis le panier de pommes. Il s'arrêta devant l'étalage. Dans une crèche grossière, un Enfant-Jésus tendait les bras vers une bouteille de mousseux à 140 francs ornée d'une étoile. Il songea à Cheftaine Françoise et, machinalement, chassa comme elle ses cheveux blonds d'un double mouvement de tête. « Si elle n'était pas partie, rien ne serait arrivé!... Quelle heure est-il?... Merde!... Alain Robert! pensa-t-il encore. Il n'a sûrement pas mis le cierge. Ou alors... » c'était un coup à tout foutre en l'air : le Bon Dieu, la Sainte Vierge et tous leurs curetons, sans blagues?

Il marcha très vite jusqu'à l'église des Carrières. Au bruit dont la porte résonna en se refermant, il sut aussitôt que l'église était vide. Il alla s'installer devant la crèche, content de retrouver des copains ailleurs qu'au bistrot : saint Joseph, la Marie... « Dites donc, pria-t-il, s'agit de pas me laisser tomber! Au nom du Père et du Fils et du... Mince! qui c'est le troisième?... » La vue de la Sainte Famille, si placide, si peinarde, lui donna le courage de retourner chez lui. Son père le guettait sur le seuil : « Vite! »

— Qu'est-ce qui se passe?

L'autre referma la porte à verrou.

— Comment as-tu fait ça, Marc! Si je me retenais pas, je te... Ta mère va en crever!

— Mais quoi?

— Fais pas l'idiot, tu le sais mieux que moi! c'était pour avoir ton nom sur le journal? C'est ça, dis, petit salaud?

Marc prit ce journal des mains de son père et lut, en dernière page :

TROIS JEUNES MALANDRINS
s'évadent d'une Maison de Correction
APRÈS AVOIR ASSOMMÉ
l'un des gardiens.

— Mais c'est pas nous! s'écria-t-il. D'abord qu'est-ce que ça veut dire « Maison de Correction »? Et puis il n'y a pas de « gardien » à Terneray!

— Pas vous, pas vous? fit le père en lui arrachant la feuille d'une main qui tremblait : ... Merlerin Pierre,

Arthène Paul et *Forgeot Marc*, c'est pas toi, peut-être?
Et Robert je ne sais quoi, il vous garde pas, non?

— Le chef Robert, murmura Marc en tombant assis sur le lit. (Et tout de suite il demanda :) Maman a lu le journal? Et Jojo? Bon! Donne-le-moi!... Ecoute, ou bien c'est une histoire inventée...

— Mais puisque c'est sur le journal!

— Ou bien c'est Paulo qui a fait le coup dans notre dos... Mais bien sûr, bien sûr! c'est pour ça qu'il s'est tiré, la vache!... Et Merlerin a cru que c'était moi : il s'est caché, et son frère m'a foutu dehors! Oh! papa, papa, qu'est-ce qu'on va faire?

— Tu me jures que ce n'est pas toi? Que tu n'en savais rien?... Alors je vais te planquer! Je me démerderai...

Le contraire même de ce qu'il fallait faire! Mais les hommes sans défense, pareils à ceux qui ne savent pas nager, n'agissent qu'à contretemps et se noient.

— Non, non, dit Marc, laisse-moi faire!

— Qu'est-ce que tu...?

— Je vais me livrer à M. Lamy.

— Tu sais pas encore que ça sert à rien d'être innocent? Le coup des pommes t'a pas suffi?

— Je vais me livrer à M. Lamy, répéta Marc. Je sais où il habite : il m'avait donné son adresse pour lui écrire.

— Le jour de Noël? Il sera même pas là!

— Je vais me livrer à M. Lamy, dit Marc encore une fois et, s'il avait dû prononcer une parole de plus, il aurait éclaté en sanglots.

Il embrassa son père et débloqua la porte.

— Rien à Maman, hein? Et surtout rien à Jojo!

— Bonne chance! lui dit son père d'une drôle de voix.

Marc fit tout le chemin à pied : « Dans les rues, j'ai

une chance de *leur* filer entre les pattes! tandis que, dans le métro... » Il évitait savamment les lumières, marchait trop vite et tête baissée : bref, se donnait toutes les chances d'attirer l'attention. Mais Paris, qui digérait son réveillon et dormait debout, se moquait bien de ce grand garçon blond qui courait dans ses rues en traversant de biais, tel un chien perdu. D'ailleurs les gendarmes de Melun achevaient leur enquête locale et n'avaient pas encore alerté la P.J.

Marc ne se sentit en sûreté qu'une fois refermée la porte de l'immeuble où habitait M. Lamy. Il laissa l'ascenseur (ne pas se laisser enfermer, surtout!) mais gravit l'escalier trois à trois. *Le Droit d'Asile*... Ces mots magiques lui remontaient en mémoire, avec la voix de Tomawak, du fond d'un cours d'histoire. « Chez M. Lamy, *ils* ne pourront pas me prendre... »

Ce fut Gérard, le fils de M. Lamy, qui ouvrit la porte et, devant ce regard inquiet, cet essoufflement :

— Entrez vite! lui dit-il.

Ils étaient de la même taille; ils demeurèrent un instant sans parler.

— Je suis Marc.

— Moi, Gérard Lamy : le fils de... (Il ferma les yeux un instant, comme faisait son père.) Marc de Terneray, non?

— Oui, mais...

— Oh! ça ne me regarde pas, fit Gérard. Ils ont téléphoné de là-bas, cet après-midi.

— Pour dire quoi?

— Je ne sais pas : j'étais seul. Pap... mon père a dû aller au Foyer de Choisy.

— Mais il va rentrer?

— Il devrait l'être. Vous avez dîné?

— Oh, non! fit Marc écœuré.

— La bonne est sortie pour Noël : j'étais en train de préparer à manger. Vous venez m'aider?

— J'y connais rien!

— Moi, j'ai l'habitude, dit Gérard.

Ils s'affairèrent dans la cuisine, inventorièrent les placards, y cassèrent des œufs en cherchant autre chose. Merde! on a pas idée de les envelopper comme ça!... Dix minutes plus tard, ils se tutoyaient.

— Et ta mère? demanda Marc après avoir longtemps hésité et en regrettant aussitôt sa question.

— Elle est morte.

— Il y a longtemps?

— *Pas assez!* fit Gérard à mi-voix, et il se détourna brusquement.

Jamais Marc ne s'était demandé si M. Lamy était marié, avait des enfants. L'idée que le juge, les flics peut-être, pouvaient être des gens comme son père...

— Viens dans ma chambre : je te montrerai sa photo.

Marc trouva ce visage bien fade. D'ailleurs, la mère des autres, hein... Mais il le regarda un peu trop longtemps, pour faire plaisir à ce copain. La chambre l'intéressait beaucoup plus.

— C'est ta chambre, à toi tout seul? Tu l'installes comme tu veux? Et on t'y fout la paix?

Un dortoir sordide à quatre ou un dortoir immaculé à vingt, Marc n'avait jamais rien connu d'autre. Déjà, il meublait cette pièce-ci à son idée : au mur, une paire de gants de boxe avec la photo de Cerdan, des modèles réduits d'avion, Rita Hayworth dans « La Danseuse de Gibraltar » — et un fauteuil de cuir, mon vieux, un de ces fauteuils, couleur cigare...

— Dis donc, demanda Marc brusquement, tu n'as jamais eu envie de voler, toi?

— Voler pour moi?

— Non, fit Marc avec un haut-le-corps, pour les autres!

— De l'argent?

— Non, de... des pommes, par exemple!

— Bien sûr, répondit Gérard placidement : j'ai piqué des bonbons deux fois, pour des petits garçons que le marchand avait chassés de sa boutique.

— Et si tu t'étais fait prendre?

Gérard haussa les épaules. Il pensait : « Papa aurait arrangé l'histoire », mais il aurait eu honte de l'exprimer.

— On a la chance ou on a la poisse, dit Marc à mi-voix. Au fond, il plaignait un peu Gérard : « Une chambre à lui, d'accord, mais pas de mère... » Le bruit d'une clef dans la serrure le fit tressaillir.

— Mon père qui rentre...

— Gérard, appela M. Lamy, tu es là, mon bon-homme? J'espère que tu as dîné sans m'attendre! Je... Tiens, mais c'est Marc!... Qu'est-ce que tu fabriques ici?... Bêtise?... Rien de grave, dis donc?

Marc sortit de sa poche un chiffon de papier qu'il déplia :

— Là, montra-t-il (Trois jeunes malandrins...).

M. Lamy lut posément l'article et posa son doigt sur la mèche blanche qui serpentait dans ses cheveux; les trois rides avaient apparu sur son front.

— Ce n'est pas toi, naturellement! affirma-t-il.

Marc releva la tête et respira... « Tu sais pas encore que ça sert à rien d'être innocent? » Si! Avec M. Lamy de son côté, il se sentait plus fort que le reste du monde...

— Alors, reprit M. Lamy, le Caïd?... Non! plutôt l'autre : ce Paulo... Pauvre gosse...

— Papa, dit Gérard, je t'ai préparé à dîner.

— Vous avez mangé tous les deux?... Alors, je m'installe devant mon assiette — Merci, mon petit! — Et toi, tu me racontes tout ce que tu sais.

Marc fit son récit et montra le papier trouvé sous le hangar; M. Lamy l'écoutait sans l'interrompre ni le quitter des yeux.

— Que tu aies fait l'imbécile, murmura-t-il enfin (à un moment où son fils était sorti), tu le sais aussi bien que moi! On en reparlera, mais ce n'est pas le plus pressé... Gérard, appela-t-il, personne n'a téléphoné de Terneray?

— Si, justement. Mais on n'a rien voulu me dire.

— Il a porté plainte, fit M. Lamy, à mi-voix, et comment lui en vouloir?

Et soudain, il posa presque brutalement son couvert dans l'assiette et tourna vers Marc un regard anxieux et sévère :

— Et le petit Alain Robert?

— Je lui ai proposé de partir avec nous, balbutia le garçon.

— Il était rentré le jour même, non?... Il n'a trouvé ni Cheftaine Françoise ni personne : il n'avait que toi, Marc, et tu es parti!

— Est-ce qu'il s'était occupé de moi, lorsque?...

— C'est ton ami, Marc! Tu sais très bien que tu dois le protéger. Et jamais il n'en avait eu un tel besoin...

— J'avais promis à Merlerin.

— Entre un voyou et ton copain, tu as bien mal choisi! Entre un serment idiot et ton boulot d'aîné...

Marc se révolta, mais, sans le savoir, contre lui-même :

— Eh bien, quoi, Alain Robert, il est là-bas? Il est bien pénard, lui!

— Pénard? En pensant que c'est peut-être toi, son seul copain, qui a assommé le chef Robert?

M. Lamy se leva, posa sa serviette près de l'assiette à moitié remplie! Gérard entrait, à ce moment, portant un dessert inventé dont il était assez fier.

— Tu t'en vas, papa? demanda-t-il aussitôt d'une voix qu'il aurait voulu indifférente.

— J'aurais préféré rester avec toi, le soir de Noël, dit lentement M. Lamy, mais si je veux tâcher d'arranger les choses...

Marc se leva :

— Gérard, fit-il d'une voix sourde, je suis un con et un salaud.

— Oh! c'est très excessif, reprit le juge aussi doucement, mais vous êtes un peu... fatigants, mes pauvres enfants... Tu vas rester coucher, Marc : ici, tu ne crains rien. Moi, je pars pour Terneray; je reviendrai... quand je pourrai, cette nuit. Embrasse-moi, Gérard!

Il reprit son manteau avec lassitude; Gérard le trouva si vieilli, d'un coup, qu'il ne put s'empêcher d'appeler : « Papa!... » M. Lamy se retourna, souriant, le sourcil levé en signe d'interrogation.

— Non... Rien... Bonsoir, papa...

— Je ne peux pas rentrer à Terneray avec vous? hasarda Marc sans y croire.

— Ce serait trop simple! Il faut que tu comprennes bien, Marc, que lorsqu'on a fait une bêtise, lorsqu'on a mis la machine en marche, tout devient très compliqué et très long... Il faut que tu demeures à Paris, afin que je puisse être saisi de l'affaire; c'est ta meilleure chance... Reste ici tranquillement et dors!

— Je ne le pourrai pas.

— C'est justice, fit M. Lamy non sans dureté. Alain Robert ne dort pas, sois-en sûr!

La route lui parut interminable : une route fragile, aux arbres tout givrés que ses phares sortaient un à un des ténèbres bleues mais non de leur sommeil hautain; route hostile et qu'il reconnaissait mal, déguisée par la nuit, par l'hiver; route qui se refermait derrière lui comme un piège...

Passé Melun, M. Lamy se rappela son voyage, ici même, avec le substitut. « Est-ce que ce n'est pas la fameuse route de l'évasion? » Il l'avait assuré du contraire; et pourtant, à la suite du petit garçon perdu qui recherchait Tarzan, voici qu'Alain Robert, Marc,

Paulo, Merlerin... Des fugues en chaîne : tout ce que craignait Croc-Blanc! Et comment arrêter cette contagion? « Si Doublet a lu attentivement le journal, pensa le juge, il va saccager mon audience de vendredi : les gosses n'y comprendront plus rien. Et si, le mois prochain, je quitte tout à fait le tribunal... » Sur cette route et dans cette nuit désertes, le voyageur fatigué n'avait trouvé d'autre compagnon que le Désespoir; il s'installa à son côté et ne le quitta plus...

M. Lamy n'aurait pas su dire pourquoi, juste après un certain croisement, il ralentit l'allure, essuya son pare-brise et demeura penché en avant, scrutant la nuit. Mais quelqu'un en lui attendait sans doute la rencontre, car il ne fut pas surpris, mais seulement soulagé, d'apercevoir aux confins de ses phares et de la nuit, une petite forme dont l'ombre grandit démesurément avant de se fondre craintivement dans les ténèbres des bas-côtés. M. Lamy freina, ouvrit sa portière et appela : « Alain Robert!... Alain Robert!... » Pas de réponse. Il dut sortir de sa voiture et chercher en aveugle dans la nuit silencieuse.

— Alain Robert, criait-il, pourquoi te caches-tu?... C'est moi, c'est M. Lamy!... (Rien ne bougeait.) Je comprends très bien que tu sois parti, Alain Robert. Mais tu ne sais même pas, toi-même, où tu vas!... Et puis, le désespoir ne conduit à rien! (Lui-même, l'instant d'avant...) « Et si ce n'était pas lui? se demanda M. Lamy. Je suis ridicule... Allons, ce n'est sûrement pas lui... »

Et soudain il trouva enfin la seule parole qui pouvait faire sortir le gosse de sa tanière glacée :

— Je viens exprès pour te dire que ce n'est pas Marc qui a fait le coup!... Marc est innocent, mon vieux. Marc reviendra.

Alors il vit s'avancer vers lui, hors de la nuit, le petit garçon perdu. Alain Robert comptait ses pas, il s'arrêta; assez loin pour pouvoir fuir de nouveau.

— Vous le jurez! cria le gosse d'une voix rouillée. Vous le jurez à la mort?

— Oui, dit M. Lamy très gravement.

Et il courut ramasser le petit tas noir qui venait de s'effondrer sur cette route si dure : Alain Robert, à bout de solitude, de honte, de silence, de froid.

Quand ils furent entrés, le plus silencieusement possible, dans Terneray endormi sous le givre :

— Remonte au dortoir, vieux, et pas un mot à quiconque : ta... balade doit rester un secret entre nous.

Croc-Blanc veillait encore. Avant même qu'il ouvre la bouche, M. Lamy étendit vers lui sa main blanche aux deux alliances :

— Marc est chez moi, venu de lui-même. Innocent, naturellement. Paulo disparu avec la voiture, Merlerin caché dans Paris. Est-ce que le Chef Robert est en danger?

— Nullement.

— A-t-il porté plainte?

— Eh oui, fit Croc-Blanc avec un geste d'impuissance.

— Est-ce qu'il a l'intention de se porter partie civile? De réclamer des dommages et intérêts?

— A quoi cela lui servira-t-il?

— A pas grand-chose, fit M. Lamy. Où il n'y a rien, le Diable lui-même perd ses droits!

— Et... s'il retirait sa plainte? demande Croc-Blanc après un instant.

— Cela me donnerait plus de latitude pour prendre les mesures que j'envisage.

— Par exemple?

— Par exemple, disjoindre le cas de Marc et celui

du Caïd, qui sont beaucoup moins coupables que Paulo.

— Je m'en veux, reprit Croc-Blanc : il y a long-temps que j'aurais dû me séparer de Paulo. Mais je n'aime pas laisser tomber un gosse, même le plus mauvais... Quinze ans, ajouta-t-il à mi-voix comme s'il parlait à lui seul, quinze ans... le pauvre type...

— Et Thierry? demanda brusquement le juge qui l'observait. Et Mammy? Comment va Mammy?

Le sourire auquel Croc-Blanc devait son surnom reparut, si éclatant que M. Lamy ajouta sans attendre :

— Quoi! ne me dites pas que c'est fait?

— Si, la nuit dernière : un garçon!

— Alors, tout s'arrangera, Croc-Blanc! Le meilleur et le pire ne peuvent pas loger longtemps ensemble.

— Oh si! en chacun de nos gosses! et en chacun de nous, d'ailleurs.

M. Lamy se pencha vers lui :

— Avez-vous déjà arrêté un parrain pour le petit... au fait, quel prénom avez-vous choisi?

— Pascal.

— Pour le petit Pascal?

— Non.

— Alors, dit M. Lamy en posant sa main sur le bras de Croc-Blanc, j'ai une requête à vous adresser : choisissez Alain Robert.

— Quoi?

— Vous ne cherchez pas, j'imagine, un parrain à cadeaux, ni un officier de la Légion d'honneur? Alors, faites coup double : choisissez ce gosse qui n'a personne à aimer.

— Monsieur Lamy, dit lentement Croc-Blanc, on ne peut donner que ce qu'on a reçu. Cela fait partie de la justice du monde, de l'horrible logique du monde. Le petit Alain Robert n'a rien à donner.

— Vous oubliez un détail, fit le juge d'une voix altérée : vous oubliez Dieu. Et lui se moque bien de la logique du monde! Si l'espoir n'existe pas, qu'est-ce que je fais ici, cette nuit? C'est entendu, vous avez raison; mais raison à la manière des médecins, des psychiatres et des psychologues, c'est-à-dire neuf fois sur dix. Mais la *dixième chance*, mon petit! la dixième chance, qui s'appelle la Grâce, si des hommes comme vous et moi ne la jouent pas, qui la jouera? Vous tenez tant que cela à donner raison à ce monde tel qu'il est? Et comment voulez-vous leur prouver l'existence de Dieu, la liberté des enfants de Dieu, si vous ne prenez pas de risque? Si vous ne vous inscrivez pas, de temps en temps, en faux contre leurs certitudes, contre leur désespoir? Nous ne sommes que des instruments, conscients ou inconscients, tous! Mais de qui? C'est ce choix qu'on appelle la liberté, Croc-Blanc. Préférez-vous être au service de l'Espoir et de la Confiance? Ou au service des statistiques et des « Je vous l'avais bien dit... »? Moi je vous affirme qu'Alain Robert a besoin d'amour.

— Oui, besoin d'être aimé!

— D'être aimé et protégé par de plus grands; d'aimer et de protéger un plus petit. Et je vous dis aussi, ajouta-t-il très lentement, qu'il est au bord du désespoir, et que Pascal, âgé d'un jour, peut le sauver mieux que vous et moi. Parlez-en à Mammy... Allez, le sermon est fini! fit M. Lamy en se levant.

Croc-Blanc se dirigea vers la porte.

— Où allez-vous?

— A l'infirmerie, parler au chef Robert.

— Mais il doit dormir...

— Il dormira demain! Chaque heure compte d'ici-là.

Le chef Robert ne dormait pas. Croc-Blanc eut pitié de ce visage défait, que l'absence des lunettes et l'énorme pansement rendaient enfantin, sans défense.

En serrant cette main brûlante de fièvre, il eut presque honte de sa démarche; il parla donc très vite et tout droit.

— Chef Robert, je suis venu vous demander de retirer votre plainte.

— Mais Croc-Blanc, il n'y a aucune raison!

— Bien sûr! S'il y en avait une seule, vous l'auriez déjà fait, j'ai confiance en vous.

— Mais pourquoi voulez-vous?...

— Je ne suis pas le seul à le vouloir : vous-même êtes partagé, j'en suis sûr. Car enfin, à qui, à quoi servira cette plainte?

— A prouver aux autres gosses...

— Qu'il ne faut pas assommer leurs éducateurs? Je suppose qu'ils s'en doutent déjà. Ecoutez, il s'est produit des fugues successives à Terneray; est-ce qu'en fermant les portes à clef et en barricadant la grille, je les aurais empêchées?

— Au contraire!

— Alors, retirez votre plainte, Chef Robert : elle est aussi inutile.

L'autre esquissa un grand geste; une étincelle de douleur crispa aussitôt son visage.

— Il m'est tout de même difficile d'agir comme si rien ne s'était passé!

— Qu'est-ce qui s'est passé? demanda Croc-Blanc en se penchant vers le blessé. Le garçon le plus dur de Terneray vous a attaqué, à l'insu des autres. Un garçon dont je voulais depuis longtemps débarrasser le Centre; mais vous-même trouviez cette mesure injuste, vous me l'avez dit! Je suis sûr que vous gardiez l'espoir de réformer ce gosse...

— C'est exact.

— Alors, n'y a-t-il pas une *demi-mesure* entre le maintien de Paulo à Terneray, que vous désiriez, et la prison que lui vaudra certainement votre plainte?

— Sans doute.

— Retirez donc votre plainte, et laissez faire le juge.

— Vous avez peut-être raison, dit le chef Robert après un instant, mais je n'ai pas tort.

— Notre métier serait trop facile si les uns avaient tort et les autres raison! Il s'agit, presque toujours, d'arbitrer entre deux parties dont chacune a tort et raison à la fois. Et ce n'est pas seulement la mission de l'Educateur, mais celle de tout homme... Chef Robert, reprit Croc-Blanc en le voyant encore indécis, je vais vous poser deux questions : si vous y répondez sans détours, elles emporteront votre décision. D'abord, ne croyez-vous pas que, si les deux autres garçons avaient assisté à la scène, ils auraient désarmé Paulo et vous auraient défendu?

— Je le crois.

— Cela vous oblige déjà, en conscience, à retirer votre plainte, pour autant qu'elle nuira à ces deux-là... Mais répondez-moi encore : *Est-ce que vous croyez que Paulo aurait assommé Buffalo?*

Le blessé ferma les yeux et renversa sa tête sur l'oreiller.

— Voici la parole la plus dure que vous pouviez m'adresser, répondit-il enfin. Je réponds : non, il n'aurait pas assommé Buffalo. (Il respirait très vite. Croc-Blanc lui prit la main.) Je vais rédiger mon désistement de plainte, poursuivit-il après un instant. Ayez la bonté de m'en dicter la formule.

— Je la porterai, dès cette nuit, à M. Provins. Demain, à la première heure, il la fera tenir au Procureur de la République. Je vous remercie.

— Alors, pourrez-vous remettre également à M. Provins la lettre que voici. J'hésitais encore à l'envoyer; mais à présent...

On frappa à la porte, c'était M. Lamy.

— Buffalo vient de recevoir un coup de fil de l'inspecteur Marcel : il a cueilli Merlerin, tout à l'heure, à la gare Saint-Lazare... Croc-Blanc, ajouta le juge, je m'en vais à présent. Téléphonez donc à M. Provins que je serai chez lui dans un quart d'heure. Bonsoir, Chef Robert... commença-t-il à mi-voix.

Mais l'autre s'était tourné contre le mur, et il parut à M. Lamy, que, dans l'ombre, les épaules blanches étaient agitées d'un tremblement qui...

« Il pleure, pensa Croc-Blanc un peu honteux. Est-ce ma faute? Et n'ai-je pas eu raison?... Raison et tort, moi aussi, comme chacun. »

— Chef Robert, dit-il, quels que soient vos projets, passez voir M. Lamy. Vous aimez les gosses, je le sais; et nous sommes tous trop pauvres pour laisser de l'amour se perdre. A demain!... Je ne vous dis pas : bonne nuit! ajouta-t-il à voix basse.

M. Provins guettait le juge derrière sa croisée et vint lui-même ouvrir la porte, une cigarette morte à la bouche.

— Je vous ai fait lever...

— Bah! je dormirai demain, répondit-il, et il ne comprit pas pourquoi M. Lamy souriait à ces mots.

— Je crois que vous allez avoir la visite de Croc-Blanc et qu'il vous apportera une lettre du chef Robert.

M. Provins ralluma sa cigarette et murmura :

— Sa démission, sans doute.

— L'accepterez-vous?

— Sûrement pas! Du moins, pas maintenant : ce serait dangereux pour les gosses, pour lui, pour nous tous... Plus tard, bien sûr.

— D'où vient-il, ce Robert?

— Du Barreau.

— Il faudrait qu'il y retourne, mais auprès du tribunal pour enfants.

— Du tribunal pour enfants, répéta M. Provins machinalement. Et brusquement : Lamy, reprit-il d'une voix altérée, vous allez le quitter, n'est-ce pas?

— Ce n'est pas une heure propice pour remuer les fers dans les plaies, fit le juge en essayant de sourire.

— Oh! je comprends très bien votre problème : c'est *eux* que je ne comprends pas. Ne peuvent-ils pas accorder à leurs juges ce qu'ils prévoient pour leurs préfets : de l'avancement sur place?

— Il nous sera plus facile de travailler à l'obtenir pour les autres, quand nous ne serons plus « sur le tas ». Nous avons tant obtenu, déjà, à force de patience et d'obstination...

— ... Souriante!

— Oui, d'obstination souriante. Mais s'obstiner est aisé lorsqu'on sait qu'on a raison; tandis que sourire, Provins! sourire quand le temps passe et que ce sont les gosses qui le payent...

Ils restèrent face à face, soudain très graves.

— Quel malaise dans nos Centres, quand on saura que vous quittez le tribunal pour enfants! La rumeur en court déjà... Allons! (Il battit son briquet pour se donner une contenance. La flamme éclaira les grosses moustaches noires, elles tremblaient.) C'est un peu comme si Athos changeait d'affectation et que Porthos lui fît ses adieux... Quel mauvais film!...

— Au revoir, Lamy!

Et il lui tourna le dos.

Sur la route du retour, M. Lamy reconnaissait les arbres, les maisons : cette fois, ils lui paraissaient sans mystère, sans menace, désarmés. Sa petite voiture obstinée veillait seule dans la nuit inerte. « Le monde appartient à ceux qui ne dorment pas », se dit-il en souriant, et il dressa son plan d'action. « Il faudra bien que M. Doublet l'accepte! »

C'est en rentrant dans son appartement tiède qu'il s'aperçut qu'il était transi depuis plusieurs heures. Il gagna, sur la pointe des pieds, la chambre de Gérard.

A la simple lumière du couloir, il vit les deux garçons, endormis côte à côte, le brun et le blond. « L'un a découvert, d'un coup, l'injustice et l'impureté du monde, pensa-t-il; l'autre, protégé, ne les ressentira que progressivement, en spectateur. C'est pourquoi l'un porte ce masque de douleur, même endormi; tandis que le mien... »

Mais, en regardant Gérard plus attentivement, il s'aperçut que son visage portait les marques d'une tristesse amère. Oui, comme libérée par le sommeil, une douleur profonde remontait en surface.

— Gérard, mon petit garçon, murmura M. Lamy, mon tout petit garçon...

Il aurait voulu s'agenouiller là, demander pardon, mais de quoi? De délaisser son fils pour se mettre au service du plus petit, du plus abandonné : d'avoir dû choisir, être un homme...

La police arrêta Paulo l'Invincible dans un bistrot du Havre, deux jours plus tard. Marc, Merlerin et lui furent placés à Savigny en attendant l'audience. M. Lamy fit comparaître Paulo dans son cabinet et lui dit son intention de mettre ses deux copains hors de cause.

— Je ne marche pas, répondit le garçon : on est tous dans le bain, qu'on y reste!

— Ecoute, Paulo, j'en ai vu défiler de toutes sortes, crois-moi! de vrais salauds, de vraies brutes — alors que toi, au fond, tu n'es pas mauvais gars... Mais jamais, tu m'entends, jamais je n'en ai rencontré qui soient de faux copains. Tu as fait une bêtise grave : tu aurais pu tuer le chef Robert. Mais tu l'as faite tout seul. La preuve? Tu n'as pas osé le dire aux autres! C'est vrai ou ce n'est pas vrai?... Bon! Alors pourquoi voudrais-tu qu'ils trinquent avec toi? Ce serait injuste. Et puis, Paulo, il faut avoir *le geste*, mon vieux!

— D'ac! fit le garçon après un long silence.

Ensuite, M. Lamy convoqua le Caïd.

— Je vais te confier mon projet, Merlerin, et tu me diras ce que tu en penses. Toi, tu ne peux pas retourner à Terneray. D'abord, tu n'y tiens pas tellement, n'est-ce pas? Et puis on n'y veut plus de toi — mets-toi à leur place!... Mais Marc, s'il est dans le pétrin, c'est à cause de toi, uniquement à cause de toi. A cette heure-ci, il devrait être tranquillement en classe chez... Comment l'appelez-vous déjà?

— Tomawak.

— C'est ça. Tranquillement en classe chez Tomawak, si tu ne t'en étais pas mêlé... Alors, j'ai envie de le renvoyer là-bas sans jugement, sans audience, sans histoire. Est-ce que ça te paraît juste?

— Dans un sens, oui, dit le Caïd. Mais est-ce que ça ne va pas me retomber dessus?

— Au contraire. Seulement je ne voulais pas le faire sans ton accord.

— Eh bien, c'est d'accord; mais faudra le lui dire!

— Sûrement.

— Et moi, dites? Qu'est-ce que je vais devenir si on me renvoie pas dans mon centre?

— Justement, j'ai un peu peur que tu te dises : « J'ai *mon* Centre, j'ai *mon* Juge, je suis pénard... » Au fond, j'ai eu tort de t'envoyer à Terneray... Eh oui! tout le monde se trompe, Merlerin!

— Alors?

— Alors, je t'expliquerai mon idée, la prochaine fois. Allez, au revoir!

« Ouf! pensa M. Lamy. A Doublet, maintenant! » Il se sentait joyeux, convaincant, imbattable... Mais un huissier vint le chercher de la part d'un des plus hauts magistrats du Palais. Il s'y rendit aussitôt.

— C'est fait, Lamy, voici votre nomination. Tous mes compliments! Vous ne pouviez pas continuer à végéter dans une spécialité vraiment *mineure*, c'est le cas de le dire!

Il rit tout seul. M. Lamy bredouilla quelques paroles qui pouvaient passer pour un remerciement et demanda :

— Mon successeur est-il désigné, monsieur le Président?

— J'attends la décision d'une minute à l'autre; je vous la ferai savoir, Lamy... Et encore tous mes compliments!

Le juge quitta ce cabinet de velours, ces portraits morts, ces doubles fenêtres et leurs doubles rideaux qui séparaient à jamais le haut magistrat du froid, de la vie, du reste du monde. Il descendit chez M. Doublet et s'assit lourdement sur une chaise en face de lui.

— Je quitte le tribunal pour enfants, Doublet.

— Toutes mes félicitations!

— Vraiment? Je serai sans doute affecté aux appels correctionnels : chargé de choisir entre un minimum et un maximum dans l'application du « tarif ». Est-ce bien enviable?

— Vous y mettrez, du moins, plus d'indulgence que d'autres!

— Disons : plus de compréhension, peut-être. On ne peut comprendre l'homme délinquant qu'après avoir étudié l'enfant délinquant... Doublet, je voulais vous proposer ma solution dans l'affaire Terneray.

— Merlerin, Forgeot et...

— Oui. Marc Forgeot est complètement innocent, vous le savez. Son seul tort est d'avoir cru valable un ancien serment d'obéissance fait à un voyou. C'est classique chez nos gosses : ils deviennent antisociaux par fidélité. Disjoignons donc sa cause : renvoyons-le à Terneray, tout de suite.

— Sans jugement?

— C'est *là-bas* qu'il sera jugé par ses pairs constitués en cour d'honneur.

— Voilà du nouveau! fit le substitut effaré.

— Oh non! cela fonctionne dans bien des Centres et depuis des années pour les délits mineurs. Les garçons sont des juges avisés et souvent plus attentifs que nous.

M. Doublet se leva, marcha jusqu'à la fenêtre. Ses mains, derrière le dos, témoignaient de son impatience, puis de ses efforts pour la contenir. Il se retourna enfin presque souriant.

— Je ne vous refuserai rien aujourd'hui, *monsieur le Conseiller*. Et même... (Il revint s'asseoir, joignit ses doigts et baissa les paupières.) Et même je vous demanderai de me parler à cœur ouvert : de me laisser, en quelque sorte, votre... testament en faveur de tous ces enfants que vous allez quitter et que je dois garder.

M. Lamy le considéra avec surprise et sympathie : pour la première fois, il aima presque ce visage, ou du moins l'effort qui s'y lisait pour se rendre aimable...

— Vous me touchez beaucoup, Doublet. Mais que vous dirais-je? Et me le demanderiez-vous, si vous ne l'aviez pas déjà trouvé? L'essentiel tient en peu de mots, poursuivit-il en plaçant sa main devant ses yeux (et, dans son visage, plus rien d'autre ne paraissait vivre que cette bouche qui dictait lentement). Jugez-le toujours sur ce qu'il est et non sur ce qu'il a fait... Ce n'est pas un petit homme, Doublet, mais un *petit d'hommes*... Au milieu de nous autres, grandes personnes, il est pareil — on l'a dit — à un étranger, un étranger qu'on persécute... Il est plein de bonne volonté, mais pas de volonté. Alors, Doublet, ayez toujours l'air de suivre l'enfant : respectez ses présomptions! Il a tellement besoin de grandir; et on ne grandit pas sans casser du bois autour de soi... Ne dites pas non plus : « Celui-ci *mérite* d'en sortir! » Ils en ont tous le droit; et vous avez le devoir de les en sortir, un à un, tous! Ils font le mal, mais ils rêvent du bien, soyez-en sûr!...

Et lorsque vous serez las de leur ingratitude, de leur instabilité, quand vous serez tenté d'être dur, fermez les yeux un instant, Doublet : pensez à vous, à moi, à nous tous! Retrouvez humblement, en vous, le sens de la fragilité des êtres...

M. Lamy se tut; et l'autre respecta sans peine ce silence qui, depuis un instant, leur tenait lieu d'amitié.

Le téléphone sonna et M. Doublet décrocha avec impatience :

— Allô!...Oui... Oh! pardon... Mes respects, monsieur le Président... Ah!... Moi?... Je vous remercie... Je... Il est ici même, justement!... C'est entendu, je le lui dirai... Je vous remercie, monsieur le Président...

— Qu'y a-t-il? demanda M. Lamy. Vous êtes tout pâle.

Le substitut ferma un instant les yeux, à son tour; puis il dit avec un grand effort :

— C'est moi... c'est moi qui vous succède au tribunal pour enfants. Et il ajouta, plus bas encore : sur ma demande...

XI

RENDEZ-VOUS DANS DIX ANS

Croc-Blanc pénètre dans la salle où siège la Cour d'honneur. Il dévisage les six « délégués » élus, la veille, à force de sourcils froncés, de pointes de crayons sucées d'un air pensif, et de « Merde à la fin! Laissez-moi réfléchir : c'est important!... » Ces six-là représentent les Bâtiments 1, 2, et 3; et l'un d'eux — c'est Velours — s'est offert à être le « délégué du coupable ». Depuis hier soir, il retourne et repasse si bien ses arguments, qu'il a presque fini par se convaincre que, si Marc n'avait pas agi comme il l'a fait, il *aurait été* bien coupable... Le seul obstacle est Marc lui-même qu'il a eu la permission de voir, quelques minutes, dans sa chambre d'isolement :

— Laisse-moi tomber, je te dis! Je suis le dernier des salauds...

Finalement, l'avocat se fâche :

— Ecoute voir, Marc, on joue pas le cinéma! Alors, donne-moi un coup de main! Sans ça...

Croc-Blanc fait asseoir les six et place Buffalo à sa droite. Celui-ci paraît grave et mal à l'aise : on dirait un boxeur qui recevrait, par erreur, le prix Nobel.

— Vous êtes, dit Croc-Blanc, les représentants du

Centre tout entier. Chacun de vous doit donc juger pour dix et réfléchir, dix fois plus que d'habitude. En nous déléguant ses pouvoirs de justice sur Marc, le juge Lamy nous fait un grand honneur et nous charge d'une lourde responsabilité : à vous d'y faire face!

Les six garçons qui l'écoutent sont déjà passés en justice. Les voici, pour la première fois, « du bon côté du comptoir » : c'est une sorte de réhabilitation, mais aussi d'engagement. Croc-Blanc le sait; eux le ressentent seulement.

— Je vous rappelle, poursuit-il, que votre camarade Marc n'est nullement coupable de l'attentat contre le chef Robert. Ce n'est pas lui non plus qui a eu l'idée de voler — car c'est un vol! — la vieille voiture de Buffalo pour s'en aller d'ici. Il a seulement accepté de conduire Paulo et Merlerin à Paris d'où ils devaient tous revenir le lendemain. Seulement, le lendemain, plus de Bidule, plus de copains!... Voilà les faits. Buffalo, ton avis, d'abord!

Buffalo racle sa gorge et se récuse : aux garçons de décider! Il précise seulement :

— Bidule n'était plus à moi, ve l'avais donnée au Fentre...

— C'est encore plus grave! dit un des gars.

— Oui et non, arbitre Croc-Blanc. De toute façon, Marc est seulement complice... Doganat, tu as la parole!

Velours se met à saliver d'émotion. « Merde! je me rappelle plus rien! » Il commence pourtant d'une voix qui mue :

— Je... je voudrais dire deux... non! trois, et même... enfin, on verra! trois choses en faveur de Marc. D'abord, il avait juré autrefois au Caïd, à Merlerin quoi! qui était le chef de sa bande, de lui rendre tous les services que l'autre lui demanderait. En deux, Marc n'avait pas reçu de visite ni de lettre de sa famille depuis... (Un des six, c'est un A.P., fait un geste d'insouciance.) Dis donc, eh! ça compte, sans blagues?

— Troisièmement? enchaîna Croc-Blanc.

— Troisièmement, entre son départ et son retour, tout le Centre était en congé de Noël. Alors...

— Alors quoi? reprend le chef. Si, chaque dimanche, les gars se répercutent dans tous les azimuts, sans prévenir, et en « empruntant » des moyens de locomotion qui ne leur appartiennent pas, je n'ai plus qu'à mettre la clé sous la porte, mon petit vieux... D'autant qu'il n'y a pas de clé et pas de porte! ajoute-t-il, mais personne ne songe à sourire. Vous n'avez pas de question à poser à Doganat?... Bon! va chercher Marc!

Avant d'ouvrir la porte, Velours serre la main de son « coupable » : cette fois, c'est lui qui joue un film... Marc entre, les dents serrées, le nez couvert de minuscules gouttes de sueur; il chasse ses cheveux blonds de devant ses yeux qui brillent un peu trop.

— Marc, dit très vite Croc-Blanc qui l'observe, nous sommes tous tes amis. Tu as fait une bêtise; tu ne te sentiras tranquille que lorsque tu l'auras réparée. De quelle façon? C'est justement ce qu'il faut chercher *ensemble*.

— J'ai rien à dire pour ma défense, fait Marc avec dignité.

— D'autant plus, répond bonnement le chef, que Doganat vient de parler pour toi. Vous autres, avez-vous des questions à poser?

— Marc, demande un des gars du 3, aurais-tu fait ton coup si Cheftaine Françoise avait été là?

— Non, répond Marc, et il se sent rougir.

— Tu vois, ce que je trouve dégueulasse, reprend un autre, c'est que vous avez attendu que tout le monde soit parti : Cheftaine Françoise, Mammy, Croc-Blanc et Buffalo...

— C'est bien ce qu'il a dit aux autres! répond Velours. Hein, Marc, que tu leur as dit?

— Oui.

— Taper sur un chef, voler une bagnole, merde! ça déshonore un Centre, déclare un petit, écœuré.

Velours fait face :

— Tu as raison! Paulo et Merlerin se sont déshonorés. Mais Marc, il a voulu justement faire honneur à son serment...

— Tu parles d'un serment à la con! murmure un autre juré.

— Quand Marc l'a prêté, intervient Croc-Blanc, il n'avait peut-être pas les mêmes idées que maintenant. On ne peut pas reprocher à un type d'être fidèle, même s'il se trompe de fidélité... Marc, sors un instant, veux-tu?

Mais l'instant se prolonge, car les garçons discutent ferme. Ils envisagent, tour à tour, des sanctions exemplaires et la grâce amnistiante : dans chaque Français, Saint-Just et M. Fallières sommeillent côte à côte... Marc, le ventre tourmenté, arpente le couloir. « Ils vont me foutre à la porte du Centre, c'est sûr!... Ils vont... ah! tout de même... » Velours vient le chercher et lui souffle : « Ça marche... »

— Marc, annonce Croc-Blanc, quelqu'un vient d'avoir une idée que tout le monde trouve bonne : *c'est toi qui décideras de ta punition*, et d'avance nous acceptons ta décision.

Ces huit regards sur lui, parfaitement amicaux, Marc ne peut les supporter. Il était prêt à la bagarre, pas à l'indulgence : il pleure, sans un mouvement, peut-être sans s'en apercevoir. « Quels chics types! pense-t-il, et moi quel salaud... » Et, naturellement, il va s'appliquer une sentence excessive et contre laquelle un instant plus tôt, il se fût révolté :

— Je m'interdis toute visite et toute sortie pendant deux mois, prononce-t-il d'une voix sourde.

— Non, tranche Croc-Blanc, pendant deux semaines. Serre-nous la main à tous, mon petit vieux!

Le soir même, les Six élaborent un « Code d'Honneur de Terneray » qu'on soumet aux Soixante pour ratification et qu'on remet solennellement aux Chefs. Ce même soir, Croc-Blanc demande à Alain Robert s'il consent à être le parrain de Pascal. L'enfant sauvage fronce les sourcils et se précipite sur le grand, comme pour le battre.

— C'est pas une blague, dites? C'est pas une blague?

Croc-Blanc secoue la tête :

— Non, mon vieux : c'est Mammy, à qui je téléphonais tout à l'heure...

— Oh! chef, chef!...

Il étouffe de joie, de fierté; il veut se moucher, n'a pas de mouchoir, renifle : pour la première fois de sa vie il pleure avec plaisir. « C'est la journée! », pense Croc-Blanc.

Marc. Alain Robert... M. Lamy de loin, vient de gagner coup sur coup.

Paulo et Merlerin ne furent jugés que trois semaines plus tard. M. Lamy voulait s'entourer de toutes les observations possibles; et le Caïd put ajouter à sa collection « *mon* psychiatre » et « *mon* psychologue »...

Paulo fut dirigé sur Beaufort, internat pénitentiaire dont le nom n'était prononcé qu'avec terreur dans tous ces Centres où, dix ans plus tôt cependant, régnait exactement le régime de Beaufort.

« Dans deux ans, tu en auras dix-huit, dit M. Lamy à Paulo : ne commets plus une seule bêtise! Car alors ce serai' Fresnes, tu le sais! Tu ne tiens pas à être enfermé toute ta vie aux frais de l'Etat, non? » Enfermé... Qu'y avait-il donc d'enfermé derrière ce visage de pierre grise? C'étaient d'autres coupables, inconnus à Paulo lui-même, que M. Lamy condamnait dans ce gosse : le patron du bistrot où se saoulait son grand-père; le fournisseur en gros de Nord-Africains qui avait importé les amants de sa mère; le Président-Directeur Général qui, sur le vu d'un rapport de productivité, avait fermé l'atelier de son père (sans se demander s'il n'existait pas d'autres solutions); le Ministre qui avait fait abroger les seules lois antialcooliques capables de sauver ce pays, mais qu'on avait édictées sous un autre régime; le producteur de films « interdits aux moins de seize ans »; le rédacteur en chef d'un magazine de faits divers... C'étaient des gens puissants, décorés et dont certains allaient à la messe le dimanche, que jugeait M. Lamy, mais c'était le petit qu'il condamnait : « Paulo l'Invincible, l'enfant du Malheur... »

Quant à Merlerin Pierre, le Juge décida de le remettre à la « Main Tendue ».

— Est-ce que le dirigeant de ce Foyer n'aurait pas des tendances pro-communistes? s'inquiéta M. Doublet après l'audience.

— Pas des tendances, répondit tranquillement M. Lamy, des convictions absolues. Comme, d'ailleurs, toute la famille Merlerin; et comme presque toute la population des Carrières...

Croc-Blanc décida d'aller voir Vémard, le créateur de la Main Tendue, afin de lui parler du Caïd. Il le trouva dans une pièce nue, devant une table en désordre. « Le papier n'est pas son fort, à lui non plus! » pensa Croc-Blanc. Il connaissait sa passion du gosse, sa position de franc-tireur, les résultats extraordinaires qu'il obtenait dans des cas désespérés; il savait aussi de quelles flèches il était la cible; d'instinct, il l'estimait.

— « On demande garçons irréductibles présentés par leurs éducateurs », voilà ce que je devrais afficher sur ma porte! s'écria Vémard.

Ils se regardèrent en souriant. Une tornade de cheveux au-dessus d'un front trop large, des lunettes devant un regard rêveur, des dents que le tabac avait gâtées : le contraire même du visage de Croc-Blanc. D'où venait pourtant qu'ils se ressemblaient?

— Merlerin n'est pas un mauvais gars, mais c'est un Caïd : il contagionnerait Terneray.

— Ici, aucun risque! Il ne peut pas « contagionner » tout Paris, toute la France; et nos garçons sont répartis jusqu'à Casablanca!

— Qui les y surveille?

— Un réseau d'amis, de tout poil et de tous métiers. Je ne suis pas partisan de fabriquer des petits types en bocal, vous savez!

— C'est pour Terneray que vous dites ça? demanda Croc-Blanc en riant.

— Pour l'ensemble du système. Je n'y crois pas. Voici des gosses qui, presque tous, sortent de la classe ouvrière; or, dans vos Centres, on est entièrement coupé de la classe ouvrière.

— C'est vrai, mais pas du travail ouvrier : on y apprend un métier...

— Le fer et le bois, le bois et le fer, je sais! On est en retard de vingt ans : comme l'Assistance publique, qui classe encore ses garçons valets de ferme et ses filles domestiques... Leur Code du Travail, c'est la Bibliothèque Rose! leur surintendante, la comtesse de Ségur!

— Parlons franchement, dit Croc-Blanc en allumant sa pipe courte : je suis chrétien, ancien scout; vous êtes communiste. Notre conception doit donc vous paraître...

— Sentimentale, très sentimentale! « Un œil sur les gosses et un œil au ciel », c'est la définition du vieux Baden-Powell, votre maître. Mais c'est le meilleur moyen de loucher, non?

— Un œil sur ce qu'ils devraient être et un œil sur ce qu'ils sont, ça n'est pas fameux non plus pour la vue!

— Ils ont moins besoin d'organisateurs de jeux que de compagnons de travail, croyez-moi.

— Je me méfie un peu de la conception « professionnelle » de la vie. Elle régnait dans le premier Centre où j'ai travaillé. Il y avait là un atelier de serrurerie, et on remettait des brevets aux meilleurs apprentis. Le jour où ils ont reçu le leur, j'ai entendu un gars dire à son copain : « Maintenant, mon vieux, à nous les coffres-forts! »

Vémard se renversa sur sa chaise; quand il riait, ses yeux chaviraient complètement derrière ses lunettes.

— Et les déformations professionnelles des grandes personnes? reprit-il. Pensez à ces pauvres gosses coincés entre le *détectivisme* de l'assistante sociale, le fatalisme du médecin, l'optimisme de l'éducateur...

— Et le juge, que lui reprochez-vous?

— Son paternalisme.

— Ah! voilà le grand mot! Avec « bourgeois », voilà la grande injure! Je voudrais bien le comprendre, une fois dans ma vie...

Vémard sortit, à son tour, une pipe d'un tiroir, l'examina, la rejeta, choisit une autre pipe dans un second tiroir; il la bourra, l'alluma.

— Le paternalisme, reprit-il en pesant ses mots, consiste à faire des efforts méritoires pour procurer aux autres, non pas le bonheur qu'ils désirent, mais celui qu'on désire pour eux.

— Par exemple, leur construire à Colombes une maison vraiment pratique au lieu du chalet tyrolien dont ils rêvent?

— Non. Mais y prévoir une soute à charbon plutôt qu'une baignoire, si l'on ne veut pas se scandaliser de les voir entasser le charbon dans la baignoire. Or, quand on n'a pas souffert soi-même, il est bien difficile de ne pas *se pencher* sur les autres; et c'est cela

301

le paternalisme : « se pencher sur » au lieu « d'être parmi »...

— Vous parlez comme un chrétien.

— C'est que votre Christ était communiste!

— Alors, pourquoi le persécutez-vous?

— Laissons cela! dit Vémard assez durement.

— Oui, revenons au paternalisme, reprit l'autre après deux ou trois bouffées. Je vous comprends très bien, mais je vous crois injuste : le Juge... (Il allait ajouter : Lamy.) Le juge n'est pas paternaliste, mais *paternel*.

— Il devrait être *père!*

— Et ceux qui jugent les Juges, qu'est-ce qu'il faut en penser? demanda Croc-Blanc en riant.

On frappa à la porte. « Entre! » cria Vémard.

— Tiens, une vieille connaissance! murmura Croc-Blanc. Salut, Marcel. (C'était le copain albinos venu lui emprunter de l'argent, un dimanche de novembre.)

— Salut, chef! fit le garçon en portant, de l'un à l'autre, son regard de mouton peureux. Salut, Chef!

— Ne m'appelle pas ainsi, Albinos, dit Vémard : si j'étais vraiment ton « chef », tu suivrais mes conseils, et j'ai bien l'impression qu'au contraire... Alors, qu'est-ce qui se passe?

— J'ai un gros ennui...

« C'est son prélude habituel, pensa Croc-Blanc : je me suis donc laissé avoir... Voyons un peu Vémard! »

— Ecoute, Albinos, le temps c'est de l'argent; tu l'as sûrement déjà entendu dire? Alors, tu n'es peut-être pas pressé, mais moi je le suis. Tu vas déposer un billet de cent balles sous le briquet, là, et ça te donnera droit à cinq minutes de conversation... Bien sûr, ce n'est pas un tarif de femme de ménage, mais cinq minutes c'est déjà long!

Les cils blancs de Marcel battirent précipitamment comme des ailes; il ouvrit la bouche mais ne dit rien, sortit un billet et le déposa sous le briquet. Vémard regarda l'heure à son poignet.

— Bien, vas-y!

L'autre se lança, tel un oiseau de mer, avec des gestes maladroits de ses bras mous et des regards évasifs. Il aurait bien voulu ne pas user d'arguments déjà plaidés à Terneray — mais lesquels? Il avait tapé tant de types depuis novembre... Cette fois, il s'agissait de la tombe de sa mère : la concession arrivait à expiration, et forcément... Vémard l'écoutait avec gravité, lui posait des questions précises qui faisaient s'envoler le garçon vers d'autres mensonges. A présent, il racontait toute l'histoire de la famille : l'oncle Adrien, cet ivrogne... le cousin Etienne, ce feignant...

— Je regrette, dit soudain Vémard en posant sa pipe : il y a cinq minutes que tu parles et, sincèrement, tu ne m'as pas convaincu. Si tu veux tenter ta chance, paye-toi une tranche de plus : c'est cent balles.

— Au revoir, chef! dit l'Albinos, sans rancune apparente. Et il battit en retraite hâtivement, comme si le taximètre tournait encore.

— Adieu, vieux!

Vémand se renversa en arrière pour rire à son aise puis, tendant à Croc-Blanc le billet :

— Je verse les cent francs à la caisse de Terneray : il a dû la faire casquer plus d'une fois!

— Et mon Merlerin, demanda Croc-Blanc, comment allez-vous l'accueillir, lui?

— Comme les autres : en lui parlant de tout sauf de lui. Ça le changera! Il s'attend à des tests; il en sait d'avance les réponses : le psychiatre, l'assistante sociale et le juge en ont fait un chien savant qui connaît par cœur son pedigree... Seulement, moi je m'en moque! Une seule chose m'intéresse : ses projets.

— Et s'il n'en a pas?

— Il en a, mais d'absurdes. Après une douzaine de placements différents, un garçon de dix-huit ans a une expérience sociale de... oh! mettons douze ans! Seulement, si je lui dis, moi, que ses projets sont absurdes, il ne me croira pas; si ce sont des copains de son âge qui le lui démontrent, c'est déjà mieux; et s'il le constate lui-même en essayant de les réaliser, alors là ce sera gagné.

— Bon. Mais pratiquement?

— L'après-midi même, les copains d'ici discuteront avec lui son dispositif d'existence. Le soir même, il faudra qu'il se trouve une chambre; parce que, dans la vraie vie, les dortoirs ça n'existe pas. Et le lendemain, du travail — parce que, dans la vraie vie, etc. S'agit de l'engrener, comprenez-vous? Et si la société était un peu mieux faite, si le travail avait des débouchés, le *tirage* l'aspirerait jusqu'au bout : il serait sauvé! Mais ce dont un gosse a le plus besoin, c'est de perspectives.

— Je connais celles de Merlerin : il veut être marin.

— Pourquoi pas?

— Parce qu'il n'est pas bâti pour ça, je le lui ai répété vingt fois!

— Les copains *qui ont tenté le coup* essaieront de le lui prouver. S'il ne les croit pas, je l'envoie à Marseille; et, si nous ne faisons pas erreur, il reviendra dans les quinze jours.

— A moins que là-bas, il ne « se débrouille »!

— Risque pour risque, je préfère celui-là. Et puis... (Le téléphone sonna.) Excusez-moi! Allô... Ah! c'est toi, Jacques? — un copain de Limoges, souffla-t-il à Croc-Blanc — Alors?... C'est bien ce qu'on pensait!... Pas trop déçu, le gars?... Renvoie-le-moi! Prends le billet toi-même, et mets-le dans le train... Merci, vieux! à charge de revanche. Allez, adieu! (Il raccrocha et se tourna vers Croc-Blanc.) Un garçon qui voulait être agriculteur alors qu'il est fait pour la mécanique. Maintenant il a compris. Tandis que, dans vos Centres, si vous l'aviez astreint à l'atelier, il se serait sauvé dix fois!

— Votre système tient debout... commença Croc-Blanc.

— Parce que ce n'est pas un « système », justement!

— Si, et le nôtre également. Mais notre tort, à tous les deux, est de croire notre système universel. Chaque gosse...

— ... Est unique et irremplaçable, je sais! Seulement voilà : depuis bientôt deux mille ans que ça fonctionne, le régime chrétien, les résultats sont plutôt médiocres, vous ne trouvez pas? Alors, je préfère essayer un autre... royaume que celui de Dieu!

— Avouez que c'est bien commode, dit Croc-Blanc doucement, d'avoir justement partout et toujours, quelques chrétiens pour boucher les trous! Pour donner plus qu'ils ne reçoivent, penser aux autres plus qu'à eux-mêmes... Vous en aurez toujours besoin!

Vémard se pencha vers lui :

— Il s'agit justement de créer un monde où les chrétiens seront de plus en plus inutiles. Les persécuter? C'est encore un signe de défaite! Un jour viendra où ils n'auront pas de valeur historique. Les églises ne seront pas détruites : elles seront vides.

— Il suffit d'un chrétien pour remplir une église, dit Croc-Blanc; nous ne travaillons pas à la même échelle. Nous vous servons de « baromètre », dites-vous : tant que nous existons, c'est que vous avez raté? Mais vous nous rendez la pareille : si vous existez, c'est parce que nous avons raté. Nous sommes assez utiles les uns aux autres, pour l'instant!... De toute façon, que nous ayons un œil au Ciel ou à l'Est, l'important, c'est que vous et moi ayons l'autre sur les gosses...

— C'est « Croc-Blanc » qu'on vous appelle, n'est-ce pas? demanda Vémard après un instant. Tous ces surnoms me semblent ridicules, mais le vôtre me plaît... Il signifie aussi que vous avez la dent dure!

— Pour jouer, jamais pour mordre.

— J'espère que je ne vous ai pas blessé non plus?

— Impossible de nous faire du mal l'un à l'autre, Vémard! Nous avons un amour en commun : le gosse, et un travail jamais fini. Quand on partage le même amour, on peut être passionné, mais pas sectaire... Merlerin me suit de près, dit encore Croc-Blanc; tirez-le d'affaire, vous, puisque moi j'ai raté!

Ils se serrèrent la main. Chacun pensait qu'il éprouvait plus de regret que l'autre de cette séparation et chacun se trompait.

Dans la pièce voisine, Merlerin Pierre repassait son histoire : version médecin, version flic et version « cureton » parce qu'il ne savait pas encore à laquelle des trois races appartenait ce type auquel on l'envoyait. Il se composait un visage à la fois docile et fier, capable de *rassurer* n'importe quel éducateur : « Je l'aurai comme les autres! », pensait-il; et il ne se doutait pas que Vémard, de l'autre côté de la cloison, faisait la même réflexion.

Au rôle de sa dernière audience au tribunal pour enfants, M. Lamy a fait inscrire toutes les affaires qu'il veut voir aiguillées ou classées à sa manière à lui. Sa hâte est celle du déserteur, sa méticulosité, celle du retraité : il se sent l'un et l'autre, et parfaitement malheureux. Il a repris chaque dossier; la nuit, tandis qu'eux dorment dans tous les Terneray de France, la main blanche de M. Lamy tourne les feuilles où, d'une écriture indifférente, se lisent les défaillances, les rechutes, les promesses des enfants de justice. Et, sans cesse, il songe que demain, c'est M. Doublet qui consultera ses papiers d'un œil froid : d'un œil qui n'a jamais regardé les visages. Il a fait convoquer, du moins pour cette dernière audience, ceux qui lui tiennent le plus à cœur et, le dernier du rôle, Forgeot Marc.

— Qu'est-ce qui... Bonjour, monsieur Lamy! Qu'est-ce qui se passe encore?

C'est Marc qui vient de pénétrer dans son cabinet, dents serrées, poings serrés, regard dur.

— Tu n'as pas encore appris à me faire confiance?

— Si, monsieur Lamy. Mais cette convocation : *Instance modificative?*...

— Elle est sur papier bleu : c'est gai, le bleu? Allons, ne t'en fais pas!... Comment marche Terneray? Cheftaine Françoise est-elle revenue?

— Oui, mais Croc-Blanc lui a donné le Bâtiment 1, je me demande pourquoi!

— Peut-être pour que certains ne s'attachent pas trop à elle, de nouveau, puisqu'elle doit partir... Qu'est-ce que tu en penses?

— Peut-être, fait Marc en rougissant et en chassant ses cheveux de deux coups de tête.

— Et comment va mon ami Alain Robert?

— Croc-Blanc lui a permis de venir avec moi.

— Il est ici? Va le chercher, Marc!

— Mais cette convoc...

— Va le chercher!

M. Lamy sourit d'avance et clôt ses paupières pour mieux revoir les boucles luisantes, les sourcils froncés, la bouche entrouverte, les manches trop longues... « Entrez! »

— Alors, mon vieux, quoi de neuf à Terneray?

— Pascal, répond Alain Robert sans hésiter.

— Qui est-ce?

— Le petit enfant de Mammy : il a 36 — non! 37 jours. Et savez-vous qui est son parrain? C'est moi, ajoute-t-il avec précipitation.

— Toi? Mais c'est sensationnel!

— Seulement alors, vous parlez d'un boulot pour l'endormir et pour le faire boire! Parce que *nous* sommes obligés de le compléter au biberon. Le lait en poudre c'est ce qu'ils digèrent le mieux. Je ne suis jamais tranquille! Vous ne savez pas que, s'ils se mettent sur le ventre, ils peuvent s'étouffer...

— Vraiment?

— Si, si! et ce petit-là est tellement fort que je me demande toujours... Tu vois, Marc, j'aurais pas dû partir!

— Tu sais, dit M. Lamy gravement, je pense que Mammy y veillera en ton absence... Ah! c'est l'heure de l'audience. Entre dans la salle, Alain Robert. Tes parents sont là, Marc?

— Oui, et Jojo aussi. M. Darrier avait dit...

— Il viendra, ne t'inquiète pas.

— Tout de même, reprend Marc, cette convocation...

Mais M. Lamy est déjà sorti.

A six heures, en fin d'audience, l'huissier appelle : « Forgeot Marc!... Est-ce que les parents sont là? Alors, asseyez-vous devant... Non, tous les deux sur le même banc... »

Marc s'assied sur l'autre banc face au tribunal. Jojo, du fond de la salle, crie :

« Bonzour! » Alain Robert pose sur ses lèvres la moitié du doigt qui émerge de sa manche; Jojo lui explique : « Mais pisque c'est Mac! »; le garde fait « Chut! »

— Marc, dit M. Lamy, je t'ai fait revenir parce que je voudrais, avec l'agrément du Ministère public, changer ma décision à ton sujet. Tu es à Terneray, mais moi, si tu n'y vois pas d'inconvénient, je voudrais te rendre à ta famille...

Les deux parents se sont dressés ensemble et, la bouche ouverte, les yeux brillants, regardent maître

Darrier; Marc lève une main comme pour appeler, bénir, s'agripper, puis la ramène devant son visage qu'il dissimule.

— Est-ce qu'il y a un fait nouveau qui motive ce changement de décision? demande M. Doublet.

— Justement. Maître, vous avez la parole.

Darrier se lève; il retire ses lunettes, et son visage rajeunit d'un seul coup : celui d'un homme jeune devient celui d'un enfant triste, drapé de noir.

— Le Tribunal, commence-t-il d'une voix que Marc reconnaît mal, voudra bien excuser mon émotion. Mais on vient de me remettre le télégramme que voici : « François trouvé pendu cette nuit dans Gymnase. Lettre suit. » Un enfant que je défendais, que je tentais de protéger depuis trois ans, s'est suicidé, cette nuit, parce que hier on lui a appris la mort de son père...

— Quel rapport avec notre affaire, avec cette audience?

— Pardonnez-moi si je vois, dans ce drame, un rapport immédiat, impérieux, avec presque toutes les affaires qui se jugent et se jugeront ici. Car voici l'histoire, en quelques mots. François avait perdu sa mère, il y a cinq ans; et le père de François, il y a quatre ans, avait perdu son emploi. Ils vivaient tous les deux, dans un dénuement absolu, mais *ensemble!* Un tribunal, alerté par une assistante sociale, zélée, a pensé que la meilleure solution, pour que François fût mieux nourri, mieux habillé, mieux élevé, était de le retirer provisoirement à son père et de le placer dans un Centre. Je suis allé l'y voir; je l'ai trouvé docile. Je suis allé voir son père; je l'ai trouvé résigné. Mais l'un et l'autre avaient le même regard perdu. J'ai alerté le tribunal; en vain : un regard n'est pas un fait nouveau... Le père est mort avant-hier de chagrin et de solitude; François s'est tué cette nuit. François l'a rejoint...

La voix de Darrier est devenue rauque. Il commence une phrase, s'arrête, et dit à mi-voix :

— Je demande au Tribunal de m'excuser... Il faut, reprend-il après un instant qui a paru très long, que le Tribunal sache bien que les enfants ne vivent pas seulement de nourriture et de bon air; et, si ingrat que cela puisse paraître, que les duretés d'une mère leur manquent plus que la tendresse d'une cheftaine. Il faut que le Tribunal sache que les enfants meurent d'amour.

« A présent, je vous demande de rendre celui-ci à sa famille. Un fait nouveau? — Le voici, monsieur le Procureur : on a trouvé, pour les Forgeot, un logement vivable; Marc et son frère auront leur chambre, désormais. Aussi n'entendrez-vous plus jamais parler ici de Marc Forgeot : il sera un enfant comme les autres, parce que, au lieu d'habiter à quatre dans une seule pièce et le long d'un dépôt d'ordures, sa famille va vivre et respirer comme les autres familles...

« Mais, reprend Darrier, cet ignoble taudis qu'elle quitte, on se le dispute déjà! Et bientôt, n'en doutez pas, un nouveau Marc comparaîtra devant vous, voleur et fugueur, pour cause de taudis! Et vous penserez le sauver en l'éloignant des siens. Mais, quand on coupe la branche d'un arbre, elle dépérit et l'arbre souffre. Ce n'est pas l'enfant qu'il faudrait juger, mais les parents! Et ce ne sont pas les parents qu'il faudrait condamner, mais le taudis, le bistrot, le chômage! Le tribunal sait déjà tout cela; mais il faut bien le répéter ensemble, quelquefois, pour ne pas perdre de vue le seul chemin qui conduise à l'Espoir...

« 14 000 enfants de justice par an? Allons, on devrait pouvoir en sortir! Quand on bâtit un hôpital, un sanatorium, un institut anticancéreux, on sait *déjà*, en posant la première pierre, qu'achevé il sera trop petit. Mais, quand on aménage un Centre ou un Foyer de demi-liberté, on a la certitude qu'il suffira. Dans ce siècle de désespoir, dans ce pays des Danaïdes, voici enfin un problème qu'on peut cerner : celui de l'Enfance Délinquante! Un domaine à notre échelle, enfin! On pourrait endiguer, aménager, réduire le fleuve à son embouchure; *mais nous demeurons impuissants à maîtriser les sources*... Jusqu'à quand devrons-nous édifier des Internats de Rééducation au lieu de bâtir des habitations humaines? Ouvrir des asiles et des prisons au lieu de fermer des débits de boisson! juger les enfants au lieu de sauver les pères? Jusqu'à quand?

« J'ai terminé, ajoute-t-il, en remettant ses lunettes. Encore une fois, je demande pardon au Tribunal. Le caractère un peu spécial et très émouvant pour nous de cette audience, la certitude que ma requête concernant Marc Forgeot serait agréée, la nouvelle dramatique que je venais de recevoir — tout cela m'a incité à sortir, sans doute, des limites de ma fonction. Je me remets, je remets la famille Forgeot tout entière à la bienveillance du Tribunal...

— Maître, dit M. Lamy sans sourire, si vous êtes sorti de votre fonction, voici donc dix ans que je sors sans doute de la mienne... Le Tribunal vous remercie au contraire.

La délibération est brève : un échange de regards entre le juge et le substitut, quelques mots chuchotés avec ses assesseurs et M. Lamy annonce que Marc sera rendu à sa famille. Alors, il se passe une chose que M. Doublet, et le père, et le grand-père de M. Doublet n'ont jamais vue : le « prévenu » pousse un cri d'Indien, court au fond de la salle, saisit Jojo dans ses bras et le porte jusqu'au Tribunal :

— Dis merci à M. Lamy, Jojo! Dis merci!

— Merci, fait une toute petite voix.

A présent, toute la famille Forgeot s'embrasse, au moins deux fois sur chaque joue, en une mêlée confuse à laquelle s'agglutine Alain Robert, accouru des derniers bancs. Darrier, de ses ailes noires, pousse cette grappe de bonheur vers le fond de la salle.

— Ecoutez, dit M. Lamy débonnaire, vous continuerez à la maison!... Marc, je ne veux plus parler d'une histoire ancienne, mais la voiture de Buffalo est toujours en fourrière. Il faut que quelqu'un la ramène là-bas : Croc-Blanc compte bien sur toi...

M. Lamy classa les derniers dossiers, rangea le fichier et posa ses deux mains à plat sur la table nue. « Rien de plus, je ne puis rien faire de plus... » se dit-il, mais il n'en éprouvait aucune satisfaction. Il le ressentait plutôt comme un aveu d'impuissance que comme la certitude du devoir accompli. Il dévisage un à un, les portraits d'enfants qui souriaient sur les murs de son cabinet : compagnons de dix ans de lutte mais qui, eux, n'avaient pas vieilli... « Allons, je m'exile sur le velours rouge, et le drap vert, et surtout le papier, toujours davantage de papier! pensat-il encore en repoussant son tiroir vide. Et, si je veux garder le contact avec mes gens, ce n'est plus à la campagne, ni parmi les cris que j'irai, mais dans les prisons, dans le silence des prisons... »

Les cloches de Notre-Dame sonnèrent gravement deux coups. A seulement les entendre, un aveugle aurait deviné que c'était l'hiver et la nuit tombée. « Quoi! déjà sept heures et demie? » Non, c'était la demie de huit heures. M. Lamy se leva et sortit de son cabinet : il marchait d'un pas de convalescent, le regard au sol, le visage figé; et il éteignait chaque lumière derrière lui, veilleur ponctuel.

Quand il pénétra dans l'antichambre, toujours déserte à cette heure, il aperçut une forme rencognée près de la porte, au plus obscur. Son cœur battit : « J'ai oublié quelqu'un... Un enfant, mais lequel?... »

Il s'approcha : c'était Gérard. Las de l'attendre, son fils s'était endormi là.

Il l'éveilla avec douceur mais le plus vite possible : afin de ne pas avoir plus longtemps ce visage d'inconnu, ce masque de douleur secrète qu'à son insu lui donnait le sommeil.

— Gérard, mon petit, je m'excuse de...

— Tu as bien fait, papa!

Ils sortirent, longèrent la grille de la Sainte-Chapelle puis les murs noirs, du même pas, sans un mot.

— Papa, je sais à quoi tu penses, dit soudain Gérard : à tous ces enfants pour qui, demain, tu ne pourras plus rien...

— C'est vrai.

— Eh bien, moi, ce soir, je pense à tous ceux que tu as sauvés.

— Sauvés! fit Lamy en souriant sans joie, sauvés, c'est beaucoup dire, Gérard. Rendez-vous dans dix ans!

— Dans dix ans? Mais c'est toi qui nommeras les juges des enfants!... Quand j'étais petit et que je voulais être soldat, tu me répondais toujours : « Si tu le désires vraiment, alors sois officier. Toujours viser plus haut! pas par ambition : par devoir... »

— Je le disais, murmura M. Lamy.

La façade du Palais et celle de la Cathédrale étaient mortes; mais la Préfecture de Police et l'Hôtel-Dieu montraient toutes leurs fenêtres allumées. Des camions bleus stationnaient devant l'une, des ambulances devant l'autre. « Voilà, pensait M. Lamy : la Police veille et la Justice dort; la Douleur illumine la nuit, mais la Consolation a fermé ses portes. Quel triste monde!... »

Il leva les yeux. Au ciel, la ténébreuse transhumance des nuages se poursuivait en silence. La lune, en forme de petit navire, là lune obstinée affrontait cette marée nocturne. Par instants, les vagues noires la submergeaient; mais déjà elle reparaissait, frêle et têtue, l'image même de l'Espérance.

Sur le parvis de Notre-Dame, une poignée de moineaux, comme jetée par un semeur invisible, s'envola, se posa plus loin. Les plus fragiles des créatures traversaient donc l'hiver, à force d'insouciance, de confiance! pareilles à ces clochards, sur le quai opposé, dont les feux de fortune crevaient la nuit.

L'espoir... l'Espoir qui fait courir les chiens perdus pendant des jours! L'Espoir qui jette sur les routes les enfants abandonnés! L'Espoir privilège des petits et des pauvres? « Allons, se dit M. Lamy, le soleil se lèvera demain... Même pas! *En ce moment même il se lève quelque part ailleurs!* En ce moment même, à cause de ma nuit à moi, un homme, quelque part ailleurs, repousse ses volets et doit fermer ses yeux devant ce soleil neuf! Et il défaille de bonheur, parce que c'est le premier jour du printemps dans son pays et qu'il avait oublié, depuis si longtemps, ce vent tiède sur son visage... En ce moment même, peut-être, à cause de mon désespoir à moi, un appel mystérieux serre le cœur d'un jeune homme : sauver des gosses, réparer l'injustice, préparer un monde vivable... Une blessure inguérissable, une vocation, en ce moment même, peut-être... »

— Papa, dit soudain Gérard, est-ce que tu ne crois pas que plus tard...

Mais il ne poursuivit pas. M. Lamy attendait encore et demanda très doucement :

— Plus tard?

— Rien, fit Gérard en rougissant.

ADIEU DONC
ENFANTS DE MON CŒUR...

Janvier 1954

Littérature extrait du catalogue

Cette collection est d'abord marquée par sa diversité : classiques, grands romans contemporains, témoignages. A chacun son livre, à chacun son plaisir : Henri Troyat, Bernard Clavel, Guy des Cars, Frison-Roche, Djian, Belletto mais aussi des écrivains étrangers tels que Virginia Andrews, Nina Berberova, Colleen McCullough ou Konsalik.

Les classiques tels que Stendhal, Maupassant, Flaubert, Zola, Balzac, etc. sont publiés en texte intégral au prix le plus bas de toute l'édition. Chaque volume est complété par un cahier illustré sur la vie et l'œuvre de l'auteur.

		DATE DUE		
12 OCT.				